先行者

罗薇 著

四川民族出版社

图书在版编目(CIP)数据

先行者 / 罗薇，沙马石古著. -- 成都：四川民族出版社，2021.4
ISBN 978-7-5409-9868-4

Ⅰ.①先… Ⅱ.①罗… ②沙… Ⅲ.①纪实文学–中国–当代 Ⅳ.①I25

中国版本图书馆 CIP 数据核字（2021）第 064847 号

先行者
XIAN XING ZHE

罗薇，沙马石古　著

出 版 人	泽仁扎西
责任编辑	王　婕
封面设计	力扬文化
责任印制	勾云溪
出版发行	四川民族出版社
地　　址	四川省成都市青羊区敬业路 108 号
邮政编码	610091
印　　刷	成都兴怡包装装潢有限公司
成品尺寸	710mm×1000mm
印　　张	16
字　　数	300 千字
版　　次	2021 年 4 月第 1 版
印　　次	2021 年 4 月第 1 次印刷
书　　号	ISBN 978-7-5409-9868-4
定　　价	68.00 元

版权所属，盗版必究。

自 序
——我和沙马

不是所有的相遇，都是缘分。人的一生，有不可计数的遇见，有些人，走着走着便淡出了视野，有的人，走着走着，就来到你心里。缘分，是真与真、诚与诚的面对，是心与心、灵与灵的交流，恰似故友相逢，让我们的遇见成为一种幸运。

"在我们彝族，你叫我'沙马'是很奇怪的呢！就像我叫你'罗'，叫他'李'或'张'是一样的。"

一次，沙马带着丝丝埋怨地对我说。我一想是呵，"沙马"是姓，我老叫她的姓，略显生分。我和沙马是在2018年"万千百十"文学扶贫活动中认识的，现已三年，不仅在工作上是好伙伴，私底下也是亲密的朋友。

她的全名叫沙马石古，按理说，我应该亲切地叫她"石古"。可初相识时，就一直这么叫来着。听她提醒后，电话里勉强叫过两次"石古"，觉得别扭，还是原来的叫法亲切，固执地屈服于习惯，继续叫着她"沙马"。

"万千百十"活动从2017年启动，持续时间为4年，是由四川省作协联合四川省扶贫开发局共同开展的文学扶贫活动。其主要内容是精准聚焦脱贫攻坚，组织实施"文学公益捐赠""文学志愿服务""文学精品扶贫"，动员广大作家深入我省脱贫攻坚一线，讲述扶贫故事，塑造扶贫典型，以文学独特的魅力、影响和助推脱贫攻坚。

虽说活动是作协联合我局共同开展，但主要工作还是省作协的同志在辛苦组织实施，具体写作更是广大作家们在辛勤耕耘、用精湛的笔墨，记录四川脱贫攻坚进程中感人故事；我们扶贫的同志们，则奋战在脱贫攻坚各条战线，用智慧与汗水、甚至鲜血与生命，在书写这部中华民族伟大复兴历史进程中的动人篇章。

我和沙马都属攻坚二线。在"万千百十"活动中，她的主要工作是具体负责组织实施，我的任务是协调配合，联系对接作家到贫困地区采访，提供扶贫典型、线索和资料。

"相逢之人如桃李，共鸣之心几人存。"在长期的合作中，我俩因共同的文学爱好越走越近。每次一起出差，晚饭后，都邀请她来我寝室聊天。我们无话不谈，常常聊到凌晨1点。因为她白天的任务比我重，我也不能熬夜，所以临别最后一句总是"不能再聊了，不然白天就恼火了！"

对一线攻坚者的敬慕，令我俩萌发了深入了解他们、书写他们感人事迹的愿望。面对轰轰烈烈的攻坚战场，难免心里痒痒的，即便不能"上前线"，也要尽力靠近前线，用自己最大的能量，来实现对这个特殊时期的奉献，实现自身存在的价值。

为达成这个"小目标"，2019年底，我们的纪实文学集《先行者》申报了四川省文学扶贫重点作品扶持。作品于2020年4月申报成功后，我们便投入了大量的业余时间进行采访和创作。

期间，我得到了单位领导和同事们的大力支持。领导同意我申请车辆到市州采访，处里临时新增的工作也少有安排给我；同事们知道我在写扶贫先进，给我推荐了不少好的典型，并积极帮我对接采访。

　　不过我和沙马多是乘坐高铁前往市州，在当地扶贫部门和作协的协调下，单独到点采访，采访时间也多是安排在周末，尽量不麻烦单位，不麻烦当地，不耽误工作。

　　家人也非常支持我写扶贫，基本不让我做家务。爱人还把自己的大书房让给了我。

　　当我和沙马真正走近那些扶贫者们，我们的心常常是被感动的，为他们的坚忍顽强，为他们的纯正无私和奉献。当我在灯下回顾他们的事迹，常常有要流泪的冲动。我遗憾的是自己没有更多的时间去采访和记录，尤其是没能以更加精准动人的笔墨去书写，有时我甚至觉得自己不太配去采访他们。而每一次的采访，都是一次与正能量的触碰，是内心被照亮的欣愉。

　　我庆幸自己能在人生的道路上，能有这么一次机会，去采访他们，认识他们；我庆幸我有好的领导和同事，以及爱我的朋友和家人，在我最不自信时的支持和鼓励；我也庆幸自己走近了省作协，认识了沙马，认识了那么多优秀的作家。

　　如果没有这遇见，我很可能没有勇气去想，去完成抒写扶贫的梦想。为了这个奇妙的缘分，我对命运充满了感激。

　　沙马不仅长相可爱，为人亲切，更重要的是，她对朋友、对工作，都有一种狂热的奉献精神。每个人，对朋友和工作，都有一个掂量，孰轻孰重心里有数。而沙马，可以为了解决朋友的困难，暂时放下工作；她也常常可以为了工作，而不顾惜自己的身体。

她有过一段特殊的经历，令我特别佩服。有时我觉得，她的爱憎过于分明，超出了世俗的价值观，而正是那些在她身上体现的独特品质，令我莫名地感动，莫名地赞叹，莫名地觉得好。

我希望，我们间的友谊之路，没有尽头；我希望，这友谊，永远如明澈的清泉，滋养我平凡的人生。我也祝愿我们，都能自由地用心地写自己所想，为我们平淡如水的流年，增添几缕绚丽的色彩。

目 录
Contents

002　通往云端之路
014　朗曜星辰
033　心底的那束光
041　斗笠村的今生缘
047　斗笠村的文化密码
061　呼　唤
073　踏石留印
081　龙巴山上的守望
087　五心先生
097　仙山支书
104　彝汉情深
112　匠心扶贫

LUO WEI

先行者

罗 薇

通往云端之路

罗 薇

01

张飞（左）到农户家直播带货腊肉

这里安静得像生活在上古时期，世界处于纯粹的空寂之中。对面的大山，森林锁住云雾，汇聚着游荡的水气。麻足寨，这个位于四川省阿坝藏族羌族自治州小金县3200多米高山的地方，这个曾经被遗落的村寨，正渐渐步入它新的蓬勃时期。

一

　　黑暗渐渐吞噬了大地，对面黄家山上的甘家沟村，隐隐现出藏家几点灯火。山这头，赵家山高处的麻足寨里，一间白日里的浪漫小屋，夜里空寂一人时，却是那么可怖。山风在峡谷中急促地呼啸盘旋，门前的老柳树在夜空中狂舞。似乎有什么混在黑暗里，有些无须相信的东西，突如其来地在脑中生出，令她头皮一紧。

　　临近9点，老公张飞还没回家，电话里说要加班，最早也要11点才回。李萍惊恐地睁视着眼前的黑暗，幻象折磨着她，吞噬着她的勇气。她不能等了，她必须挣脱。

　　她从高山上，沿着曲曲折折的公路下行，一路强按着内心的恐惧，脚不停地，走一阵，跑一阵。山风开始缓下来，在她耳边嘤嘤泣诉，她不忍听，脚步更急了。

　　刚好下得山脚，但见一辆摩托车亮着明晃晃的车灯，从不远处疾驰而来，发出熟悉而欢快的突突声，她欣喜又犹疑地注视着那团渐近的光影。

　　摩托车突突声越来越近，终于在她面前刹住。她镇了镇，确认是他，便心惊胆落地扑了过去，哇的一声，在他怀里哭了。

　　当张飞跟我讲起李萍独自一人在麻足寨上胆惧的情形，我自然联想到黑夜里那些惊惶的细节，不由得对她产生几多"同病"的怜惜。

　　后来在麻足寨上，我见到了李萍。她虽已是两个孩子的母亲，自己却是一脸的孩子气，笑起来眼眉间闪着光，焕发出坦诚的自然之美，面庞里尽是明媚，好像她生来就适合笑的。

　　两个女儿都上小学了，平时跟爷爷奶奶住在山下县城里，周末才上山和父母团聚。回想那一夜，可能还不止那一夜，张飞加班，她孤独一人时，所受到的"自我"惊吓，不禁再次对她心生怜惜。

二

因为脱贫攻坚纪实报告文学《先行者》的编撰工作，我在阿坝州扶贫开发局的推荐下，采访了小金县甘家沟村驻村第一书记张飞。

那是2020年一个多雨的夏天，我和小金县委宣传部的罗东，坐着张飞开的小面包车，沿着通往他们浪漫小屋的山路爬行。那条路，也是通往"云端餐厅"的路。

34岁的张飞，看上去高大帅气。眼睛澄澈清亮，脸颊挂着两抹显眼的高原红，印堂和鼻梁上也都泛着黑红的光，一打眼就是个"纯藏族小伙儿"。可惜我猜错了，他不是，他是安徽宿州人，长期高原户外作业，改变了他的样貌。

这还是我第一次与"网红"见面。张飞有个快手直播号叫"忘忧云庭"，有200多万的粉丝，上面关于"云端餐厅"的视频，点击量高达2亿多次。

那视频很火，连我这信息闭塞之人也曾看过。

画面中，天空一碧如玉，不远是连绵的雪山和仿若触手可及的云朵。高山上一处农家院坝里，一张简易餐桌上，是一大碗滚圆的鸡蛋，一碟碧绿的青菜，两盘红黄相间的番茄炒蛋……隔屏都能闻着香。桌旁两个可爱的短发小姑娘，手中各持一个渗着油的鲜肉大包。母亲李萍坐在孩子们中间，脸上的笑里流溢着甜蜜。好一幅阳光温和、岁月静好、现实安稳的画面。

暑季，是小金县的旅游旺季，凉爽宜人的气候和四姑娘山、两河口等秀丽风景，会吸引全国各地大量游客前来，旅游业收入占到全县生产总值的三分之一。是年，却因泥石流频发、阻断交通，加之新冠肺炎疫情作祟，路上旅人无几。

在脱贫冲刺路上，恶劣的地理条件和疫情影响，又一次考验着当地干

部门攻坚克难的智慧和耐心。

我们通往云端的山路，也有好几处落石，其中一处落石留下的过道特别窄。据我目测——此路不通。而张飞开得驾轻就熟，不假迟疑，车轻松穿越了过去。

我提着心想道：这条危及生命之路，竟是他来来回回的日常。

张飞对我说："这段时间雨季，路不大好走，我就不是每天都回来。加之现在工作更忙了，我又担任了美兴镇的宣传员，负责11个村和2个社区的政策宣传、新闻采编、乡村振兴和文化旅游推广等工作……爱人我也不用担心晚上她一个人时害怕了，他表弟一家过来陪着我们住。而且，我家旁边还租住了一户网上认识的朋友，是来山上投资建民宿的。这里比以前热闹多了，还时不时有游客过来'网红地打卡'。"

"我车里常备铁锹，遇到路上刚垮塌的石头，我就一边清理，一边往前走。其实这段山路雨季时，只有三处地方容易垮塌，其他时候路面还是挺好的。"

我这才放眼去看前方大段大段的好路，刚才一直留意落石去了。由于担心，以至短视。

张飞接着说："我们正在积极争取支持，加固这三处易垮塌的山体，等安装好边坡防护网后，这路就安全了。"

三

自从搞扶贫后，张飞渐渐找到了自己的目标和梦想。他思想纯挚，心里没有一个"我"字，一颗透亮的心，只有对事的坚持，意志力也变得异常坚定。

2010年张飞四川警察学院毕业后，被分配到小金县公安局刑侦大队。他说："我刚来小金时，觉得这里生活比较艰苦，很想辞职回家。给我爸

打电话说了我的想法，他听了，在电话那头沉默不语，既不说同意，也不说反对。第二天一早，我妈给我电话，说我爸一夜没睡，说'飞飞能成为公务员多不容易啊，干嘛要回安徽当农民，我真想不通'。"

张飞是个孝顺的孩子，妈妈的这个电话，让他打消了回家的念头。

2013年5月18日，是他和李萍大喜的日子。头一天，他爸从安徽赶来，他要到成都火车站接到老爸后，再开车回小金。在途经汶川时，遇到多处泥石流。挖掘机一直在前面抢修。

一路堵车，走走停停。这段路，正常情况下半小时的车程，竟走了八个多小时。

老爸望望头顶的大山，又看看前面遥不见首的车龙，他在车上堵得心慌，又担心有新的泥石流，一旦石头下来，人说没就没了。大自然要让一个人毁灭多容易啊。这和我们老家淮北平原一比，自然条件太恶劣了。

老爸忍不住叹口气道："早知当初就该答应你——让你回家。"

"可当时我在小金已生活了3年，对这方土地有了感情。我有了幸福的归属感：有温馨的家和热爱的事业，有爱我的妻子、朋友，有廉洁正直、关爱自己的领导，有勇于牺牲、相互友爱的同事，我能静得下心工作，沉得下心奉献。"张飞对我说道。

那年，张飞在缉毒工作中表现突出，被四川省阿坝州公安局授予个人三等功。

张飞刚接到甘家沟村第一书记的任命时，是2016年夏天。刚开始他瞒着李萍，怕她担心。

甘家沟村大部分农户居住在高半山上，他每天要走村入户，为了方便工作，买了辆骑摩托车。而陡峭的山坡，令走村入户的道路特别危险。

于是他悄悄买了一份30万的意外险，保单却始终不敢交给李萍。忍了一个多月，一天晚饭后，他带着对李萍强烈愧疚的心情，将保单递给她："我现在被派驻到甘家沟村任第一书记，每天骑摩托车上下山，那路太陡，我担心哪天会出意外……"

李萍听后很震惊，她难过地红着眼，脑子里胡思乱想，一直盘绕着那可能发生的惨烈的一幕，以及今后那些不堪面对的、没有他的日子。

　　她央求张飞去跟组织上说说，不要当这第一书记。

　　张飞想，这怎么行？自己可从未想过退却——不管是作为警察的身份，还是驻村扶贫的责任，这是他成就为人的使命。即便有生命危险，只要自己小心，"那事"是不太可能发生的，只是"万一"……

　　于是，张飞轻言细语地对妻子说："其实，这段时间扶贫，我更深地了解到山上群众的贫困。我们比他们生活好很多……组织派我去扶贫，就是要帮助他们解决生活上的贫困，发展致富，阻断他们世世代代贫穷的日子。"

　　张飞对我说："人必须要有为他人着想的心，才能克除私欲之心，能够克除私欲之心，人才能成就为人。"

　　我听后表达了自己的钦佩。他脸上现出一丝隐秘的羞涩，为掩饰这种"羞涩"，他说因为长期的快手直播，锻炼了他的口才。我想，这并非是"口才"，而是一个人内心"谦卑而高贵"的表达。因为语言的锻炼，让他的内心表达更加精准。

　　在日后的生活里，李萍朝夕相闻，丈夫的行为和想法也渐渐植入她的内心。她慢慢理解了扶贫的意义，并对张飞的工作给予了极大的支持。

四

　　张飞担任第一书记没多久，他弟弟来小金县看他。弟弟新鲜好奇哥哥的扶贫工作，也为了多陪陪哥哥，他连着几天，跟着张飞来到甘家沟村。

　　这里的驻村帮扶队和村干部们，的的确确、真真切切地在帮助老百姓。听他们每天说的做的、会上讨论的都是关于规划村道建设、完善灌溉系统、发展脱贫产业、解决饮水安全、医疗设施建设、危房改造、异地搬

迁、控辍保学，期间还包括解决村民纠纷等薄物细故的事情。

这大大出乎弟弟的意料，扶贫上的事，居然这么复杂，大事小事都要抓，干部们忙得跟打仗一样。

弟弟感慨地说："哥，看你们每天的工作挺有意义的。你为什么不把它拍成视频推到网上呢？多有意思啊！"

张飞一想，是啊，我们扶贫工作者，不仅要把自身的扶贫工作搞好，也要做好宣传工作，让更多的人明白、理解扶贫，参与到扶贫中来。社会参与扶贫也是我们这个时代文明、社会进步的体现啊。

之后，张飞申请了一个快手号"飞哥闯四川"，试着用视频直播记录扶贫生活。

刚开始，他的拍摄和编辑技巧还很粗糙，近半年过去，粉丝量才仅有几十个。

他在快手上看到，有个大咖在主播"重走长征路"。后来熟了，张飞称呼他"老彭"。老彭挺牛，粉丝量过百万。张飞便提出向他学习视频制作技术的请求，可是被老彭婉拒。

张飞也并不气馁。他忖思道：小金县是他重走长征路的必经之地，我何不就在小金等他，和他会一会，当面请教呢？

张飞曾在警察学院学过刑侦，跟踪术自不在话下。老彭从江西瑞金出发，目前已走到甘孜州泸定县，不日将来到阿坝州。

他在快手上留意到，老彭翻越了夹金山后，当天晚上住在小金县达维镇（这里是当年红一方面军与红四方面军会师的地方），那么他第二天，肯定要先到猛固桥（这是当年红军进驻小金县城的必由之路，红军曾在此与国民党展开过激烈战斗），这段路的步行时间约6个半小时。

于是第二天中午1点过，张飞便来到猛固桥头等待老彭。约莫1小时后，但见一个穿红军服的人，扛着一面鲜红大旗走来。张飞立刻欣喜地迎了上去，与这位网友相认。

老彭既吃惊、又感动，眼前迎接自己的这个人，这个之前不太想理会的

"网友",见到面了,怎么就如此激动开心呢?怎似有他乡遇故人的感觉呢?

张飞递给老彭一瓶事先买好的脉动,此刻正如天降甘露,这位满脸络腮胡的大汉口渴极了,仰头一气喝干。

张飞又带他去了县城,请他在路边摊上吃了一盆蛋炒饭。他知道,"大咖"是个节俭之人,他必以朴实真诚待他。一瓶水,一碗饭,友谊铺展得朴厚真挚。

同时,他也抓紧时间学习,向老彭请教视频直播技术。实践之后,短短几周,他的粉丝量便"噌噌"涨到2000多。

在他们相见的第二天,老彭曾随张飞去了甘家沟村,看望一位残疾姐姐,一个重度大骨节病患者。

当他们来到姐姐家,见她正就着一瓶老干妈,吃一碗冷干饭。眼前的一幕,令老彭顿觉眼睛一酸,他赶紧低下头,难过地在自己衣兜边角摸索着,搜出一张折了4折的百元纸币,仔细铺平,双手恭恭敬敬递到姐姐手中(可惜这段感人的视频张飞没有录下来)。之后老彭还在快手上募集资金,为姐姐购买了一台电冰箱和一个微波炉。

第三天,他们依依惜别,老彭继续"长征",向两河口进发,之后便进入了茫茫的若尔盖草原……

随着粉丝量的增长,张飞便开始在快手上为村民们直播带货农产品。但接踵而来的,不是对这位扶贫第一书记的赞许之声,而是网上大量的质疑之声。一些网友认为,老彭"重走长征路"是为了招揽噱头,捞取经济利益,而张飞是他的好友,必是一路人,必然也是为了私利。

讨伐的声浪从四面八方汹涌而来,除了网上的,还有的实名举报他,给单位打电话辱骂他,甚至有人扬言要杀了他。

那段时间,张飞饱受网络暴力的伤害,他隐忍着,没将这一切告诉妻子。情绪失落的他,焦虑、愤怒和孤独齐集心头,无法排遣,他正走向抑郁的边缘。

加之,他拍摄的扶贫干部们帮助一位老年贫困户打扫院落的视频,被

其子女投诉，说他侵犯了肖像权，向他索要3万元的赔偿。这对张飞来说，可谓雪上加霜。

自此，张飞便把快手上所有涉及村民的视频屏蔽，即便后来重新开播，大多也只拍自己及家人。

张飞觉得，老彭重走长征路，是为弘扬长征精神，本身这事是值得肯定和尊重的。当老彭在做着这样一件有意义的事情时，当他在同情和帮助残疾姐姐这样的弱者时，当他毫无保留地传授张飞视频技巧时，他的人格是应该受到敬重的。

我想，我们都应客观地看待每一个人。人在现实中，才能看清人。如果仅在网上，带着强烈的预设和情绪，你就很难客观，很难真的认清人。

张飞带货这事，自己还常常倒贴钱。有次，他帮村民卖的跑山猪，肥肉多了点，客户就剃下瘦肉，将肥肉寄还给他。他默默地退了钱，也没将此事告诉那位村民，自己留下肥肉，熬成猪油，吃了好几个月。

在张飞最难熬的日子里，幸而有个好友不断鼓励：

"你利用互联网，帮村民直播带货，是为了这个贫困村大家的利益。你做的是好事，做得不对的是那些造谣的人，不知感恩的人。该理直气壮的人是你……我知道你情绪低落，就像一个人的心灵合上了窗，蜷缩在太阳照不到的地方。可你要知道，阳光始终在那里。你要做的，就是打开窗，让阳光照进心里，推开门，去拥抱阳光……彭大哥重走长征路，弘扬长征精神，就是要弘扬一种对真纯的坚持，弘扬一种自强不息、坚忍不拔、勇往直前的精神……你只有坚持做了自己，人生才会不留遗憾……"

在朋友的鼓励下，停播了4个月的张飞，又重新开播，继续为村民们带货。"闯四川"的"飞哥"重新"起飞"。他的快手号更名为"让腊肉飞"。

时间和行动见证了张飞的品格。老百姓逐渐认可他、喜爱他，找他带货的村民也越来越多，网上开始形成了一股鼓励他、为他点赞的正能量。他每天忙着扶贫工作，忙着帮助别人，几乎没有自己的时间，忙累中，他

觉得生命重新有了活力和意义。

五

　　2018 年夏天，一次张飞走访农户，来到了赵家山山头。这里有个村组叫麻足寨，属老营乡下马厂村。传说麻足寨的老百姓因为山高路长，常常上下山走一遭，脚都要走麻，故名"麻足"寨。

　　麻足寨几乎是个被遗落的村寨，这里真清静。大部分农户在汶川地震后，都已陆续搬迁，房屋基本变成了废墟，仅剩 3 户不愿搬走的人家，其中 1 户是贫困户。他们的院落相隔甚远，当张飞走访完，已是傍晚。

　　夕阳在对面山头燃烧，晚霞落在房前，黄昏的世界变得异常美丽，大山流溢出寂静的魅惑，令他着迷。此时心境明亮至极，无比通透。他爱上了这个被遗落的寨子。

　　自小农村长大的张飞，本来就喜爱乡土生活。回家后便和李萍商量，把她在县城里开的米线店卖掉，搬到麻足寨的山上去。一来山上可以过上他们向往已久的脱离城市喧嚣的生活，二来李萍可以有时间协助他带货农产品，且以山上的美景为背景，带货农产品更有吸引力。

　　2018 年秋天，他们在麻足寨租了一户面向大山的空落农家。经过简单整修后，便住了下来。面对这片安静的大山，无论什么烦恼，只要在它跟前一坐，烦恼便沉寂下来，心也跟着和缓。他的快手号因此更名为"忘忧云亭"。

　　李萍积极配合张飞，帮助农户直播带货。然而山里带货的风险大，赔偿率高。2019 年夏季，就有一批松茸本来准备运出山，可在汶川县映秀镇遭遇公路塌方，运不出去，结果赔了 1 万多元。带货过程中遭遇到什么损失，夫妻俩常常是自己扛着，想着也不能伤了村民致富积极性啊。

　　截至目前，夫妻俩通过直播带货，帮助村民销售牦牛肉、腊肉、土鸡

蛋、野生菌、蜂蜜等，共计15万余斤，4年里共计助农增收100多万元。

2019年春天，一个阳光明媚的清晨，张飞偶然拍的一家人在门前院坝吃饭的视频，一下子火了，受到网友热烈追捧和大量转发。大家纷纷询问地址，希望过来旅行打卡。

这启发了张飞，互联网不仅能帮老百姓带出山货，还能把游客吸引进来，发展旅游经济。

张飞说："现在，我国网民规模达9亿多，农村网民规模也有2.5亿。按照中央部署要求，我们扶贫干部要学习运用互联网思维代替传统思维，为贫困群众自主脱贫开辟新的增收空间，发挥网络扶贫的作用，动员社会参与，构建政府、社会、市场协同推进的网络扶贫格局。"

张飞开始积极争取县委、县政府的支持，做旅游整体规划，以乡村振兴为契机，吸引粉丝前来投资，将麻足寨一带打造出来，带动周边乡镇乃至整个小金县的旅游发展。

麻足寨旅游业态丰富。山下有美丽的红葡萄庄园，可供游客住宿，欣赏葡萄园、体验采摘以及品酒活动；当山上建起星空民宿，夜阑人静，可仰望大家阔别已久的浩瀚繁星；屋后那匹刀锋山，有一处绝好的天然山地摩托车赛道……站在院坝往下望，是几十处层次井然的梯田，张飞希望在这里种上玫瑰、油菜花、格桑花……那依次绽放的色彩，装点出万千大山。

曾有300多个网友向张飞提出到麻足寨投资做旅游的愿望。张飞思考着，如果这事能干成，这旅游业活了，乡里的种养殖业也就活了，山下那家不景气的葡萄酒庄也将被盘活，这将极大地促进农民增收，还将为周边乡镇乃至小金县未来巩固脱贫攻坚成果、衔接乡村振兴奠定坚实的基础。

"在这片大山里，越安静，越能听见梦想的声音……这些画面在我心中曾经只是一些思想碎片，但把它们集合在一起时，你会发现它们是一个很有意义的整体。这就是旅游业给我们带来的生机——一业兴而百业兴。"张飞带着无限憧憬的神情，看着对面的大山。

六

　　回想我们一起爬后山，在石径旁小息。张飞坐在一块大石上，右腿半曲着踏在巨石斜面，左脚踩着地，双手扶膝，凝望着远方的大山。他豪情万丈："这是我的静谧之地……有时看着这山，山就像天门一样矗立在眼前。"

　　是否这寂静的大山能够改变一个人，它恬淡的轮廓和安谧的余音，赋予人类精神的灵光，神奇地予人安慰，从此脚步从容，生命从容。

　　"这山门之外，互联网为我们创造了无限可能。它向我们打开了一扇窗，开启了一扇门。稳定脱贫成效，促进乡村振兴，都离不开互联网的发展。"

　　他在山门前，看到的是山门之外那条乡村振兴之路，那条路，将越走越宽广。

　　从后山下来，我们离开麻足寨前，于院中小坐。老柳树的枝条在阳光与徐风中轻柔晃动，如痴如醉。有一阵，我们都不说话，寂静中，有细细的风声传来。这安静与沉默，是一种自在的平和与闲适。

　　在云端的日子里，当夜来风雨渐止，清晨远近山峦悬浮着连片的白云，聚散离合，烟云过眼；当日落黄昏，暮色渐合，天边赤金的云霞光华万点，金色落在雪山上，壮丽磅礴。

　　也许我们每个人的心上，都有一处"仙居"，当梦开始的时候，那些一路奋力前行、不肯停下脚步的人，才能逐梦成真，于现实中觅得"仙居"，觅得了人生的大幸福。

　　通往云端之路虽时有艰辛，而云端之上，便是仙居。

2020年7月20日

朗曜星辰

罗 薇

02

谢俊杰（右一）到贫困农户家中，调查了解经济收入情况

一

初秋雨霁的清晨，轰然一声巨响——沉默降临，一片阒寂。
乳白的流岚在山间萦绕，晨风中时断时续地飘忽，如前世误入林间的

魂灵，诡异地徘徊。移时，晨曦从群山间升起，光耀大地。耳畔隐约有风穿过林子的声音，鸟儿在枝叶间唧啾啼啭，划破山林的梦境。

我还活着吗？

嗯——还在。

受伤了吗？

唔——没有。

呀——就差那么一点，我就不在了。

谢俊杰心头一阵暗喜掠过，紧接着是一身惊吓后怕的冷汗。

他与地面平行地躺在驾驶室中，车侧翻在一片桃树林里，左侧的车门结结实实地被大地封住，挡风玻璃和车窗碎渣溅得到处都是，引擎盖痛苦地呻吟，冒着白烟。他深吸一口气，意识尾部的灯火闪烁，渐渐明亮——他彻底清醒了过来。

大清早的，真是撞鬼了！

车突然就飞离了雨后湿滑的路面，翻进了离公路3米深的沟地。若不是坡坎下的这片胭脂脆桃树，阻止了皮卡车下翻势头，否则，车已陨落下面的深谷，否则，世间也容不下他此刻的窃喜和害怕。

毕竟，这背风山是爱他的，山上的星星村是爱他的，星星村里的胭脂脆桃树也是爱他的，这一山一村一树，都舍不得他。

二

2015年，身为乐山电力股份有限公司象月电厂办公室主任的谢俊杰，被派往该市峨边彝族自治县新场乡星星村任第一书记，开展驻村扶贫工作。

扶贫工作"很难搞"，谢俊杰早有耳闻，便做好了打硬仗的准备。

星星村坐落在海拔1000-1300米小凉山区的森林里，林木覆盖率达

78%，年平均气温 16.6℃。全村 253 户 936 人，其中建档立卡贫困户 55 户 169 人，是远近"闻名"的贫困村。

39 岁的谢俊杰，上任第一件事便是修路。

修路有精准扶贫政策支持，他便和村两委一道，跑县委县政府相关部门和帮扶单位落实资金，5 条村组道路计划同时动工。

可却遭到部分村民的极力反对。有的认为修路占了自家的地，补贴少，吃亏多；有的对投工投劳的安排不理解，不接受；有的村民甚至提出，要把路修到他家门口，这实在令人哭笑不得。此间各执一词、意见纷争。

只要有一人反对，这路就修不成。谢俊杰和村干部多次上门做工作，仍然不通。后来有的干部心灰意冷，一腔热情化为烟灭，就想放弃。

然而，谢俊杰的热情可没那么容易"化"。

对"顽固坚持者"，他采取"各个击破"的办法。对于白天在地里干活的村民，他跑到地里帮他们干活，边干，边做思想工作；对那些白天外出务工、早出晚归的村民，他晚上到他们家里去，常常一聊就是夜里九十点钟才回住地。

在晓之以理、动之以情之际，有时还要"来几杯"，酒一下肚，话匣子一打开，心扉就开了，思想自然也通了。老百姓是最讲感情的，当他把你认作自己人时，什么事都"好说"。

思想工作这块难啃的硬骨头拿下后，谢俊杰便开始了艰苦的道路勘测工作。

他和村干部们带上修路的技术员一道，拿起必备的测量仪，还有"开路先锋"——镰刀和柴刀，爬坡穿林，披荆斩棘，在坎坷崎岖的小径、暴雨后泥泞的山道，涉险排难，规划测量。三伏天，晴时一身汗，雨时一身泥。再苦再累，也都扛着。

勘测工作一结束，紧接着就是道路施工。谢俊杰几乎每天都到现场，和大家一起夯基础、平地基、搬石头。手上打起了血泡，将血泡刺破，贴

上创可贴，继续干。

"谢书记做活路和我们农民一样硬哦！"

这是一起干活时，村民们常常夸赞他的一句话。他们渐渐熟悉了这个谢书记，从心底佩服他，感激他。能得到老百姓的认可，谢俊杰的干劲儿更大了。

在谢俊杰身上，我们看到了奉献——那些本可以不必去做的事，自己觉得有意义，就付出代价去做的，这，就是奉献。

2015年底，经过近5个月的鏖战，5条村组道路修建全部完工，且保证了施工安全及质量标准，被列为全县示范通村通组道路，兑现了当初谢俊杰和村干部们对老百姓的诺言——当年施工、当年完工、当年通车、村民们当年受益的规划目标。

三

道路建成，打通了星星村经济流通的血脉，有效带动了星星村的产业发展。

作为驻村书记的谢俊杰，治贫思路清晰，做事一丝不紊。交通血脉疏通后，下一步就是强健肌肉——带动和鼓励大家发展种养业。

他们因地制宜，种上了番茄、辣椒、茄子、黄花等蔬菜，同时引进了胭脂脆桃、蓝莓、猕猴桃等水果种植，积极发展生态养殖黄牛、粮食猪、跑山鸡等。

在2015年谢俊杰刚来星星村时，村里的田间地头，种得最多的是玉米、萝卜，经济效益极低。村民自己都瞧不上，称这"地"种的是"懒庄稼"，可是又想不出别的办法，就算有"想法"，在以前争取资金支持是很困难的事。

2016年夏末，在谢俊杰和村干部的带领下，蔬菜瓜果丰收了。然而那

一季的农产品市场行情并不好，他们遭到严重打击。农产品滞销，卖不出去。老百姓本来期盼已久赚钱的喜悦，一下子落了个空，变得心急火燎。

谢俊杰和村干部们心里更急。心可急，脑却不能乱。他们到处联系打电话，想方设法找市场。干部们分头行动，一些人积极联系批发商进村收菜，一些人则主动出击、跑批发市场"卖菜"。

遇到困难，谢俊杰总是挑困难里那个最苦的活儿干——他决定亲自跑批发，他摇身一变，竟成了当地有名的"菜贩子"。

八九月的天，山上的村子里还算凉快，山下的批发市场，那可就是个大"蒸笼"。整整53天，他每天忙完村里的工作，下午4点便出发，开2个多小时的车，将蔬菜从峨边县运往乐山市惠园街批发市场。他不仅要将20余筐、每筐70多斤重的蔬菜搬运下车，并且还要将头天放在这里腾空的蔬菜筐收回。

谢俊杰的家住峨眉山市区，干完这些活儿，再从乐山开车20公里回家，往往也是晚上八九点了。他常常累得吃不下饭，每次回来瘫倒在沙发上，休息一会儿，吃一点妻子早已准备好的食物，洗个澡，就接着整理扶贫资料，填写报表，常常工作到凌晨一两点钟。次日早上6点，他还要赶回星星村开展工作。后来妻子看不下去了，为了工作也不能不要命啊！她强制要求他12点前必须睡觉，否则直接拔电源。

就在他当"菜贩子"期间，中秋节前夕的一个清晨，他驾车返回星星村。在快到新场乡的一个急转弯下坡时，精神一个恍惚，车便冲向了山沟。于是，发生了文章开头那惊险一幕。

本来这事他想瞒着家人，而细心的妻子发现，这天他回家后就魂不守舍，便一再追问，方才知道他出了这么大的事。工作的疲累和山区道路的险要差点夺走他的生命。

妻子大哭，边哭边数落他："你平时加班，不顾家、不顾身体就算了，现在居然连命都差点搭上！就算你不惜命，也要考虑到我和沁儿的感受啊！这次事故，就是老天在提醒！你如果再不引起重视，哪天真出了什么

事，往后只有我们母女俩的日子，那可真不敢想呐……"

也是这一年，2016年的3月8日，发生在谢俊杰出事的半年前，乐山市公路局局长王川等一行7人，在勘察小凉山精准扶贫交通项目——峨马公路（峨边—马边）修建途中，突遇道路上方岩石垮塌，所乘两辆越野车被巨大的岩石砸中，车上7人全部遇难。王川的遗体被发现时，手上仍攥着道路施工图！

峨边、马边彝族自治县，均属小凉山地区，也是全国深度贫困地区，是脱贫攻坚战中最难啃的硬骨头。这里地势险要，山高沟深，交通事故频发。如期实现脱贫目标本来就有许多硬仗要打，交通的凶险又增加了攻坚难度。

那天早上谢俊杰出事后，被乡里一个老百姓发现，村里老乡闻讯后，纷纷跑来事故现场关心。大家心疼的脸上，眼里尽是浓浓的关切。有几位老婆婆，红着眼，泪珠都差点滚落出来。即便他说了自己没事，几个老乡还是忧心地拉着他，小心地捏捏他的胳膊腿儿，看到底有没有受伤。还有个热心的老乡，感情真切地拉着他的手，一定要帮他喊个魂，按照当地风俗做个法，弄得他啼笑皆非，唯有婉言谢绝。

而乡亲们的关心，令谢俊杰感动不已，内心久久地激荡着一股暖流。

他的要求不多。一年来的付出，只要有这一声真切的关怀，心里已是安慰，便觉得一切付出都是值得！他情感的天平回归了均衡，他不再是那个强者，此刻的他，需要的正是这样的关切和问候。仅此而已。

现在的星星村，已经有了自己的三环路。当你夏秋之际来到村里，将会见到漫山遍野红的番茄、粉的脆桃、淡蓝色的蓝莓、毛茸茸的猕猴桃，活似一座花花绿绿的瓜果山。

2017年，在谢俊杰的带领下，大家齐心协力，星星村在峨边县率先完成了全村7个组253户农村电网改造，修建了5个人畜饮水池，57户农房升级改造和全村通讯基站建设、宽带入户等。贫困群众生活条件发生了巨大变化。这年，星星村高质量实现了贫困村退出和贫困户退出的"双脱

贫"目标。

在巩固脱贫成效两年后，2019年8月，谢俊杰回到了自己原单位。如今，他离开星星村快一年了。

四

我有幸受四川省作协邀请，参加"决胜2020四川作家走进峨边"采访活动。2020年5月，一个晴好的日子里，得以在星星村见到他，来到他熟悉的土地，听他讲述星星村的故事。

感觉真实的他，比照片上看起来更亲切。晒成咖啡色的脸上，架一副无框眼镜。嘴唇上一抹修剪整齐的八字胡，好似浓墨画了一道隶体的"一"字，笑起来露出一口瓠瓜子似的洁白方正的牙齿。一双隐没在镜片后虽然不大的眼睛，却直叫人感到真诚。

1.

我们走在村道上，阳光正好。

"谢书记——谢书记——"一阵急切的呼喊声传来，声音里满是激动。咦，只闻其声、不见其人呢？我提着眼睛四处找。

随着这喊声，走在前面的谢俊杰和几位村干部们爆发出一阵开心的大笑。村主任王帮全说："哟——连声音都听得出来哈，硬是对谢书记熟悉得很哦！"跟着这道喧声笑语，我们被领进路边林间一处隐蔽的蝴蝶养殖棚里。

喊"谢书记"的人是曾经的贫困户王建均，这养殖棚便是他的。5年的朝夕相处，"谢书记"的声音他自然是辨得。何况谢俊杰于王建均有恩，

他的声音也必然是刻在王建均的心里。

王建均身材瘦削，养蝶这雅致的工作，使得他相貌里纯然间生出一股儒雅之气。

他心有不甘地说："我和妻子都很勤快，如果不是因为我们先后都患了病，我们也不会是村里最后一个脱贫的！"说着，他感激地看着谢俊杰："不过，我们如今能够脱贫，还多亏了谢书记的帮助哦！"

王建均一家5口，3个孩子都在念书。2015年初，他被查出患有多脏器结核病。这个家的主要劳动力倒了，生活一下子陷入了绝境。

正好2015年8月，谢俊杰来到他们村担任驻村第一书记。他得知王建均这个情况后，便立即和村组干部一道，来到王建均的家，给他讲解国家精准扶贫"两不愁三保障"对贫困群众的优惠政策。让他放宽心——村里将尽力在生活上给予他家帮助。

他们为王建均申请了医疗救助、解决了孩子教育问题、安排了住房维修，王建均所面临的巨大困难，都被村干部们一一"化解"。这是连他自己都从未奢望过的事——困难时刻，有人会这么主动地关心自己，他比亲人还亲呐！

这温暖，点亮了王建均一家人生活的希望。

2016年5月，在谢俊杰的大力协调下，乐山电力股份有限公司鼎力支持，帮助星星村成立了由村党支部牵头的"峨边神农种养植专业合作社"，发展纯天然高山时鲜品牌蔬菜和原生态家畜养殖，全村有101户村民入股，55户建档立卡贫困户全部被纳入。当然王建均家也在其中。

这下大家的日子都好过了。王建均也做了股东，参与了分红，收起了股金；因土地流转，收起了租金；得到村里照顾，被安排在合作社的黄花加工作坊当技术工人，领起了工资。他一下子有了三份收入来源，家里的日子一天天地滋润起来。

然而命运弄人，这个刚要脱离不幸的家庭又一次灾难降临。

2017年，王建均的妻子沙玛毛阿留，被检查出患有心脏病。巨额的治

疗费，令这个脆弱的家庭再度陷入困境。

在得知他家的困难后，谢俊杰又一次对这个不幸的家庭伸出援手。他又一次和村干部们一道，第一时间来到王建均的家。

国家精准扶贫政策日趋完善，对于陷入困境中的家庭，可谓考虑得面面俱到。这次，村干部们利用扶贫政策，为他家申请了低保，同时帮他妻子申请了医疗救助，再一次让王建均的家庭绝渡逢舟。

这次到他家，谢俊杰不仅是为了解决王建均家的燃眉之急，他还有一个好消息——其实是一个致富的好主意要告诉王建均，就看他愿不愿意做——那就是建议他在家"养蝴蝶"。提这建议，是谢俊杰事前仔细考虑过的，养蝶这个工作不需要花太大力气，只要耐心细致就成，很适合多病的夫妻俩。

谢俊杰的主意让王建均颇感新鲜，养蝴蝶？这是他从未听说过的。然而星星村这两年来的变化，尤其是谢书记对自家的真情关怀，精心照顾，让王建均对谢书记很是信赖。他没有太多犹豫，便答应了。同时，他报名参加了村里组织的蝴蝶养殖及蝴蝶标本工艺品制作技术培训班。

在谢俊杰和村两委的组织下，村里共评选出5户贫困户作为养蝶示范户。2018年3月，经过两个月的统一培训后，展开了蝴蝶养殖。

他们严格挑选了背风向阳、通风良好、水源清洁、土质肥沃湿润、远离田园的半山上建棚，精心孵化虫卵、养育幼虫。然而他们却忽略了蝴蝶的天敌——蜘蛛、蚂蚁和老鼠们。结果第一季养殖惨遭失败。

天下没有一蹴而就的成功，开弓也无回头箭！

在谢俊杰的激励下，他们打起精神、鼓起干劲，接着铺开了第二季的生产养殖。

但这次，虽然他们汲取了上次的教训，避开了蝴蝶天敌，却因种植的"食物"太少，也没曾想幼虫成长那么快，饭量那么大，80%的蝶宝宝都被饿死。5个示范户中，惨败中的幸存者，就是王建均，一棚也仅卖了800多元。

然而，正是这20%的成功，为养蝶示范户们积累了宝贵的经验。那一点点的收益，点燃了王建均他们淳朴的希望，激发了他们养殖蝴蝶的热情。

星星村人的骨子里是勤劳的，只要有那么一点鼓励，一点支持，就能唤起他们极大的热情。他们一次比一次更有信心、更加用心。他们深信，只要认真按照专家的指导和前两季总结的经验教训，细心管理照料，一定会有收获的。何况，他们还有扶贫政策，还有谢书记和村干部们"撑腰"呢！

2019年，王建均他们为蝴蝶种植了充足的"食物"——马兰、柑橘、黄柏等。王建均现在养殖了两个棚，每个棚年产值可达1万元。村里的蝴蝶养殖户也增加到9户，他们跟峨眉山蝴蝶文化公司签订了回收协议——"蝴蝶死活都要"。农户们的付出有了保障，这为他们养蝶的积极性加满了油。

在王建均的蝶棚里，种了几十株马兰。谢俊杰叫我来看一株马兰的叶子。呀，一条1厘米来长的黑色小毛毛虫卷曲在叶片上，旁边还粘附着十来粒西米般大小的晶莹亮白的虫卵。原来眼前这就是神奇而著名的拟态昆虫——枯叶蝶的幼虫和虫卵呀！

一般人对毛毛虫，都会本能地"敬"而远之。王建均却不怯，他将它们拿入手中，任由它们在掌心蠕动，因为这都是他的宝贝呐！

2.

在离开王建均的蝶棚后，我们沿着坡道往上。几分钟的路程，在道路右拐弯处，我们到了王维利的家——"王家院子"。

院门进口，是一个空阔的坝子，坝子里头摆了十来张可兼做餐桌和麻将桌的方桌，桌子后面是厨房。

主人还未出来，我四处看。发现院子右边一处别致的景观，心中一喜。这边摆放的是一排高低错落、天然有致的木桩。各个木桩墩儿上，挖了小坑，栽了多肉，有如假山般趣意盎然。

看来这家主人有着别致的聪慧和机巧的心思啊。

沿着右边的几级坡道下去，经过一小片花园，沿山坡的边缘，建有两间麻将室。这是王维利和父亲用竹子造的，很精致。两间房室朝向坡崖的一边都开有很大的长方形窗户，能看见远山。整个窗户看上去，像贴挂在竹墙上的一幅自然风景画。

我叹道，这简直就是五星级的麻将室嘛，所有麻将爱好者的最爱。说实话，因为不好麻将，我至今不能把爱麻将和爱风景统一。但我却见到许许多多的麻将爱好者，犹甚喜欢风景旖旎的麻将环境，我妈就是其一。

话说回来，院坝和1米坡下的星级麻将室之间，那三分地的花园，从叶片上辨识，种了玫瑰和紫藤。由于过了季节，无花的它们不大醒目，所以开始也未加注意。

我无意中发现，花园的篱笆上悬挂着太阳能庭院灯。若不是我自己也喜欢这些小布件，一般人大白天是绝不会发现的，哪里想得到白天不起眼的一颗颗小黑点，夜晚会发出美丽的点点荧光。

由于疫情还未结束，这里显得有点冷清。今天是周六，天气又好，竟然没有一位客人，我不禁心里隐隐替他感到难过。

这时，一个30来岁的小伙子从餐桌那头走出来，应该就是王维利了。我事前大致了解他的情况，便不由得去看他的腿——右腿微微的有一点跛，但不很明显。小伙子使用假肢竟是如此娴熟，并且模样也挺"撑展"的。

"这就是王维利。"谢俊杰说。

我佩服地看着他，赞叹了他的"木墩多肉假山"和"星级麻将室"，还有明年三四月份会很漂亮的紫藤和玫瑰花园，以及浪漫有趣的太阳能灯。

而曾经的王维利，日子却并不是这样的。

2005年对于王维利来说是不幸的。那年他遭遇了严重的车祸，导致右下肢截肢。右腿没了，女朋友也飞了，那时他的情况，也无法外出务工。他成天躲在家里，自暴自弃，脾气也坏了。

当一个人遭遇了残疾这样的不幸，他是逆反的，他抗拒所有人，甚至于自己。真正爱自己的人，是不会轻易恨别人的。他之所以仇视，都归因于恨自己，他把命运的残酷都归罪于自己，而他伤害的，恰恰是最想帮他的人。

他在家和父母对着干，成了家里的拖累。在村里，和村干部们唱对台戏，成了村里的刺儿头。他还常常找些无理要求，为难村两委。村组干部一说起他就"摆脑壳"。

2015年，当谢俊杰和村两委铆足了劲儿要带领大家修路，极力阻挠、反对修路的人当中，最"积极"的就数王维利了。那段时间，谢俊杰每天都去这个"反对户"家中做工作。

一天傍晚，他又来到王维利的家。王维利正在炒菜。谢俊杰一边和他聊天，一边看他炒菜。

谢俊杰看他炒菜时的情绪很好，不像平时见谁都没好脸，于是便跟他找话，就炒菜的方法"虚心"请教。王维利也来了兴致，毫无保留地将自己的做菜"真传"，一一讲给这个自己一向"反对"的第一书记。

谢俊杰发现，王维利对做菜很有研究，正好他在给村里规划乡村旅游，便动员王维利开个农家乐，他的手艺一定能吸引不少顾客，而且他家的位置也是个绝好的"观景台"。

王维利一直没有勇气，也一直觉得做生意这事离他的生活太远。每当谢俊杰来动员他，他总说，"谢书记，你在洗我脑壳嗦""谢书记，这事我做不来"。而谢俊杰言语上也并不逼他，每次来，就只是帮他分析此事的可行性……一步步帮他建立起了开办农家乐的信心。

刚开始的时候，王维利没有启动资金，谢俊杰便帮他争取到县残联和

自己单位的支持，并送他到成都新东方参加了为期 2 个月的厨师培训。

而当他学成回村，自己去申请小额信贷，准备着手创建农家乐时，却遭到乡信用社的拒绝，多次争取无果。乡信用社也难办啊，主要因为他是残疾，父母又超过了 60 岁，风险大，信用社不敢冒这个险。

这让王维利很是泄气。谢俊杰决定亲自出马，跑到县信用社协调，并以个人名义担保，终于帮他争取到信贷资金。

几个月来，在谢俊杰的真诚帮持下，王维利渐渐找到了生活的希望。重拾信心的他，非常珍惜这来之不易的机会，也深感谢书记的良苦用心，在将自家改造成农家乐的过程中，十分努力，这也是为自己的人生在努力啊。

为节约成本，王维利亲自骑着电动三轮车，一趟一趟地跑建材市场，拉木头、河沙、水泥等重物。

长时间的负重劳动，使他的右腿截肢处伤口化脓，套不上假肢。他就用顽强的意志来克服肉体的疼痛，咬牙坚持。历时半年，"王家院子"农家乐终于建成。

谢俊杰借助新闻媒体、大小交流会、微信朋友圈等各种渠道和形式，对"王家院子"进行宣传推广。而今，"王家院子"每年都有四五万元的收入，并且每年都向村集体经济提供分红。

现在的王维利，日子好过了，精神头十足。他在村上、乡上、县上通过讲述"我的脱贫路"，现身说法，带动更多的贫困户通过自身努力奋斗、实现脱贫致富。不仅如此，他还积极参加村里的公益事业，甚至还参加了省、市举办的残疾人运动会田径项目。

2019 年 3 月，他向党组织递交了入党申请书。

王维利重新"站"了起来，先后荣获感动峨边系列奖——"感动峨边·脱贫致富之星""感动峨边·身残志坚""十大感动峨边人物"和"感动峨边最美劳动者"等称号。

3.

当我们来到村委会办公楼，谢俊杰带我们参观了一楼的电商平台服务站。这里除了进门左边有一个电脑工作台，左右两面墙和中间的大平台上，都陈列展示着星星村的特色产品。有特色品牌"辣必小心"的辣椒酱，"王烧坊"的美酒，有山货核桃花、嫩笋干、腊肉、香肠等，当然，还有王建均一帮"养蝶人"制作的蝴蝶工艺品。

在这里，曾经有一位95后大学生在负责管理。她非常优秀，她叫王晓玲。我仿佛仍能看到她在此忙碌的身影。

2016年大学毕业后的王晓玲，在成都市找到了一份舒适的工作。这年中秋，她回家探亲，被谢俊杰知晓。他正在为农特产品如何通过互联网"进城"犯愁，正想找一个年轻的大学生来做这事。

那天他来到王晓玲的家，劝她回乡创业，"你有知识有文化，村里的电商平台发展只能靠你们这些年轻人""要把我们的产品推出去，把我们村的经济提上去，我们星星村的未来发展，都要靠你们"。

王晓玲听着谢俊杰的话，联想到家乡的未来，于是满怀激情地答应了。

谢俊杰随即争取到自己单位2万元的资金，为电商平台服务站购置了电脑、货品展示架等设施，成立了峨边县第一家电商平台村级服务站，村集体经济占股20%。之后他便把服务站交由王晓玲牵头管理。

不过开创一个新的事业，大凡举步维艰。从淘宝店开通建设、产品收购包装，到货品宣传推销，每一步都牵涉大量烦琐的工作，劳碌冗杂。

当产品送出去后，还时常发生意外。有时是寄出去的鸡蛋运输中弄破，有时是蜂蜜、辣椒酱途中发生了渗漏，有时遇到挑剔的顾客嫌粮食猪腊肉太肥，要求退款等等。

服务平台从筹建到运行，辛辛苦苦几个月，还亏了几万元。对于年轻的王晓玲来说，努力付出的结果，是惨重的经济损失，这打击不小。她有些撑不住了，她心神不能专一，情绪也时起时伏。

2017年春节后，王晓玲离开了星星村，又在成都一家医院找了份工作。

平台建设的关键时刻，关键之人可不能走！

急坏了的谢俊杰，几乎天天给王晓玲打电话，"一个人要能经受得起失败，你不能遇到了挫折就轻言放弃啊，要不然这会是你一生的遗憾""成功都是靠坚持和努力换来的，一次失败并不代表真正的失败，相反，我们要在失败中汲取经验，才能为成功铺平道路"……"你要看到，有困难才有希望，人在为希望奋斗的过程中，度过的每一天，那才是无悔的"。

谢俊杰自己便是这样一个善于坚持的人，在困难和失败中找到希望的人。足足用了3个月，他硬是把王晓玲从成都"扭转"了回来，回到了星星村。

接下来谢俊杰通过积极汇报、对接，联系争取到乐山电力股份有限公司和中国电信的大力支持，星星村的产品同时在天虎云商、淘宝店、微店上线运营，在全国各地展销推广，全力打造"来自星星的山货"特色品牌。

目前，星星村的电商平台线上品种达30多种。村民们自产自销的农产品，摇身一变，成为包装精致、品质上乘、设计新颖的网上畅销品、热卖品。"来自星星的山货"通过线上线下平台，实现销售额已超120万元。星星村农产品的销售渠道不仅被打开，更带动了周边山区一带贫困村农产品销售，促进了大批贫困群众增收。

星星村的电商平台将"农户+合作社+食品厂+电商+乡村旅游"串珠成链，实现了一二三产业融合发展。

2017年11月星星村益农社被国家农业部评为"全国百佳案例"，还引起了泰国公主诗琳通殿下的关注，这位将毕生精力放在工作中至今未婚的

公主,曾两次与王晓玲视频连线,交流农村电商发展。

2019年,王晓玲被提拔为峨边县共青团团委副书记,同年被评为"感动峨边·先富带后富之星",并光荣加入中国共产党。

王晓玲,曾自认是一个平凡的女孩。但那些曾经自以为的渺小和脆弱,却潜藏着伟大的崇高品德。当一个人的精神之灯被点亮,整个人生就会发生一次蜕变。绝境不仅仅是一个挫折、一次危机,同样也是一个转折、一次契机。

星星村电商平台的建立,赋予了这个彝族县贫困山村新的生命。它如星星之火燎原,带动了整个峨边县的电商扶贫的发展。

2018年,峨边县成立了"峨岭云边"电商微商扶贫创业中心,王晓玲被聘为经纪人。自上线以来,解决了大批农户的产品销路,以及当地8000余人就业,2019年实现销售收入7600余万元,联农带农8000余户,户均增收2300元。

4.

在村委会办公主楼外的左侧,有一溜排屋,大约有七八间房。谢俊杰说,这是村里的"星耀食品加工厂",也是一个回乡创业的金凤凰承办的,村集体经济占20%。

食品厂负责人叫陈秋兰,巧的是她和王晓玲竟是小学同学。俩人都身材高挑,容貌气质俱佳,且为星星村的经济发展做出了杰出贡献。

陈秋兰2015年大学毕业后,本来在峨眉山市的一家公立幼儿园工作。2016年村里新建了幼儿园,她为了照顾家人,便回到村幼儿园当老师。

这年年底,谢俊杰准备为星星村筹建一个食品加工厂和冻库,一来解决番茄、辣椒等难以保鲜的蔬菜滞销问题,二来希望通过加工包装,创建特色农产品品牌,把村里优质的酱肉、腊肉、香肠等卖出去。

食品加工厂修建完工后，由谁来负责承包经营，村里对此施行了两次公开招标。居然没有一个人来报名。

于是，谢俊杰找到了陈秋兰。这个刚回村里的大学生，每天来幼儿园上班，而幼儿园与村委会办公楼紧挨着，自然谢俊杰常常见到她，比较熟悉。

当她听说谢书记要推荐自己当食品加工厂负责人，立马就拒绝了，"不行，不行！我既不懂食品加工技术，也不懂经营管理，咋个弄哦——"，她的话也道出了大部分村民不敢报名的原因。

谢俊杰鼓励陈秋兰，"你是才毕业的大学生，有知识有文化有进取心，学习能力强、吸收快，相信你一定能很快掌握技术的""你也要相信自己，珍惜青春，把握机遇去实现自身价值"……

在食品加工厂的建设中，谢俊杰亲力亲为，完成了一系列他不曾涉及的高难度"动作"。从确定食品厂的名字到工商注册，从食材的选择到产品包装，从取得肉制品和果蔬SC认证，到后来的品质提升，以及包装设计更新等（包装设计更新得到国家工艺美术大师"水墨禅心"宋凝的大力支持），他一以贯之地劳心劳力。

陈秋兰没有辜负他的信任，尽心全力地参与投入、认真学习，竭尽所能做好每一个环节。

2017年年底，建厂仅半年多的星耀食品加工厂，就为村集体经济创收了10多万元，2018年被峨边县评为"农业产业化龙头企业"。开业以来，食品厂招募了10名村民员工，其中有4名是贫困户。

然而在追求理想的过程中，现实总是偏爱于无情鞭挞、折磨人的意志。

2018年底，全国20多个省份遭遇了非洲猪瘟，一时全国恐慌，餐桌上，谈"猪"色变。这严重影响到星耀食品加工厂的经济。陈秋兰厂里优质的腊肉卖不出去，货物一度严重积压。

在这危急关头，谢俊杰积极寻求乐山市进出口商会、乐山瑞鸽皮革公

司、中国电信和乐山电力股份有限公司的支持。在进出口商会胡英会长等众多爱心企业家和爱心人士的帮助下，星耀食品加工厂渡过了难关，并因祸得福，他们将山货推销到了香港和澳门等地。

年仅25岁的陈秋兰，成长很快。如今，不仅形象气质像明星，内心也磨炼得十分刚强。在经历过非洲猪瘟的考验后，她在朋友圈中感叹道："你永远不知道风险什么时候来临。因此，只有努力逆风成长，提高自己的反脆弱能力。趁现在还来得及。"

后　记

一个人的精力和付出是有限的，谢俊杰为村里付出得越多，对家人的亏欠就越多。

在他和村干部们夜以继日奋战的日子里，病重到几次入院抢救的丈母娘他无暇顾及，交给了妻子。父亲两度因肺病、心脏病住院。身为孝子的他正处在脱贫攻坚关键时期，不得不把泪水深藏心底，把老父亲也托付给了妻子……

然而，为了丈夫的脱贫攻坚事业，在后方全力支持的妻子，却因小病久拖未治，在2018年底病情突然发作，幸而抢救及时，险些酿成大患。

妻子的突然病发——这个他深深依恋的爱人的倒下，才使他深切意识到对家人的亏欠太多太久。如今的星星村是幸福美丽的，村民们过上了稳定富足的生活。他，也可安心回家了，也是时候回家了。

虽然在2019年8月，谢俊杰离开了星星村，但他仍担负着这里的扶贫指导工作，仍然在为巩固脱贫攻坚成果、推进乡村振兴发展而付出努力。

在谢俊杰帮扶星星村的5年里，他牵头并亲历参与了村组道路建设、农网改造、饮水设施建设、种植业发展、昆虫养殖业兴建、农特食品加工厂创办、山货带出电商服务平台创建、农旅结合农家乐开办，以及开展移

风易俗等一系列帮扶工作，使星星村一二三产业融合发展。每一步他都付出巨大艰辛，期间几近遭遇生命危险，但他就像农民对田耕的热爱，每一步都无怨无悔。

凭借国家精准扶贫政策，凭借党和政府，以及驻村帮扶单位的支撑，凭借村干部们的鼎力支持，凭借家人的宽宥与包容，凭借他于挫败中坚韧挺进的勇气，谢俊杰将星星村的每一桩每一件每一人每一事的困难，都一一克服。他培养了一批返乡创业、自强不息的脱贫致富带头人，他帮助贫困群众立志，化茧成蝶，靓丽纷呈。

如果晨曦不能驱走你的睡意，如果第一只知更鸟的啁啾不能将你从睡梦中唤醒，那么你人生的清晨与春天将一同逝去。

在脱贫攻坚的壮阔历程中，星星村和全国各地的贫困村落一道，在漫长的复苏中注入了新的生机与活力，它们的清晨与春天一同到来。

白色的打碗花在食品厂门前的微风中细细地颤动，神秘的枯叶蝶静息在马兰的叶片上，从那排多肉的木墩假山望出去，是苍翠的木林和影影绰绰的远山，一位年轻可爱的姑娘在"峨岭云边"中微笑着忙碌……陈秋兰、王建均、王维利、王晓玲……他们如背风山上夜色中光亮闪烁的长亭，由一个个灯火连接在曲折蜿蜒的山道，一直延伸至深邃靛蓝的天幕。他们在谢俊杰的扶助下，让平凡的生命焕发异彩；他们，又如一次次努力拨开云霭的辰斗，闪亮一个又一个，朗曜星空。

2020 年 6 月 1 日

心底的那束光

罗 薇

03

张钦城在他引进的草莓园区,查看草莓的生长

人这一生的命运,心,一直是一种牵引。你一路的曲折顺直,你一生的苦乐悲喜,心,都将微妙地牵引着你命运中的每一个起承转合,一点点

成就或消磨着你。有的人心里向着光,他要努力让自己活成一束光,这是他自觉的一种责任和使命。因为这光,将使他未来的道路越走越明晰,也因为这光,将在前进的道路上温暖和照亮到他人,而他觉得只有这样,才是没有辜负这来之不易的一生。

从"心"出发

张钦城 2003 年冬季入伍,东莞市虎门镇当兵,在中国人民解放军南海舰队服役 2 年。新兵训练够苦,可当领导问他愿不愿当班长,他不假思索地点头。"班长"意味着更大的责任和奉献,也意味着更大的锻炼和成长。"锻炼和成长"是他当兵的心志。而作为班长的培养对象,之后的集训竟长达 8 个月。虎门这地方"长夏无冬、光照充足",火辣辣的日头下,真是个户外训练的"好地方"。

张钦城三十出头,中等偏高身材,身体健实得像株柏树,而他肤色白皙,面孔又是俊秀的。这个家境十分优渥的青年,却是经历过艰苦训练、能吃大苦的人。

从部队回地方后,2006 年,他进入四川省级扶贫部门工作。2017 年 10 月,他主动向单位(四川省扶贫开发局)请缨,投身脱贫攻坚一线。他先后被派往凉山州昭觉县特布洛乡呷租卡哈村、洒拉地坡乡尔打火村参加驻村帮扶工作。其中在尔打火村待的时间最长,且任驻村第一书记,至今两年有余。

张钦城又一次从"心"出发,定位自己的人生轨迹。

2018 年,刚到尔打火村任第一书记不到一个月,张钦城清楚地记得那年 7 月 14 日,当地突发历年罕见的特大洪水。

此前,因家里孩子得了肺炎,久治未愈,他本请了一周的探亲假,打算回家看看孩子。此时,他毅然决定留下,与村两委一道奋战,组织村民

紧急投入抗洪救灾，转移人员物资、筑强堤坝、挖渠泄洪。他两天两夜未曾合眼，战斗在防洪抢险一线，与村干部们一道，保护了群众的生命，抢出了大批牲畜和物资，挽救了40万元个人和集体财产损失。

张钦城在工作中，善于发现问题并解决问题。

在这次抗洪抢险时，他观察发现，洪水溢出堤坝，主要是由于村里原先的两座木桥桥面修得过低，挡住了上游大水冲下来的枯木等杂物，形成河流堵塞、水位抬高所致。

于是他积极联系昭觉县扶贫开发局，为村里争取到重建桥梁的资金。他带着村干部们和专业人员一道，认真规划桥梁建设，组织工程实施，仅用了两个月的时间，仅花了7万余元，便修建了两座高大结实的钢筋水泥桥，且经历了2019年和2020年暴雨洪水的考验，有力保障了群众生命财产的安全。

用"心"付出

四川省扶贫开发局是尔打火村的帮扶单位，2018年底，单位以购代捐订购了一批村里的农产品，土豆、荞麦面、苦荞茶、牛羊肉、草莓等，近10个品种，工作自然落到了本就在该村挂职的张钦城头上。

这事挺急，要一周之内完成。他第一次接触这事，村里也没有一次性向外地卖出过这么多品种农产品的经验，一切都要靠他自己。部队练就的优良素质还在，他头脑清晰，行事果断，立马组织人员，按照订购清单，收购、分拣、称秤、买真空袋、包装盒……

他下意识地想，这是在为自己所帮扶的贫困村尽力，是为自己单位扶贫工作出力，而最终是为贫困群众效力。这一单下来，就能让村里老百姓直接增收7万余元。他不觉浑身是劲儿，对这项临时的紧急工作投入极大的热忱。他连续奋战6天6夜，终于将物资配齐，包装好，一切准备就绪。

张钦城联系好司机，12月28日一大早，便兴冲冲地向成都进发。此时车窗外漫天飞雪，他轻松的外表下，却时时悬着一颗心，眼睛紧盯着前方路面。大凉山，这样的冰天雪地，开车可不能掉以轻心。

村里每每有这样大宗物资进出时，他都要亲自去押运。他是个责任心很重的人。他知道，这里除了冰雪路面、道路陡峭的危险，路上还会遇到"碰瓷"讹诈、夜里留宿时被偷盗的风险。这些都不得不防。

下午4点，他们顺利到达成都。可白天大货车限行，只能晚上10点以后进城。无奈他们在郊区等了足足6个钟头，到晚上10点后才往城里开。那晚11点过，到达单位后，便开始卸货，照单清点，干完这一切已是次日凌晨两三点钟。

他第一次感觉自己那么累，又第一次心里有种莫名的欢愉，这也是他第一次如此扎扎实实地在劳动中迎接新年。

张钦城除了对接本单位以购代捐，还主动联系其他机关单位，推进消费扶贫深入开展。一年多，此项收益达20多万元。

扶贫之事无关乎大小，而在乎持续点滴的付出，在乎心底能找到那束光源，并用"心"去点亮它。这光，能带给自己和他人温暖与快乐。

以"心"相交

尔打火村位于昭觉县西南，距县城37.5公里，平均海拔2620米，冬长夏短，昼夜温差大，山多地少，属典型二半山区。2013年全村489户1896人中，建档立卡贫困户93户，贫困人口366人，贫困发生率高达19.3%。

虽然该村于2016年底实现了贫困村退出，全部贫困人口脱贫，但这里地处深度贫困地区，落后的生产生活面貌才刚刚发生改变，巩固脱贫成效的任务仍然十分繁重，仍需不断付出艰苦的努力。

村里 500 来户人家，分散在方圆 20 多平方公里的山尖沟地。刚到尔打火村的头一个月，他每日的工作便是在村干部的陪伴下，走访各家各户，尤其是村中贫困户和特殊困难家庭。他们每天天亮启程，深夜才回到住地。

不久，皮肤白皙的他也变得本地人似的，黑亮黑亮的，地道的成都话也开始走了调，不自觉地夹杂起彝族腔来，这让老百姓听了既觉得好笑，可更觉得亲切。

渐渐地，村里人熟悉了他，大事小事解决不了的，也都主动来找他，帮着谋划谋划，想想办法。彝族同胞很重感情，经历过一些事后，更是将他当成过命的亲人。

一天，年轻的洛古日且正在犁地，犁铧意外翻碎了一块埋藏在土里的玻璃。尖锐的玻璃碎片飞溅而起，直插入日且的眼球，顿时疼痛难忍，鲜血直流。一旁劳作的父亲看见，着急地扶起儿子，疾步赶到乡卫生院。可卫生院哪有法子，催他们赶快到大医院去。

父子俩又先后到了县、州医院，可都说无法医治。在这绝望的时刻，他们想起给村支书打电话求救，村支书自知无力解决，赶紧联系到张钦城。

他一听这情况，时间紧迫，刻不容缓，即速开车赶来。一路上，他一边询问自己周边的亲朋好友，看有没有四川大学华西医院的熟人，同时他也联系了自己单位省扶贫开发局的领导和同事们帮忙。他心里想，伤到眼睛这么严重的事，既然县、州医院都无法治疗，无论如何，一定要找到最好的医院。

接到洛古父子后，他们没有丝毫耽误，直接开往成都。

路行至一半，好消息来了，日且今天就可以住进华西医院眼科了。张钦城心里的石头落地了，日且的眼睛有救了。他同时又有一点不敢相信，这么快，就能让日且住上医院。平日他自己生个病，都不敢去华西这种大医院，因为病人太多，有的病要等几个月才能排上号。

后来他知道，这事是自己单位领导帮了大忙，还有华西医院领导，他们听说是凉山州的贫困群众遇到了急症，立马就开出了绿色通道。日且手术后，省扶贫开发局了解这事的领导和同事们也去看望了他，并自掏腰包，送去了几千元的慰问金。

日切手术很成功，张钦城可算松了口气，那玻璃碎片扎得太深，差点伤及大脑，如果救治不及时，性命都有危险。

一个星期后，日且便出了院。目前他的眼睛已完全康复。现在，洛古家的人一见到张钦城，就像见到亲人般，日且更是哥哥长哥哥短地，叫得亲热得很。

为使村里群众加快融入现代文明，张钦城从帮助贫困户打扫卫生开始，示范卫生习惯的养成；宣传禁毒防艾知识，深入解析毒品艾滋病危害及防范；宣讲控超保学的意义，提高村民计划生育和接受教育的意识；宣扬移风易俗思想，提升乡亲们思想道德面貌；着力开展感恩教育，引导群众"感党恩，跟党走"的自觉意识。

他还利用农民夜校为村民们系统、反复地讲解这些知识，内容生动丰富，其中还包括疾病防治控制、致富知识技能、"互联网+"综合信息平台运用，以及防火、防震、防汛知识等，注重从各方面全方位宣传教育，帮助村民们尽快实现社会文明的时代跨越。

心底的光

脱贫致富，就是要让贫困群众稳定增收，怎么增收？张钦城记得降初局长（时任四川省政府副秘书长、省扶贫开发局局长）说过：增收必须要有"一条龙"的体系，在这个体系中，就业是龙头，产业是龙胸，公益岗位是龙腹，社会保障是龙尾，四个部位都要舞起来，才能实现贫困群众稳定增收，而其中就业是第一位的。

只有让贫困群众就业，实现稳定增收，才能使脱贫具有可持续的内生动力。如何把就业和产业关键部位舞起来，帮助贫困群众致富？张钦城借鉴了外地脱贫经验，考察了当地生产种植条件和周边市场，他萌生了种植草莓的想法。

当他得知县上也正有意引进草莓种植时，他欣喜地找到县农业农村局，争取到他们的支持，协调了70多家农户、320亩土地种植草莓，每亩土地每年流转费500元，并吸纳了120多个村民到园区务工，每人务工费1年1.5万余元，促进村民稳定增收200多万元。

渐渐地，尔打火村的草莓有了名气。2019年12月13日，中共中央政治局常委、全国政协主席汪洋在凉山州调研脱贫攻坚工作，他来到了昭觉县尔打火村草莓产业园区视察，在听取了基地负责人的汇报后，他竖起了大拇指，连说："好，好样儿的！"这极大地鼓舞了张钦城一帮扶贫队员们和当地老百姓打赢脱贫攻坚战的信心和决心。

张钦城与村干部们再接再厉，多渠道争取支持、发展产业。在昭觉县委、县政府的支持下，引进了生态循环农业产业园，配合县上建设800亩蔬菜基地；在省扶贫开发局和省保密局等单位支持下，帮助村上发展西门塔尔牛养殖；在省委农工委的支持下，村上修建了综合服务站及4间冻库（在满足自身存放需求后，多余的空间用来出租增收）。

2019年，尔打火村收入达1498万元，其中村集体经济收入17万元，人均纯收入7000多元，预计2020年底将接近1万元。

张钦城与村干部们带领群众一道，共同团结奋斗，在实施易地扶贫搬迁、彝家新寨建设、地质灾害搬迁，以及控辍保学、禁毒防艾、计划生育、移风易俗等方面，做出了积极贡献。

在昭觉的1000多个日夜，他翻越了千山万壑，由心出发，一路走来就不想停下脚步。

彝族是一个古老的民族，拥有邃古深妙的智慧，对异乡的张钦城来说，充满了独特的魅力。他想着，等到攻坚战胜利了，有时间了，要好好

学习研究一番这里的历史文化。

  他仰起头,眯着眼望向天上的太阳,阳光仿佛也是古老而宽厚的,它抵达每一朵细花、每一粒微尘、每一个生命。"太阳下的子民,应是同一的幸福。"他想着。太阳映照着他的瞳孔,闪闪的,直达心底。他心底的那束光也瞬间更亮了,前行的路仿佛也更清晰了,他要尽自己的力量,散发全部的光,来温暖脚下的这片土地。这里,有无数个"他"正为此而奋战,这里,正发生着翻天覆地的幸福而美丽的变化。

2020 年 10 月 12 日

斗笠村的今生缘

罗 薇

04

青山绿水间，晨梦中渐醒的斗笠村

在漫长的历史长河中，改变，往往是在那些酝酿已久、至为紧要的历史性时刻。当苦难受尽时，应是一段生命的终结，也是下一段幸福生命的开始。一个村庄，如同一个生命体，在无限长河中，上下沉浮，几度沧桑。斗笠村的前世，流逝的是它过往贫苦的记忆；今生，沸腾的是美好的生活，流淌的是青山绿水间的甜蜜。斗笠村的今生是幸运的，它与这个时代，与那些为之幸福而奋斗的人们相遇，今生缘起。

一个"没有星期天的男人"

杨华林是四川省遂宁市大英县玉峰镇斗笠村的一个职业村支书。他30出头,身材敦实,黧黑方正的脸上,嵌着一对智慧的眼睛。一眼能看出,他是个质朴的聪明人,这样的人通常又是勤奋的。

当杨华林接到斗笠村村支书的任命时,他骑着摩托车,兴冲冲地驶上斗篷山坡顶,往坡下一瞧,心却凉。

纵目四野,坡地、田埂边满是杂树,竟然长得"枝繁叶茂",而混迹其间的果树,桃子啊,苹果啊,长得那么小,耷拉着,连自己都觉得不好意思似的。田里种的那个叫啥?分明就是杂草,也"蓬勃旺盛"得很。

"这是怎样的一个村子?靠什么来支撑经济?老百姓过的是什么样的日子?"杨华林心想。

斗笠村地处川中盆地丘陵地带,位于玉峰镇西南,地理位置偏僻,交通落后。全村284户887人中,就有贫困户85户215人,几乎占到全村人口的1/3。其中,又有特困户35户98人,残疾户28户,长期患病家庭8户。外出务工人员达463人,大多是青壮年,占村里人口的一半还多。在2014年以前,村中尚无集体经济收入,产业以水稻、玉米、油菜等种植为主,人均纯收入最高时仅达2685元。当时的斗笠村,是大英县的"贫困典型村"。

杨华林的QQ名叫"没有星期天的男人"。自从当了村支书后,他就没日没夜没周末地工作。说起这名字,他的内心是复杂的。作为扶贫一线干部,他是自豪的;然而,对于家庭,他又觉得愧疚——陪伴家人的时间太少太少。

而杨华林有很强的大局意识,他总是不自觉地站在大局的立场上想问题、做事情——"脱贫攻坚是头等大事,等不得、松不得、输不得",只

有暂时委屈一下家人了。

刚来斗笠村的杨华林，迅速摸清村里情况，团结村两委班子和驻村干部们一道，积极行动，带领村民们共同奋战：开凿灌溉水渠600米，新建生产便道9.2公里，拓展村道3.5米宽、600米长，全面完成了安全住房、卫生室、文化室等建设。

同时，他们加快推进了"三建四改"项目建设：硬化入户水泥路1300米，整治院坝4000余平方米，建设化粪池、沼气池50多个；悉数完成了农户改厨、改厕、改圈、改水任务。

下一步，如何让村民稳定致富，是杨华林和村干部们迫切想要解决的问题。

通过考察调研，斗笠村2018年引进企业，成立了大英县玉鑫丽景产联式专业合作社，采取政府主导，"企业+农户+村集体"模式，发展经济林脆红李种植600余亩，林下套种蔬菜400亩，创新开辟旅游观赏瓜果园200亩。村民通过劳务从合作社获得近150万元收入，人均增收近1万元。

斗笠村在2018年底实现了贫困村退出，2019年全部建档立卡贫困户脱贫。村民们生活富裕了，居住条件舒适了，村里环境一天天地美了，村民的笑容也一天天多起来了。

在杨华林眼里，村民的笑容是最可宝贵的，他付出的一切辛劳和汗水，因此而值得。现在他的工作也得到了家人的理解和支持，使他深怀感激，倍觉温暖。

一个"斗笠村的永久村民"

陈永康，四川省阿坝州茂县凤仪镇水西村人，羌族，五十来岁，出生于一个极其贫苦的家庭。高中毕业那年，他因家境贫寒，无奈放弃了上大学的机会。

一个偶然，他与一位懂种植技术的朋友合伙承包了当地一块土地，搞起了种植业。经过多年奋斗打拼，他渐渐在茂县种植业上站稳脚跟，也为这个深度贫困县的种植业发展，做出了积极贡献。

脱贫攻坚的号角吹响，如春风到来，轻抚贫瘠大地。党的扶贫政策，为困难地区群众创造了摆脱贫困、勤劳致富的有利条件，也为那些帮助贫困群众、为贫困而战的人们，提供了实现理想和人生价值的历史机遇。

有了一定积蓄的陈永康，感到自己机遇来了——利用好当前扶贫政策，他可以为更多的贫困地区、也可为自己的人生带来更大的发展。

陈永康在四川各地考察，他来到了大英县。此时，斗笠村的村干部们，也正在四处找寻这样的企业家。于是，他们在此地相遇。

2018年，金秋时节，丹桂飘香，陈永康正式入驻斗笠村。他们采取"企业+农户+村集体"模式投资，在斗笠村种植经济林脆红李，林下套种辣椒、儿菜、南瓜、茄子等，吸纳务工人员189户697人，其中贫困户75户188人。同时还带动了斗笠村附近3个贫困村发展儿菜、胡豆1400亩，帮助1000多名贫困群众脱贫致富。

陈永康这辈子，与泥土打交道、做朋友。土地滋养万物，也滋养了他和一方百姓。

陈永康与村民们一同地里劳作，不分彼此。他常和大家聚在一起，尽心竭力地跟大家传授种植技术。他长着浓眉大眼，黝黑壮实，忠厚憨直，唯一可以把他和员工们区分开的，也许是那双眼睛，它们仿佛能看得更多、更远。

在他和村干部们的努力下，斗笠村种植基地先后被评为"大英县就业扶贫示范基地""遂宁市合作社产业发展和示范基地"。

斗笠村的村民们说："老陈，就是我们斗笠村永久的村民。"

陈永康说："斗笠村就是我的故乡，我就是斗笠村的村民。"

一位驻村元老，一段帮扶情缘

"打赢脱贫攻坚战是一项光荣而艰巨的历史任务，夺取全面胜利还要继续付出艰苦努力。我们要一鼓作气、越战越勇，为如期打赢全县脱贫攻坚战、如期全面建成小康社会作出新的更大贡献。"

这是 2018 年周义双获得全县脱贫攻坚先进个人时，县长在表彰会上讲的话。那年，尽管斗笠村已成功退出了贫困村，但 2020 年攻坚任务在即，即使没有领导动员，他也会选择坚守。

提起周义双，可谓斗笠村驻村干部中的元老，这里的一砖一瓦，一路一渠，一蔬一果，都凝结着他的心血。他与这里的村民们建立了整整 6 年的情谊，被大家亲切地称为"周书记"。这一声"书记"，道出了 6 年来周义双在扶贫工作中的责任与担当，也道出了他在老百姓心目中的地位。

周义双对村中的困难户尤为关心，嘘寒问暖。帮助他们落实扶贫政策，关切他们身体健康，切实解决实际困难。他心地善良，和老百姓贴着心，再忙，也会停下脚来，和村里路上遇见的老百姓说说话，拉拉家常。尤其是老年人，他懂他们，知道他们的孤独。

在他众多的帮扶对象中，有一个叫代明之的老人，有什么事总喜欢跟周义双说说。

一天中午，周义双去代明之家走访，发现他午饭吃得十分简陋，一碟老咸菜，一钵青菜汤，就着一碗白米饭。看得周义双心里一酸，赶紧掏出 100 元钱送给老人，让老人家改善一下伙食。

没几天，老人提了一篮子鸡蛋，找到周义双，硬要他收下不可。周义双哪里好意思，想尽办法推脱，老人最后生气了，他才勉强将鸡蛋留下。之后他一直记挂着，要找个机会还老人家这鸡蛋钱。

不久后的一天，代明之老人突然身体不适，他首先想到的是向周义双

求助。周义双接到电话，二话不说，立即叫来车子，一直陪同护送老人家来到医院，帮着联系医生、挂号，陪着检查诊断、住院、买药。

3个月后，老人出院回家。对乡亲们一向大方的周义双，又掏出钱来，在院子里安排了一顿丰盛的宴席，请了一大帮老人家的亲朋好友，祝贺老人家身体康健。

人年纪越大，越是喜欢热闹，周义双懂他们。他不仅对代明之老人好，对村里所有的老人们，都像对待自己亲生父母般，孝敬他们，关心他们，眷注着他们的幸福。

幸运的斗笠村，能遇到杨华林、陈永康、周义双……他们在各自的扶贫战线上镇守，共同帮扶着这个村子，共同让当年的"贫困典型村"，变成了如今的"脱贫典型村"。他们与这个村子相遇，为着它今生和未来的幸福。他们与这个村子相遇的缘分中，蕴含着这个时代的必然——在脱贫攻坚这场战役中，他们"必然"的相遇，今生缘起。

2020 年 8 月 19 日

斗笠村的文化密码

罗 薇

05

这座矗立在曾经贫困的斗笠村村口的村碑,寓意着"托起斗笠,展翅高飞"

每一个人都有自己的文化密码,随着年龄的增长,在特定的时刻自会启动;每一个村庄,也有它独特的文化密码,随着岁月的积淀,它会在某个时期,可能是某一个春天,由一个人,带领着一群人,去匡助开启一个村寨厚重的过往与丽影今朝。

一座文化村碑，一颗扶贫初心

碧蓝的天空与游走的云丝下，是乡野间无尽的苍翠。在这蓝白绿的映衬里，屹立着一座小小而不屈的村碑。它在大自然的底色上涂抹着明亮一色，处之浑然，犹如一尊矗立在阳光下的丰碑，代表着一个村的贫穷已成为历史。

这座 3.8 米高的村碑，竖立在四川省遂宁市大英县玉峰镇斗笠村的村口。它是一座由钢筋水泥构筑的雕塑，呈现的是一双刚毅有力的巨手、托起一顶金灿灿的斗笠的画面。

白色的巨掌张开，像一双振翅欲飞的翅膀，直向蓝天；而斗笠，更像是一轮金色的太阳，仿佛让人们看到了斗笠村的百姓，正用勤劳和智慧，托起灿烂的明天、希望与未来。

村碑的设计者名叫周义双。他坦言："我设计这个雕塑的初心，是寄以展现'托起斗笠，展翅高飞'的寓意。"

周义双是斗笠村一名普普通通的驻村帮扶队员。说普通，是因为作为全国万千驻村工作队员中的一名，他是普通的。而他的样貌，他的行事风格，却是绝无仅有、特立独行的。

先说说他独特的样貌吧。

周义双个头高挑，却是又黑又瘦，看了总不免令人担心：这人怕不是有什么病吧？怎么这样瘦？

几年前，大英县人大主任第一次来斗笠村考察扶贫工作，周义双兴奋地迎了上去，主任激动地抓住他的双手，满怀同情地说："你是贫困户吧？你受了不少苦吧？"

不是我说的，他身边的人都这么说："你哪里像个扶贫干部啊？你这身形，简直就是个贫困户。"

不过，你若看了他 36 年前的当兵照，你就会明白，这是"天生"的。30 多年后的今天，和他 30 多年以前，变化不大——还是那张小小黑黑的娃娃脸，还是那副瘦得让人担心的身材。

但就是凭着这样一副看似羸弱的身子，周义双在扶贫战线上坚持奋斗了整整 6 年。

如今 55 岁的他，成了大英县帮扶时间最长、帮扶年龄最大、帮扶职务最高的驻村队员。虽然斗笠村已于 2018 年底实现了贫困村退出，2019 年实现了全部建档立卡贫困户脱贫，而周义双的扶贫脚步，却未曾停下。

周义双深知，脱贫摘帽不是终点，而是新生活、新奋斗的起点。

作为一名扶贫干部，周义双的爱好是广泛又独特的。

周义双爱好书画、诗词、摄影、写作，因此，与他志趣相投的文艺界朋友颇多。他是不仅是当地书画界的骨干，而且还是中国楹联学会的会员。

在村碑主体字框中，钴蓝色的底子上，是"斗笠村"三个烫金大字，左下角小字写着"开心题"。"开心"即中国著名书法家何开鑫，也是周义双的好友。为了斗笠村，周义双没少占他的"便宜"，请他为村文化馆贡献了不少墨宝。

村碑底座的碑记中写着："承制：徐氏泥彩塑"。这个来历也不简单，"徐氏泥彩塑"是国家级非物质文化遗产。村碑泥塑正是由徐氏泥彩塑的第五代传人、65 岁的徐兴国亲手打造。

碑记最下面一行写着："捐赠：川投水务集团大英公司"。这即是斗笠村的对口帮扶单位，周义双是该公司的党支部副书记。

2014 年，按照大英县委、县政府扶贫工作安排，川投水务集团大英公司对口帮扶斗笠村，单位还要选派人员到村上参加驻村工作。本身在单位就分管扶贫的周义双，便主动请缨。

他妻子知道这个消息后，担心地说："你才从广元调回来，这才多

久，又要去驻村？组织安排你回来，是对你、对我们家的照顾……你也快50的人了，何必去折腾？……你那身子，比我还单薄，累出个病可怎么办？"

周义双劝慰妻子道："我曾经在农村生活锻炼过，我能吃苦，身体也没问题。况且'农村穷，农民苦'，这我也是有亲身体会的。我们这些在城市长大的人，吃的、用的、穿的，哪样跟农民没有关系？现在有这机会帮助他们，我当然很想去。"

深夜，周义双在床上辗转无眠，心里百转纠结，充满矛盾。他在回遂宁市大英县之前，在广元市剑阁县担任川投水务剑阁公司总经理，期间在广元生活了7年，和妻子长期两地分居，对妻子和女儿照顾得少，对家庭亏欠得多。他的内心，充满了对妻儿和家庭深深的愧疚。

然而，他和农村又有着不解之缘。

他曾两次被派往农村，帮助开展工作。一次是20世纪90年代初，周义双被县里安排，到农村参加"清经（清理经济）"工作；另一次是2014年，在担任川投水务集团剑阁有限公司总经理期间，由剑阁县政府安排，参与当地秦巴山区农村扶贫开发工作。

所以，周义双对农村工作有一定的了解，对农民生活的艰辛更是十分明了和同情。自小城市长大的他，非常清楚农村与城市的距离——城市，对农村、农民亏欠得太多，太久。

良心，在他眼里，是一个人最可宝贵的财富；而同时，它又是一个人美丽灵魂的守卫。

周义双是大英县人，曾在1983年至1986年，在北京军区某部服役。他当兵那会儿，曾是部队政治处的专职放映宣传员，因专职工作出色，曾荣立过三等功。下地方后，他依然保持着部队传统——听党指挥、无私奉献、善打和敢打胜仗的优良作风。

2008年，他主动投身"5·12"汶川大地震的抗震救灾工作，荣获四川省国资委和川投集团"抗震救灾优秀共产党员"，他带领的团队也获得

"全国总工会重建家园工人先锋号"的殊荣。

他想事、行事，总是不由自主地把群众利益放在第一位。他说："扶贫，是一场关系贫困群众切身利益的一场伟大战役。我也曾经当过兵，下过农村。投身这场战役，我是义不容辞。"

曾经的斗笠村是贫穷的，大多数老百姓的日子是艰辛的。

斗笠村地处川中盆地丘陵地带，位于大英县西北15公里。20世纪70年代，这里兴建四五水库，故此，村界周边淹没区较多，人均耕地还不到五分。全村284户887人中，就有贫困户85户215人，贫困户几乎占了全村的1/3。其中，又有特困户35户98人，残疾户28户，长期患病家庭8户，扶贫任务十分艰巨。

周义双曾经写过一首歌《我是扶贫驻村员》，表达了他对斗笠村的扶贫初心：

五年前的那一天
仿佛还在我眼前
贫瘠的土地泥墙边
乡亲们望穿双眼
这里虽没养育我
心里却总想把你变
为了这个郑重诚若
从此我们不惧风险
……

一个人的初心，始发于他的思想本真，体现在他的一言一行。

一所历史村馆，一段文化密码

周义双，将他的德与思，言与行，他广泛而独特的爱好，渗透在他的

每一段扶贫历程中。

在他的倡导下，村里建起了一所"斗笠乡村艺术馆"。这个40多平方米的地方，不仅是一个文化艺术馆，它还是一个村的历史博物馆。这里留存着斗笠村的历史记忆，传承着一个村的精神文化，延续着一个村的血脉亲情。

斗笠村建村历史悠远，文化底蕴厚重，关于"斗笠村"名字的来历，还流传着一段传奇的故事。

据说在清朝乾隆年以前，斗笠村村边有个黑龙潭，故此它曾叫"黑龙潭村"。张献忠败走成都后，沿龙脉东下，来到黑龙潭边，养精蓄锐。在一个月黑风高夜，他化作一条黑龙，在此地界翻云覆雨，生灵涂炭。乾隆皇帝登基后，查看龙脉，见蜀地一个村庄连月阴雨，断定此处有异物作乱，便将一顶斗笠扔出，化为一座斗蓬状的山峦（现叫斗篷山），此山挡住阴雨，黑龙潭村从此太平。乾隆遂给此村赐名"斗笠村"。

这结局美好的传说故事，流传至今，表达了农人们对风调雨顺的渴求，以及对幸福安宁日子的渴望。

村中历史遗迹和典故颇多，现有东汉墓崖2处、宋代盐井4口，一块咸丰皇帝封赠的八品诰命墓碑，一座保存完整的清代曾家大院，有村中名医但大夫悬壶济世的传说，有英勇抗击土匪外侵的母亲寨遗址，还有20世纪60年代旷氏家族割肝救母的致孝感人故事。

在艺术馆中，存有两把特别的书法扇面，皆为周义双亲手所书。

其中一把扇页题记中写道："客居玉峰镇斗笠村五载有余，提炼出人文八景，并自作七律一首"。其字迹笔酣墨饱、劲骨丰肌、历练纯熟。现摘抄如下：

乾帝笠威妖孽灭
汉存崖冢泣声绝
地藏老井经风雨
树掩残垣阻恶邪

救母割肝传大孝

悬壶济世渡微劫

孤灯青庙随烟尽

白鹤归来话久别

这人文八景即：乾帝降龙，东汉墓崖，宋代盐井，母亲遗寨，割肝救母，但大夫悬壶济世，清代曾家大院，以及现代乡间生态、引来白鹭归来的自然风光。

一个村庄的历史文化传承，需要挖掘，需要有人延续和记载。当村民们随着物质的不断丰裕，一定会在某个时候，更加缅怀那个村的过往。那时，如果它的历史是一段空白或残缺，人们的心，或许将会在那一处留下深深的遗憾，日复一日，不断追溯逝去的过往，久久无法平息。

周义双主动承载了这个使命，承载了这份光荣，他把斗笠村当作他前世今生的缘分，去开启它的文化密码。

第二把书法扇面，非常特别。其字迹，另有一番行云流水、笔走龙蛇的风格。

令人感叹的是，此处抄写的是习近平总书记创作的一首词：《念奴娇·追思焦裕禄》。这是总书记于1990年7月15日，夜读《人民呼唤焦裕禄》时的感怀之作：

魂飞万里，盼归来，此水此山此地。百姓谁不爱好官？把泪焦桐成雨。生也沙丘，死也沙丘，父老生死系。暮雪朝霜，毋改英雄意气！　依然月明如昔，思君夜夜，肝胆长如洗。路漫漫其修远矣，两袖清风来去。为官一任，造福一方，遂了平生意。绿我涓滴，会它千顷澄碧。

那日中夜，总书记在"霁月如银，文思萦系"的情景中凝练而出，词作明净、深沉、宏阔，勾勒出焦裕禄扎根黄土沙丘，一心为民、为后代造福的忠肝义胆和质朴情怀。

这是周义双最喜欢的一首词，他的扶贫深情，此间可窥一二。其文思

和情怀，激发出他"生也斗笠，死也斗笠"的豪迈之情。

馆中还珍藏了不少反映斗笠村风貌的当代名家碑刻、牌匾和字画，大多是他书画界、楹联界的朋友，受其邀请到村里免费为斗笠村而作。除此，还有一些农家古瓦罐、农具等器具，这些也都是他收集、为村里珍藏的。

在斗笠村中，可以看到很多关于感恩奋进教育、弘扬传统文化以及宣讲扶贫政策的文化墙和宣传牌，生动的文字和彩画，提振了乡村精神文明风貌，也美化了村容村貌。

这样大大小小的文化墙大约有 100 多面。如村委会墙面写着"多一分宽容和关爱，多一分谦让和理解"。稻田边，红色大牌上写着"产旅融合　振兴斗笠"，中间还有一个可爱的斗笠村 Logo，那是一个戴斗笠的农民巨幅卡通动漫。难得见到哪个村子有自己的 Logo，这也是周义双的创意。

周义双喜欢摄影，也颇为专业。他用镜头，记录着斗笠村的成长，为村里的农人们留存着宝贵的影视图片资料。

他在彩视视频上，制作了斗笠村宣传片达 50 余部，累计播放量 80 万次之多。在他微信朋友圈中，晒出的一张张图片，也展示了斗笠村的生产生活。那些视频和图片中的画面，有斗笠村的美景，勤劳的乡民，还有扶贫干部的身影。

一个文化农庄，一个乡村未来

周义双深知，乡村振兴规划先行，乡村旅游需要样板。

2019 年斗笠村被列为四川省乡村振兴示范村后，他怀着极大的热情，投入到巩固脱贫攻坚成效和推进乡村振兴有机结合与相互促进的战役中。

他和驻村工作队、村两委干部以及部分村民代表们积极行动，共同研究，结合村里丰富的村史文化和旅游资源，优越的自然地理条件，提出了发展生态文化旅游的构想。

　　他们的小目标是：赶超隔壁的卓筒井镇！

　　斗笠村所在的玉峰镇，与卓筒井镇比邻而居。卓筒井镇内各村，尤其是以吴家桥村为首的村子，近年来产业发展迅速，他们大面积种植桃树，并带动乡镇周边村庄，打造了千亩桃花旅游景点，颇有名气，成为了大英县的一个乡村旅游热点，老百姓收入也很是可观。

　　这引起了周义双等村干部们的高度重视，两委一班人，通过近1年的跟踪考察学习，终于在2018年，引进了适合斗笠村自己的产业——脆红李种植。

　　在大英县政府和扶贫部门的大力支持下，他们成立了大英县玉鑫丽景产联式合作社，采取"企业+农户+村集体"的模式，投资200多万元，种植脆红李600亩，而且林下土地也不浪费，套种经济见效快的有机蔬菜共400余亩。他们用卖蔬菜的钱，发放当年土地入股和村民务工的费用，种植产业发展的经济效益立竿见影。

　　周义双正筹划着，明年2-3月份，搞个李花节，打造大英县继卓筒井之后又一个乡村旅游热点，实现当初的小目标。

　　"我们比起卓筒井的乡村旅游，有三个优势：一是有更长的花卉观赏和果实采摘期，因为我们村里还种植了其它花卉和果树；二是有大面积库区的湖面观光和水上娱乐项目；三是有厚重的村史文化魅力和独特的生态产业景观。"周义双和村两委们，信心满满。

　　周义双一直琢磨着打造一个"星级农家乐"，树立一个乡村旅游农家乐的样板。

　　一次老同学聚会，一个女同学说起她很爱种花，目前和老伴儿已经退休，准备找一处清静的地方养老，最好是在农村租一所农民闲置的房子，门前种花，屋后栽树，过一把乡间的慢时光。

这浪漫的设想，被一旁的周义双听到，他眼睛一亮，立即热情地向老同学推荐："你这个愿望简单啊，到我们斗笠村来吧！我们那儿正有一处空置的房子可以租给你们。不过我想把它打造成一个精品农家乐，让村民们学着做，结合村里的产业发展，打造农旅融合的新样板，让村民挣到更多的钱票子……"

周义双看老同学饶有兴趣的样子，便接着说道："你们两口子正好做过餐饮，厨艺好，开农家乐没得问题，装修那些我可以帮忙。不知你们愿不愿意过来？这既是实现你们乡村养老的梦想，也是帮我个忙，不对，是帮我们这个曾经的贫困村——斗笠村这个忙。"

看着周义双恳切的神情，老同学也被他的诚意打动。他可真是个对扶贫很执着的人呐！一心想着帮扶他的斗笠村，什么事有利，就往他的斗笠村上扯。

同学最终答应了建设农家乐的事，并打算投资40万元试试。

他们于2020年5月份开始动工，加班加点，仅仅用了两个月的时间，便打造完成，取名"笠影农庄"。

当你沿着村委会门前的那条道，往前走不远，就能看到那栋两层楼的"笠影农庄"。那"笠影农庄"红色四字招牌，写在四张大圆簸箕上，一字排开，醒目地挂于院墙。顺着农家乐的屋檐和小院儿的篱笆，挂着一溜一溜儿的红灯笼。整个透着红红的喜庆。

走近了，但见房前一个百来平米小院儿，围着土红砖砌的篱笆，红墙上沿，是灰瓦堆叠的一圈儿镂空层，隐约能瞧见里面星星点点的花草。穿过拱形木制花架的院门，进得院内，里面生满新植的花草。

左边雪白的墙面是"乡村振兴"的宣传字画，生动活泼。墙下角，种着一排浓绿的灌木，欣欣然，与字画和谐相映。

院中，一个河卵石砌成的水池，边上种着矮草和秀挺的菖蒲。池边摆放着绿皮青蛙和黄嘴白鹅的庭院布件，趣意昂然。

小径右边，是一处茅草亭。主人正坐在里面，与俩朋友谈笑风生；若

闲来无事，在此处也可把书沉吟。

这生动的场面，正如后来房间看到的一幅画里题文所写："得好友来如对月，有奇书读胜看花"。

这农家小楼中，一楼有4个雅间，每个雅间的名字，都用的村里的小地名：猫儿井、天生桥、母亲寨、斗笠坡。仿佛这小小的雅间，也承载着一个村的文化。

屋子中间的大圆桌上，是成套的青花瓷餐具：青花茶壶、茶杯、碗碟。甚至连筷子，都是青花瓷的。大家吃饭可要规矩了，不小心筷子落地上，可要摔断喽。

房间顶部吊灯非常简洁，一个斗笠下，一颗大圆灯泡。亮白的墙壁，挂有玻璃镜框装裱的水墨字画，画中流淌的是乡间闲趣，古韵山川，或是一些笔墨横姿劲挺的字迹，有的为周义双的亲笔挥毫之作。每个房间的壁灯，也是他亲自设计，形态各异，精巧雅致。

整栋楼的房间设计和布置，周义双花了不少心思和心血，体现出一个文人的儒雅气质，展现了一个乡村的独特文化。

业主以前是搞餐饮的，自然有一手好厨艺。老腊肉的浓香，粑粑菜的清香，生态新鲜的食材，也自然叫人放心。做的"斗笠麻辣巴骨肉"，更是一绝。酥焦金黄的巴骨肉面儿上，撒着红黄白绿的小米辣、花生米、蒜和青椒颗粒，色泽诱人。那肉表皮酥脆，内里肥美柔软，滑过唇齿之间，感动着食客们的舌尖和胃囊。

二楼除几间优雅的茶室外，是一处敞阔的茶坊。这里可容纳百来号人，安置有十来个长条桌，兼具喝茶聊天，吃饭打牌的功能。若是举办个婚礼宴会的，也全没问题。

从楼台望去，有窗边碧冬茄的小喇叭花映衬着，放眼青绿的稻田，满满写着乡间的幸福与迷人的清新。

庆祝"笠影农庄"开张的那天，由周义双的朋友，帮着请了一个民间艺术团，大约有三四十人，全都是美女。个个化了彩妆，穿上亮绿的旗

袍，风姿绰约，走起时装步来，如清流中依次漂过的片片浮萍。

能觅得一处青山绿水间养老，朝看晨雾与曦光中渐醒的村庄，昼看野花闲草、田间累累硕果，暮看日落黄昏炊烟起。这样的日子，只是想想，都心生向往。

"笠影农庄"的打造，当地村民在房屋租赁和施工建设中，直接获利15万元。农家乐建成后，他们还聘请了村里3个贫困户，在此常年打工，实现稳定增收。

自"笠影农庄"建设以来，周义双每天张罗着，看着它，亲手扶助它的成长。

他的规划，以乡土味道和村风民俗为重点，充分体现了斗笠村的历史文化、保持了原始风貌，为远离农村的人们，提供了一处青山绿水间的世外桃源，排解游子们心中的田园乡愁。

在最近的一次县脱贫攻坚先进表彰会上，曾经以为周义双是"贫困户"的那位人大主任，感慨良多地评价周义双是"一个文化人，带活了一个村"。

周义双不断挖掘斗笠村的文化历史，他在脱贫攻坚的历程中，又不断创作出新的乡村文化。时代赋予了他神圣的职责，去挖掘、去创作、去牵引，开启一个村的文化密码，让乡里乡外的人们都看得清明——看到了一个村庄文化永恒的价值。

后　记

在大英县委、县政府的主导下，在扶贫部门、帮扶单位和村干部们，以及全村百姓的共同努力下，斗笠村从"一穷二白"，当时连村委会办公室都片瓦皆无的情况下，发生了翻天覆地的改变。

曾经的斗笠村，地处偏僻、交通不便，水利不畅、种植落后，地少人

稠、劳力紧缺，思想闭塞、环境不整，集体经济多年为零。周义双与村干部们一道在具体实施中，针对斗笠村不同的问题症状，因地制宜，精准施策，努力探索出了一条光明之路。

他们共同努力，在帮扶特困群众的同时，以产业为抓手促农增收。2018年7月，50亩虎斑蛙养殖落户斗笠村；2018年10月，玉鑫丽景产联式专业合作社正式成立。目前，村里已形成600亩脆红李为主导、套种400亩蔬菜的核心产业，村民从合作社每年获得近100万元务工收入，人均每月增收近1000元，村集体经济年增收5万余元。

"把斗笠村当故乡，视贫困群众为亲人"，这是周义双的扶贫座右铭，他时时提醒自己，约束自己，不断增强自己的韧性；他把"努力到无能为力，拼搏到感动自己"作为扶贫誓言，倾注全部身心，投入到"村退出，户脱贫"的攻坚战斗中。

他抱着一颗反哺农村的感恩之心，扎根斗笠村6年。村上的干部班子换了一茬又一茬，唯独他选择了坚守。

6年里，他与斗笠村的一山一水、一草一木，更与当地的贫困群众结下了深厚的情谊。

6年中，周义双用坚实的步履丈量着"贫"与"脱"的距离；用亲人般的关爱拉近"工"与"农"的关系；用党员的标准去强化"党"与"群"的融合。

他参加抗洪抢险、水库救人，冒着倾盆大雨、电闪雷鸣，抢救农户养蛙基地；他走街串巷、叫卖蔬菜、四处奔走、推销农品，帮助农户绝渡逢舟；他耐心调解、不厌口舌，解决乡里邻里琐事纠纷；他驻守奋战疫情防控一线，孙女烫伤住院、女儿医院生产，他居然都狠心地没有看望陪伴过亲人一天……

扶贫干部所遭遇的艰辛、悲痛、矛盾与挣扎，他都亲历感受过。

历尽千难万苦，走过千沟万壑，脱贫攻坚的全面胜利近在眼前。此时，正是发起决战、进入总攻最吃劲的时候，周义双努力践行着自己的承

诺，咬紧牙关，争分夺秒，"不获全胜，决不收兵！"

怎样的生命才是永恒？什么样的人生才能流芳千古？古人回答的是"三不朽"：立德、立功、立言。这才是对人生价值的最大肯定。周义双和万千扶贫干部们一道，正践行着这不朽的人生诺言。

2020年8月8日

呼 唤

罗 薇

06

陈克辉在2019年国庆期间,参加"茶马古道72公里徒步越野赛",荣获女子组亚军

德国哲学家雅斯贝尔斯曾说："教育的本质，就是一棵树摇动另一棵树，一朵云触碰另一朵云，一个灵魂唤醒另一个灵魂。"只要这样的传递和唤醒不止，未来就有希望，阻断贫困代际传递的愿望便能成为现实。

听完她的讲述，我望了望窗外依然白亮的天空，满布无间隙单调厚重的云层。这闷热的一下午时光，竟过得如此的快。我扭头看着她，由衷地说："你完全可以当个教育家了。"

陈克辉在20世纪90年代便开始助学行动，在她潜意识里的助学观念，和今天的教育扶贫理念不谋而合——"教育扶贫"能让贫困地区的孩子掌握知识、改变命运、造福家庭，是最有效、最直接的扶贫路径。

一

一个月前，朋友向我推荐了一个采访对象，她叫陈克辉，是四川佳世特橡胶有限公司的董事长，一位爱心助学企业家。我试着给她打电话，约时间采访，她虽是答应，却也表露出犹豫的迹象：她说自己没做什么，就扶贫上来说贡献不大。

其实我遇到过很多帮扶者，他们几乎都有同样的想法：觉得自己做的都是自然而然的事，没有被报道宣扬的必要。

我想，向身处困境中的人伸出援手，这是他们发自心底的愿望，是灵魂深处的善良与执著。也许在他们心里，认为帮助别人，付出精力和金钱，这一切如同呼吸一样自然，就像每天清晨和夜晚，洗脸和刷牙，做这样的事，是一种生活上必要的习惯，无须多想，不必宣扬。

一个月后，时值溽暑，在遂宁市大英县扶贫开发局的协调下，我终于在陈克辉的办公室里见到了她。

她看上去身材小巧，全没女强人的形貌。着一件短袖白衬衫，外扎黑色半身包裙，整洁清爽，和我在门前见到的其他女员工着装一样。可见她

的公司在管理上的规范，也可见她是个注重形象、追求平等、估计也是个自律性较强的女人。

果然，听她说，自己多年前便开始跑马拉松，平日清晨6点起床，每天坚持5公里长跑，从未间断。难怪她身材如此匀称。

她的模样也小巧，挽一个干练简洁的发髻，露出可爱的小脸，笑起来很纯净，那笑的气息，像极一个天真的孩子。我猜她只有三十几岁，她很爽快地坦白，说自己是70后。

来之前，只知道她帮助了许多贫困学生。成功企业家资助学生的案例很多，而慢慢听她叙说，真的很庆幸能认识这位经历不凡的助学者。

二

首先没想到的是，陈克辉在自己还没成为有钱人时，便开始"知助"贫困学生，即义务教授孩子们知识。这种通过传授知识的帮扶，费力劳心，比简单的资助更加难能可贵。这段助学经历，要追溯到她大学刚毕业时的青春年代，距今有20多年。

1992年，西南民族大学财会专业毕业的她，在自贡市一家工厂做会计工作。工厂坐落在郊区农村，陈克辉上下班的路上，常常可见一些村子里上学放学的孩子们，依他们的穿着推测，有些家庭是很困难的。

看着这些孩子，她想到了自己的童年。同样农村长大的她，如果当年没有妈妈的鼓励，激励她和姐姐勤奋学习、辛勤劳动，她的学习可能会普普通通，甚至更糟，她的家庭可能会一样贫寒，她和姐姐也不会双双考上大学，顺利毕业，轻松找到很好的工作。

那时妈妈常对她和姐姐说，"我再苦再累，也会让你们俩姊妹把书读完""只有努力学习，有了知识，才会找到好工作，过上好日子"。

妈妈在那个困难年代，能够重视她和姐姐的学习教育，非常难得。陈

克辉很庆幸自己有这样一位尊重教育、疼爱孩子的好妈妈，感恩妈妈的同时，也尤为疼惜眼前的这些孩子们，很想出点力帮帮他们。但由于自己刚参加工作，工资不高，在经济上无法帮助到他们的贫困，于是，她便产生了辅导孩子们学习的念头。

她主动找到这些孩子的家里，提出希望帮助孩子辅导功课的愿望，征求孩子和家长们的意见。他们当然非常高兴，因为这位可爱的姐姐，是个刚毕业的大学生。在二十世纪八九十年代，能考上大学的孩子可谓寥寥片羽。

我不禁好奇："你大学才毕业，每天晚上辅导孩子学习，那个青春年纪，不怕影响你谈恋爱吗？"

陈克辉不好意思地笑了，笑中带着几分甜蜜和羞涩。她说，恋人是大学同班同学，也即是现在的爱人。在辅导贫困学生学习这件事上，爱人是非常支持她的，有的学生还是爱人主动向她推荐的。

原来那时她已有了爱她、宠她、支持她，感情又稳定的男朋友了。大学时期的爱情，最是纯洁，能一路牵手走到今天的伴侣，真够幸福。

陈克辉用资金支助学生，是从 1997 年开始的，那是她大学毕业后的第 5 年。那时她的会计业务非常熟练，有好几家公司找到她，请她帮忙做代理记账。至此，她的经济开始好转。

经济稍有宽裕的陈克辉，首先想到的还是她帮扶的那些学生们。根据孩子的家庭困难程度，她给予了不同额度的资金扶持。

三

2006 年，陈克辉离开单位，创办了自己的企业。跟着经济一步步的好转，她便主动对接企业所在地自贡市妇联、残联和红十字会，请他们帮忙提供贫困孩子的名单。随着影响力的扩大，也有不少热心人，主动向她

推荐。

2010年通过招商引资，她来到遂宁市大英县投资办厂，她的爱心也跟随来到了大英县。这爱，随岁月流淌，与时光前行，愈加博大。在之后的爱心支助中，她不仅限于助学贫困儿童，还助力脱贫攻坚，协力大英县贫困地区共圆小康之梦。

2015年陈克辉响应党和国家号召，积极投身民营企业"万企帮万村"精准扶贫行动，主动履行企业社会责任。不仅帮扶河边镇金灵村、金沟村等贫困村，解决农产品滞销、助力农民春耕生产、解决贫困农户就业难题，还资助村里的贫困学子，结对帮扶许六高、田明芬等贫困户，为他们提供物资和资金帮助。

2018年春，在得知金灵村春耕用水、灌溉系统出现问题，她第一时间为金灵村送去3万元，用于水利基础设施改造，帮助金灵村顺利渡过难关。

2019年夏，陈克辉听说大英县好几个贫困村农产品滞销，便协同企业员工一道，想办法、出主意，多方联系收购方，积极协调运输车辆，并采用员工"以购助扶"的方式，最终解决了金灵村、凤阳村、沙石咀村的西瓜、南瓜、大米等农产品滞销问题，助力贫困群众增收5万余元。

近年来，陈克辉带领公司员工积极主动与帮扶贫困村联系，走村入户，宣讲公司招聘政策，吸纳贫困劳动力，解决了上百个就业岗位，根据工种不同，每个就业岗位每月有2500—5000元不等的收入，帮助贫困户实现稳定增收。

陈克辉始终最牵挂的，还是她的助学活动，这已然成为她的事业。她重视家庭教育，关心儿童青少年成长，真情付出，真心奉献，被孩子们亲密地唤作"妈妈"。

这些年来，她每年都拿出十多万元，资助贫困村的儿童青少年，提高他们的学习条件、改善生活环境，以及救助患重病和残疾儿童。前前后后，支助了数百名贫困孩子，共计捐资200多万元。

陈克辉对每一位她资助的孩子，不仅仅是关心孩子自身的成长，同时

也关注他们父母教育观念的成长。她特别注重与家长孩子们沟通，不仅仅局限于电话上简单地沟通，还希望与家长、孩子们面对面地交流。孩子良好习惯的养成，身心健康的成长，知识学习的进步，这一切，不仅仅需要她个人付出努力，还需要家长们的共同配合，提升家庭教育观念、改进教育方法。

四

在陈克辉的眼里，她更看重"感恩"层面的教育。她觉得，如果一个人的生活以感恩为中心，他会活得善良平和、快乐从容。而且，一个感恩的人，在今后的社会上，更容易获得别人的帮助，更容易走向生活的幸福。

她虽然愿意无私地奉献自己的爱，但回应少了，也会觉心凉。陈克辉在助学过程中，曾遇到过一些懂得感恩的孩子，点滴回馈，哪怕一句略显温度的话，都会令她特别感动。她与这些孩子之间情感甚笃，情同母子。

1.

有一个叫静香（化名）的孤儿，甚是可怜。她两个月大时，妈妈突然离开家，再也没有回来；3岁不到，爸爸便猝然离世；当她由爷爷一个人抚养到10岁时，爷爷也撒手人寰。十年之间，这尘寰不幸仿佛都降临在这幼小的女孩身上。无奈村上把她交由大婆（当地称呼，即爷爷的弟媳）抚养。然而，大婆自己生活都很困难，本身就是个低保户。于是，静香在村里和四邻的帮助下，勉强读到高三。

一天陈克辉听朋友提起静香，希望她能去帮帮她。陈克辉通过了解，当时静香的学校虽然给她免了不少学费，但经济仍然紧张，以后若读大学，生活费更成问题。

她联系到静香，并征得大婆同意后，把她接到了自己家中。她给正读高三的静香，创造了很好的高考学习和生活条件。2019年，在她的帮助下，静香顺利考上了四川轻化工大学。

静香平日喊她"妈妈"。她感激这位"妈妈"，亲生母亲抛弃了她，至亲之人也先后离世。而现在这位和蔼的"妈妈"，就是自己在这个世界上最亲爱的人。在她家里，她把自己当亲生女儿对待，照顾她的学习生活，就连她的思想情绪，"妈妈"都一一体贴到。

静香是一个非常懂得感恩的孩子。前几天在"妈妈"生日时，她用自己节省的生活费，给"妈妈"发了个"520"爱心大红包，她还在新年里给"妈妈"发压岁钱。每一个重要的日子，她都想着"妈妈"。其实，在陈克辉眼里，感恩不是表面的金钱、物质，而是时时挂在心里的爱与牵记。

陈克辉工作之余，仍不断学习充实自己。她在2016年考取马来西亚亚洲城市大学，攻读工商管理硕士学位。2019年毕业时，静香比她自己考上大学还高兴。她临摹着"妈妈"的毕业照，给她画了一幅油画，画中的"妈妈"，戴着硕士帽，阳光洒在她生动的脸上，幸福的笑颜溢出画框，空气中流动着甜蜜的气息。

谁曾想这是静香第一次画油画，背地里她花了近30个小时。而这幅略显稚嫩的画，却是惟妙惟肖，栩栩生动。静香崇拜"妈妈"，从"妈妈"身上，她看到了一个充满爱和不断用知识丰富自己的女性，她是如此的美丽。

陈克辉注重感恩之心，她看重的并不是孩子对她的报恩，而在乎的是孩子的未来。感恩，是孩子将来在这个社会上能够立足的品德。学会知恩、感恩的人，方能受人尊重，幸福才能长远。

2.

　　2017年深秋，一个阴冷天里，陈克辉到她的一个帮扶村中走访，途中结识了她的另一位助学对象，耀灿（化名）。

　　在这样的天气里，村里少有人出来走动。她和助理走在村道上，迎面来了个蓬头小伙儿，大冷天的，趿拉着一双塑料拖鞋。这引起了陈克辉的注意。

　　小伙子约莫十五六岁，高高的个儿头，一张不甚干净的脸和一身不甚干净的衣服，却隐约可见其帅气。

　　今天又不是周末，为什么他不去上学？陈克辉这样想着，便上前询问。原来他是慧琴（化名）的哥哥。慧琴她认识，是她资助的一个初一学生，对她家的情况还是了解的。

　　慧琴家有6口人，爸爸干农活，挣钱不多，妈妈风湿性心脏病，治病很花钱。4个孩子中，慧琴最小，有3个哥哥：一个是刚刚遇到的耀灿，前一阵因家里困难，想帮着爸爸挣点钱，便放弃了读书；还有一个哥哥，老婆嫌她家穷，跑了；另一个哥哥外出务工去了，很少回家。

　　陈克辉热心地询问耀灿："你愿不愿继续读书呢？我可以帮助你。"

　　腼腆羞怯的耀灿，低着头也不敢看她，只回答了两个字：愿意。

　　从此，陈克辉又多了一个孩子。

　　在她资助的孩子当中，除了叫她"妈妈"，有的叫她"干妈"，还有的叫她"姑妈"。他们与她亲密，常常电话沟通，交流近况，并向她汇报学习成绩（这也是她要求的，掌握孩子的成绩，才能更好地了解帮助他们）。

　　陈克辉总是鼓励孩子们，好好学，她会一直支持他们读完学业，甚至研究生。同时，她也不忘叮嘱孩子们讲卫生，做到干净整洁！不仅把家里卫生搞好，个人卫生也要搞好。每次谈话结束时，总不忘提醒孩子，下次

见面，希望看到你干干净净的哟，就算穿着补丁的衣服，也要打起精神，保持干净整洁！这是对孩子自信心的一个特殊培养。陈克辉也是这样要求耀灿的。

陈克辉注重培养孩子的自信，她相信，自信是一个人孩子将来成功的基石，它能激发一个人的意志力和潜能。她希望孩子们，不要追求旁人的娇宠溺爱，而要学习保持自我的宠辱不惊。她用爱，保护着孩子灵魂的双翅，让他们更勇敢、更自由、更自信地去飞翔。

耀灿在"妈妈"的帮助下，变化很大。不仅把个人收拾得精神抖擞，还原了"帅气"的本色，还主动帮着家里打扫卫生，帮爸爸做农活儿。并且，陈克辉帮他联系了遂宁市大英县育才中学，在该校莫校长的帮助下，耀灿读完职业高中。而后，在宁波一家大牌汽车公司找到了一份不错的工作，月薪4000多元。

每一个小小的进步，他都禁不住欣喜地微信发给"妈妈"。"妈妈"再忙也不忘给他回复，"你现在工作了我很高兴，但工作后仍然要抽空多学习啊""你要争取当车间班组长，争取更大的进步哦"……

耀灿每月主动拿出200元钱，请"妈妈"交给其他困难的孩子，传递爱心。"妈妈"心底，久久激荡着一股暖意，这爱的回响，清亮而动人。

耀灿的妹妹慧琴也是受助孩子中乖巧可人的一位，不仅学习好，还经常主动向"妈妈"汇报成绩。这令陈克辉很是欣慰。

她在资助过程中，总是希望孩子们能主动汇报自己的学习和生活情况。对于她主动联系后，家长或孩子长期不回应、表现冷漠的，或者了解到家庭并不贫困的，她会立即终止资助。这点很是令人佩服，这既是对孩子负责，也是维护助学的真实公平。

作为一名爱心帮扶者，哪怕一个电话，一个回音，她也会觉得是种鼓励、所做值得。

一个常怀感恩的人，他的心灵，必定装着美好。

她在公司也常常与员工们分享：要学习感恩一花一草、一瓦一木，感

恩生命里遇到的每一个人、遭逢的每一事每一物。感恩，在陈克辉的眼里，是广阔的，感恩的世界里，每一天都是美好的。

3.

陈克辉在助学中，还遇到一个特殊困难家庭。这家共有3个孩子，两个哥哥，一个9岁，一个13岁，妹妹6岁。爸爸进了监狱，妈妈也跑了，至今未归，剩下爷爷奶奶带着他们。

为了方便孩子读书，爷爷奶奶在学校附近，一家卖水泥的库房二楼租了间房。傍晚爷爷给他们送完晚饭后，回村里老屋住，奶奶则陪着两个哥哥和妹妹，4人睡在一张床上。

当别人告诉陈克辉这个可怜的家庭时，她来到他们的出租房，在一栋扑满灰的楼间里，找到了他们。10平米不到的房间，只有一张床和一个饭桌。

她亲眼看到他们的困境后，十分同情，立即帮他们买了一张新床，还有洗脸架、镜子、香皂、扫帚、撮箕等各类她能想到的生活用品。

她告诉孩子们：哥哥大了，不好和妹妹睡一起的，以后除了要认真学习、做功课，还要学着帮爷爷奶奶做家务，打扫卫生，家里要保持干净整洁，自己也一定要干干净净。

由于奶奶也姓陈，陈克辉便亲切地叫奶奶"姑妈"。长期的沟通交流，贴心地关爱，孩子们同样亲切地喊陈克辉"姑妈"。一声声"姑妈"，叫得这小小的房间里暖洋洋的。

每当逢年过节，三兄妹总是盼星星盼月亮地等着"姑妈"来，早早地给"姑妈"电话，祝"姑妈"节日快乐，并告诉"姑妈"想她了。他们平时也常常给"姑妈"电话，讲自己的学习和生活趣事，且总把自己收拾得干干净净，小房间整洁明亮。他们的"家"现在完全变了个样，日子在

"姑妈"的关怀下，充满亲人般的温情。

当我走进陈克辉的办公室，我一眼便看到两大束特别醒目的鲜花。虽然有些枯萎，但依然可见花朵的娇艳。原来前两天是她的生日，这花是孩子们送的。

虽言寸草心，犹报三春"辉"。孩子们每一个小小的回馈和感激，都令陈克辉感动，也温暖着这位"妈妈"的心。诚然，三春的暖阳，是不求小草的回报，但"寸草"的每一个仰脸微笑，都会令她愉快而心安。

这就是陈克辉想要的"感恩"。在她的感召下，她曾经帮扶的一个个孩子，有的已长大成人，有的刚参加工作，有的担任了企业高管。其中许多孩子，都像耀灿那样，在拿到工资的第一天，便拿出其中的一部分，希望通过"妈妈"，献出一份"心意"，把助学爱心，一个接一个地传递下去。

五

陈克辉回想她的童年，虽然艰苦，却不觉痛苦。在妈妈的教育下，她和姐姐在艰苦条件下长大，学会了坚强。有人说，苦难是人生中的一笔财富，然而我却在她身上看到，苦难中成长的坚强，那才是人生最可宝贵的财富。

小时候，她的爸爸长期外地工作，哥哥跟着爷爷外出学手艺去了，家里只剩下妈妈、姐姐和她。那时，妈妈体弱多病，她和姐姐年纪尚幼，还在读小学，三个弱劳力，撑起了整个家庭的劳务。

她的妈妈是个有志气的人，常常叮咛两个女儿好好读书。平日，她和姐姐，除了把功课做好，接着就要帮妈妈收拾屋里和院子，总有做不完的活儿。

屋内，始终保持整洁，明窗净几，地面洁净。厨房的灶台边，是几大盆、根根向上拔生的豆芽；蚕房中的大竹匾里，是蠕动着身子、大口吃着

桑叶的"白虫子";那架子上,是一排排圆滚滚的菌包,一端伸出朵朵小蘑菇头……

门前,是清爽的院坝,围种着一丛丛竹林(这也是她家的经济来源)。她们细心地剥去豁拉蜇人的笋壳,她家的竹林和院坝一样,始终光洁……

看着陈克辉微笑着述说,脸上泛着亮闪闪的光泽,写满无限神往的回忆。我仿佛与她一同,进入她的记忆中。空中弥漫着茵茵的绿光、一片青翠的竹园……

屋后,是挂满硕果的五彩园子,种着核桃、桂圆、柿子、葡萄、枇杷……果树下,是正在忙碌着、用细脚爪刨食的母鸡,还有蹦跳着寻觅嫩草的小白兔。

她微笑着,继续讲述,曾经往山上稻田挑粪的艰难。幼小的她担着粪桶,在崎岖的山路上,一步步吃力地向上挪动,再累,中途也不敢歇息,一旦桶底端立不稳,便会洒一脚一地。

妈妈、姐姐和她,做那许许多多的农活,从未叫过苦。只是妈妈心里一苦,就鼓励她们努力学习。小时候,"勤劳"是她们的财富,她们家也未曾因缺少劳力,而受过贫寒之苦。

回望这一路、童年生活的磨砺,直觉得艰辛里的充实,这一段磨砺,成为她长大后不断汲取的营养。

她曾经有过那样的童年,便希望眼里看到的,那些身处困难中的孩子,能得到帮助,专心致志地学习,学有所成。

苦难带给她财富,她将财富(知识、金钱和爱)倾注到下一代身上,帮助他们一个个完成人生的转折,用知识改变命运。她像一棵树,摇动着另一棵树;她若一片云,触碰着另一片云;她用美丽的灵魂,去唤醒另一个灵魂的美丽。她用近30年的努力,让数百个家庭阻断贫困代际传递的愿望成为现实。

2020年6月22日

踏石留印

罗 薇

07

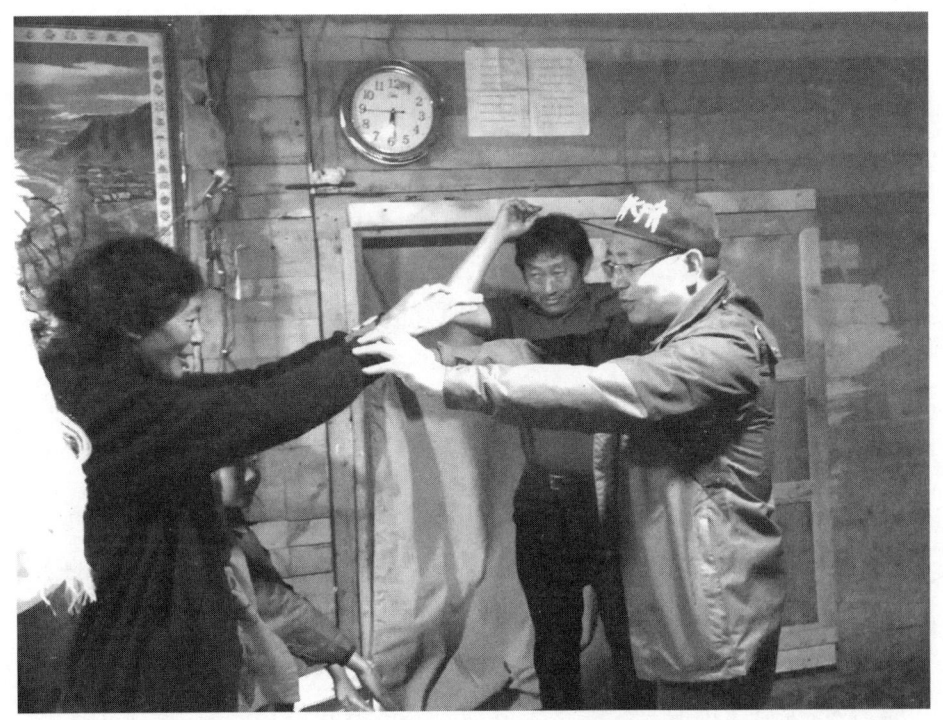

邓光洪（右一）到贫困户家里为患者进行康复指导

德格县两年的时光，对于邓光洪来说，是他四十多年的生命里印刻最深的两年，期间走过的路，长过从前四十多年的路。这样的奔波和行走，

在别人眼里是艰辛；而在他的眼里，守住这条正道，便是"值得"。人的一生中有这么一段路、这样一串坚实的脚印，便是拥有立于这世上最稳固的支撑。

一

德格县与西藏江达县隔金沙江相望，历史久远，景色壮阔，有中国三大藏传佛教印经院之首的德格印经院、格萨尔王故里阿须草原，以及无数散落期间绮丽斑斓的海子。这里平均海拔 4200 米，高原气候，空气干燥，日照长，气温低，最低时达 -20.7℃。农民经济来源单一，以牧业为主，恶劣的气候地理条件，使经济相对落后，一些地方病也长期困扰着他们。

壮美的景色，艰苦的条件，这鲜明的反差，曾吸引着邓光洪，使他萌生了要帮助这里农民的愿望——要让他们的生活和这里的景色一样"富美"起来。

2018 年 6 月，邓光洪所在单位成都市第一人民医院有派驻德格县帮扶的机会，他便主动请缨。不过等他报完名，却遭到了妻子极力反对："女儿刚上大学，她走了，你也走了，留下我一人，多寂寞啊！而且我听说那里结核传染病人比较多，多危险啊！"妻子是他在这个世界上最爱的人，她的处境和担忧，让邓光洪犹豫了。

然而单位派驻命令很快下来，打断了他的犹豫。他一咬牙，"只有舍小家为大家啦"。再说，改变这美丽地方的贫窭面貌，正是自己心中潜藏已久的愿望啊。

那年 6 月底，邓光洪便前往德格县，担任柯洛洞乡燃卡村驻村干部，参加为期两年的扶贫工作。

燃卡村为纯牧区，有农户 133 户 435 人，其中贫困户 28 户 98 人。脱

贫攻坚进入最后阶段，剩下的都是难啃的"硬骨头"，是贫中之贫、困中之困。

县上没待几天，邓光洪便进驻燃卡村。他和三位派驻干部挤在一间不足 20 平方米的宿舍，没有洗澡设备，一周才能到县城里洗一次澡。听室友说，冬天冷得很，室内矿泉水都要结冰。而大家的工作是 5+2，白加黑。

邓光洪是个乐观的人，他不以为意："生活条件嘛，适应适应就好了，人都是有很强的适应性的。周末嘛我反正也没地方去，倒不如去牧民家走走。大多数村民白天在外放牧，晚上才回家，我们的走访、调查、宣讲工作，也主要在晚上进行。"

二

邓光洪驻村后的第一件事，便是对 28 个贫困户的基本信息进行摸底，将人口信息、住房、羊圈等情况进行整理归档，做到数据清、底子明。他还对每个贫困户做了卫星定位，为扶贫项目的落实提供精准信息。

村里农户尤其是贫困户的情况他都已熟悉。哪家几口人、多大年纪、在做什么活路、有什么病没有，都弄得稔熟。村里的藏族同胞政策记不住，汉人名字也记得混淆，而"邓光洪"这三个字倒是记得蛮清楚的。

至于搞不懂的政策，这事关老百姓的切身利益，一定要让他们弄明白。邓光洪和村支书一道，一家家门到户说。大部分村民们都懂一点点汉语，他们听不懂的，村支书帮着翻译，每条政策反复讲，并且在农民夜校授课时还要专门讲。现在村民们连政策都记住了，怎会不记得"邓光洪"三个字呢。

在农民夜校里，他除了讲政策，还给村民传授各种实用知识，内容丰富，包罗万象。有感恩与孝道、义务教育法、冬季交通安全知识等。而他讲得最多的是疾病防治，如小学生常见疾病预防，包虫病、结核病、大骨

节病的防治等。

重点宣讲疾病防治，不仅仅因为涉及他擅长的专业知识，更因为贫困地区致贫原因中，因病致贫是最主要的因素之一。两年间，邓光洪授课50余场，涉及疾病防治相关内容的多达30余场。他积极传播防治知识，为了让好的健康观念潜移默化、成为老百姓的生活习惯。

燃卡村的贫困户都是邓光洪特别关注的对象，尤其是土多家。11岁的土多患有癫痫，时常发病，家里只有妈妈一人照顾，稍有不慎他就会弄伤自己。妈妈每年都要送他到大城市寻医治疗，高昂的医药费以及住宿和往返的路费，让一家人不堪重负。

邓光洪了解情况后，与单位医院联系，多次询问神经科主任，咨询诊疗方案，并将获得的信息及时告知土多妈妈。在生活饮食上，他也多番叮嘱："尽量避免强光、噪音刺激，少吃牛羊鱼肉，多吃蔬菜水果……"

2019年7月的一天晚上，土多的癫痫病突然发作了，晕厥后，面部朝下倒地，造成头部和眼部重伤。邓光洪接到土多妈妈的求救电话，立即叫来车子，及时赶往土多家查看病情，并亲自将土多送往县医院救治。那一阵，土多癫痫发作频繁，为彻底治愈，邓光洪联系了自己单位医院，请他们做好接收土多入院准备。

德格县距成都市近1000公里，为避免路途颠簸加重病情，邓光洪待土多脑部和眼部伤势稳定后，便联系好车辆，让土多妈妈陪伴，将土多送往成都市第一人民医院。临行前，邓光洪对土多妈妈说："这车，除了司机，就只能坐你们俩，儿子需要躺后座。"并再三嘱咐："要让他多躺，如果发病，不要强行按压，以免骨折……"

邓光洪远在燃卡村，时常牵挂着小土多，每天都要发信息询问治疗情况。土多是个懂事的孩子，进院的第二天，他用妈妈的手机给"邓叔叔"微信，发来他在医院病床上的照片：他半躺在床上，床头柜堆满了营养品。土多在微信中写道："邓叔叔您好！刚才刘院长来看我了，这些水果、饼干和牛奶是他送我的。医院里有个藏族护士叫洛桑桌玛，盆子和帕子这

些都是她帮我买的。昨天下午周医生亲自到医院门口来接我们，就诊卡是她办好的。感谢邓叔叔，您的恩情我一辈子都报答不了。"

这使邓光洪倍感欣慰。自己的领导和同事们如此关心照料土多，他一定会很快好起来的，往后他们家日子就轻松了。邓光洪的心，也跟着轻松了许多。

燃卡村有两个受重伤致残的村民，因为不清楚政策，未享受到相应待遇。邓光洪便帮他们申请残疾鉴定，领取了残疾证。他结对帮扶的贫困户阿各，便在去年 11 月评为二级残疾，已被民政部门纳入最低生活保障范围，可以享受医疗减免检查、治疗、住院等费用，以及其他相应优惠政策。

曾经悲观的阿各又燃起了对生活的热望，每当看到邓光洪就不住地感谢："邓医生啊，突及其（谢谢），突及其……"

对于村民们的感激，邓光洪心里平静。他真诚而谦虚地说："这都是小事、我该做的事，也是我真心想做的事。"

三

邓光洪在村民们眼里，有三个身份：在他看望生病的农户时，他是可敬的"邓医生"；他喜欢孩子，常常抱他们、逗他们开心，那时的他，是可亲的"邓叔叔"；在农民夜校里、在为乡村教育事业奔波时，他又是可钦的"邓老师"。

他在日记中写道："只有教育才是真正让一个地区，一个民族脱胎换骨的有效的途径；只有提高一个民族受教育程度，才能阻断贫困代际传递；只有优质的教育，才能让一个社会长远发展。"

刚来燃卡村不久，邓光洪便听人说过贫困户仁青康珠家的事。

康珠是位单亲妈妈，育有两个聪明的儿子，曾被当地寺庙活佛看上，

想让他们做小沙弥。虽然这可以减轻康珠的负担，但她毅然拒绝："不管再苦再累，借再多的钱，我也要让两个儿子好好上学，把书读完。"

邓光洪钦佩康珠的志气和远见，也很想帮帮他们，便决定去她家看看。

可惜那天康珠不在，只见到她的大儿子赤称降措。降措是个帅气的小伙儿，他见邓光洪这位眼镜叔叔面容可亲，也不觉陌生，便自然地吐露了自己的心事："我现在很矛盾，我今年刚从甘孜卫校藏医中专毕业，很想继续读大学。可弟弟也是今年初中毕业，面临上高中。家里妈妈太辛苦，我又很想早点工作，帮妈妈分担一些。"

邓光洪看着这个懂事上进的孩子，说道："你放心，好好念书，读大学，钱的事大家会帮你想办法的。"说着他从自己包里掏出准备好的2000元钱，说："这个你先拿着，这是我和几位驻村叔叔们的心意。等你妈妈回来，你告诉她你要读大学，也告诉她村里和乡里的干部都会帮助你们的。"

柯洛洞乡有三座寺庙，不时会有和尚出来物色一些聪明的孩子去当小沙弥。为了孩子的教育和未来，邓光洪曾和几位乡上干部一起，去寺庙找住持或老和尚，希望能让这些小孩多读点书，邓光洪说道："这对他们的成长和未来生活更有帮助，等将来他们有了知识，再来做比丘，也不迟，这对弘扬藏传佛教也是有帮助的啊"。

经过几番"谈判"，那三个寺庙现在都很支持娃娃读书，也未有劝他们做小沙弥的现象了。

四

控辍保学的工作不容放松。怎样鼓励和支持那些想上学的孩子们继续读书？又该怎样激发和引导那些不重视教育的家庭愿意让孩子上学呢？

邓光洪将自己遇到的困难和妻子沟通，妻子耐心地倾听。自从邓光洪和妻子分开后，妻子对他的埋怨渐渐变成了思念，不解也慢慢变为了理解，常常帮他出主意、想办法。

这次，妻子找到自己单位——四川天涯房地产开发有限公司领导，向他们汇报，争取支持。领导一听，事关民族地区教育，当即答应捐赠10万元。

柯洛洞乡第一批受助孩子有42位，均为建档立卡贫困户家的孩子。康珠家的降措，也在受助之列，大学3年，每学期都能得到2000元的补助。

教育扶贫，资金扶持只是邓光洪行动的第一步。他头脑好，点子多，行动力强。

邓光洪与一同派驻柯洛洞乡的干部周兵，主动对接成都国图广告印务有限公司，希望他们支持柯洛洞乡的教育事业。公司董事长和经理听完汇报，不假思索就答应了。

2018年4月初，邓光洪和乡干部们将满载企业家们的爱心——价值5万余元的工具书、作业本，分送到乡里三个小学。

值得一提的是，随这些教学用品发放的还有6箱糖果。之前邓光洪在成都，为学生印作业本时，和印刷厂老板攀谈，老板听说这些是送给贫困地区孩子们的，立时到附近买了6箱糖果，着实把邓光洪感动坏了。

这一路帮扶，他触碰连接的每一件善良与爱、人间温暖，不仅流向了贫困地区，也流进邓光洪的内心深处。

"两年的帮扶时间对个人来说很长，对扶贫来说很短。"邓光洪说。2020年6月，两年的帮扶任务即将完成，但这年是脱贫攻坚收官之年，巩固脱贫成果防止返贫任务艰巨。按照组织的安排和本人意愿，他将在燃卡村延期一年的驻村帮扶工作。

四川省脱贫攻坚立体战已全面铺开。2020年3月，便开启了战疫战贫强烈攻势，为夺取全面小康胜利，集中力量统筹人力、物力、财力，汇聚起攻坚拔寨的磅礴之势！

作为贫困地区帮扶干部，邓光洪深为这样的大背景下，能奋战脱贫攻坚一线，为贫困地区经济持续发展、为贫困群众富裕奔康努力奉献而自豪。这付出，源自他心底对社会的责任和精神渴求，以及对人类同等命运的追求的崇高情怀，随时光沉淀，其足迹愈加坚实——走过这片贫瘠的土地，留下为之奋斗的痕迹！

2020 年 5 月 13 日

龙巴山上的守望

罗 薇

08

龙巴山绵长的山脉，似顶着一条雪白的哈达，守望着扎绒村的幸福

40出头的李雪洪，这位获中国社科院硕士学位的高才生，曾有过三次到艰苦地区挂职锻炼的经历：他参加过首批"西部计划"——"到西部去、到基层去、到祖国最需要的地方去"，到过丘陵地区乐至县；由四川省委组织部选调，他支援过革命老区平昌县；2019年，他又主动向单位四

川省广电局请缨，投身脱贫攻坚一线，来到了川西北高原石渠县扎绒村。这第三次，可谓最为艰辛的一次历练。

四川省甘孜藏族自治州石渠县，这个被称为太阳部落的地方，位于青藏高原东南缘的川、青、藏三省区结合部，平均海拔4520米，这里冬长无夏，最低气温达-37.8℃，空气含氧量约为成都平原的46%，是四川省海拔最高、面积最大、最为偏远、道路最为不便，条件最为艰苦的深度贫困县。

呷依乡的扎绒村位于石渠县中部。于"夏季"美丽的扎溪卡草原上，从村中蜿蜒流过的是太阳下蓝莹莹的欢快的扎溪河。龙巴山绵长的山脉，似顶着一条雪白的哈达，远远地守望着扎绒村。

"夏季"，这里其实没有夏季，应该叫作"像春天"或"像秋天"的季节，别说"六月飞雪"，"八月飞雪"在此也不足为奇。余下的日子，都是漫长的冬天，漫长的风雪。

2020年新年伊始，李雪洪和省上的驻村队员们都没回成都的家，大家心里想着：扎绒村离成都太远，1000多公里，还有20多天就要过春节了，冬季这里可是暴风雪的"巢穴"，还是驻守在这里比较安心，站好大假前的最后一班岗，忙活忙活手里的事情，拜访拜访老百姓，看看哪家有没有什么困难。

1月3日一早，李雪洪接到贫困户洛江老人焦急的电话。他语气惶恐地说，昨夜暴风雪后，自家的房子出现了裂痕，外面风雪仍然很大，担心这房子不被风吹垮、也要给冰雪给压踏了。

李雪洪一听这情况紧急，赶紧叫来2名队友和司机，驱车前往洛江老人家。

洛江家在离帮扶队驻地好几十公里远的地方。一路上司机也跟着他们着急，开得心急火燎的。在过一处高坡时，大家还没明白怎么回事，眨眼车就向右侧翻，倒在公路一旁的雪地上，幸而这坡顶地面宽阔……

坐在左后排位的李雪洪，压在同伴的身上，他轻轻动了动四肢，好像还行。他便小心翼翼地从车里爬出，司机也正从驾驶座翻身往外爬。他们俩合力，把另两个队友拉了出来。四人仔细察看周身，好在均无大恙，有的只是擦破点皮。

四个人在坡边坐了会儿，稍事平复了一下惊魂待定的心情，便起身，站在越野车顶一侧，互相鼓着劲儿，双手把着车，喊着"一二三——起！"四人猛地一齐用力，砰的一声，车子平稳四轮着地。

他们赶紧上了车。这回李雪洪用慎重的口气告诉司机"开慢点"，这回就是喊司机"快开"，他也不敢。

一个小时后，他们到达洛江家，仔细查看了他家的屋里屋外屋顶安全，发现只有屋内的墙体有一处约60厘米长、最宽处为1厘米的裂缝，不知是不是温差所致的温度裂缝，还是墙体结构裂缝。

为保证洛江一家绝对安全，必须请专业人员来检查修复。李雪洪立即给修建房屋的施工负责人打电话，请他们准备好材料和工具，立即前来察看、加固修补；另一方面，洛江老人一家须得搬出来住，这大概要几天时间，他给县民政局打了电话，请他们调配一顶赈灾帐篷，临时急用。

午饭，李雪洪和队友们用老人家的高压锅，压了几包方便面（他们一直不大吃得惯藏餐）。吃完面，走出户外，见远处有不少人影，大约有二三十人。不知怎的，周围村民们也都知道了"洛江家房子有危险"，他们便陆陆续续地赶来帮忙。随后施工队和民政局的人也开车来了。

大家七手八脚，忙着搬设备，帮着安帐篷。洛江家还从来没这么热闹过。9岁的小孙女卓嘎，才不管大人们的"烦恼"，见来了这么多人，在一旁开心坏了，又唱又跳，看到谁都笑。

洛江家，是李雪洪最关注的贫困户之一。洛江老人70多岁，老伴儿也近70了，双脚因大骨节病导致残疾。本来有一个女儿，一家人幸福快乐。可有一天，20多岁的女儿突然出走，也不知哪里去了。据村里人说是出家了，女儿好像只是他们收养的，而且据说，现在的小卓嘎也可能是他们老

两口收养的。老两口身体都不好，妻子更是无法行走。

李雪洪第一次到他家时，他家还住在过去的土坯房里，阴暗潮湿。当他了解到他家的背景后，为他家争取到建房资金，并亲自帮他们规划了住房建设：包括两间卧室、客厅、厨房、厕所、农具间，连进出屋外的无障碍通道也都设计了，这是专为洛江的妻子安排的。他们还为洛江妻子买了电动轮椅。她现在，可以依靠自己，自由地出入家门，不用成天面对阴暗的屋子；她现在，可以看到外面美丽的天空、草原和龙巴山啦。

当漂亮的新房修好后，洛江老人看着宽敞明亮的屋舍，如此方便舒适，那些天，他觉得自己就是生活在梦中。

老人拉着李雪洪的手，眼泪，顺着眼角的褶皱流了下来，"李书记，感谢你们，感谢共产党哦……"老人的泪花，也令李雪洪的内心激动起来，他感觉眼睛一热，禁不住紧了紧老人黝黑粗糙的大手。

"你回去后，替我代问习主席好哦！"当听到这最后一句，李雪洪被老人家朴实憨直的话给逗笑了。他也真的很希望今生有机会见到习主席，亲口把老人家"感激的问候"代给主席。

春节将至，李雪洪和驻村干部们纷纷回到了温馨的家，准备过一个祥和安乐的春节，没想突如其来的新冠肺炎肆虐荆楚大地。这次疫情，是新中国成立以来我国发生的传播速度最快、感染范围最广、控制难度最大的一次重大突发公共卫生事件。

为做好扎绒村的疫情防控工作，李雪洪四处筹集资金，短短几天，便筹到13万余元。春节未完，他便急急地开车上路，返回石渠县。可沿途很多道路被封，只有绕道，1天的路程，他足足花了3天时间。

一到石渠县城，他便和村上干部们汇合，组织大家，将筹到的13万余元资金，用来采购洗手液、洗衣液、口罩、毛巾、水壶、生活垃圾箱等卫生物资；利用宣传栏、村村响广播和手机微信，大力宣传抗击新冠肺炎防控，以及包虫病、大骨节病等地方病的安全防护知识；同时，细心周到的他，还组织购买了大米、菜油、挂面、藏茶等慰问物资，发放给全村245

户牧民。

他带领村干部们，走在疫情防控前沿，引导村民科学认识疫情、稳定情绪、增强信心，凝聚共同战疫战贫的精气神。

一年多来，李雪洪带领驻村工作队员和村干部们，认真开展回头看大排查，全面落实完成了"两不愁三保障"工作；争取省广电局、省林业和草原局、川台、中石油、农业农村厅等单位，投入资金400多万元，发展畜牧人工种草和卧圈种草结合试点2000亩、建立村级畜牧养殖专业合作社、入股石渠县洛须生态科技产业园等。2019年村集体经济收入达到15万元，52个贫困户户均增收3000多元，2020年全部村民平均收入将达到1万元。

曾经有位军区首长，视察高原地区部队工作。他深切地感受到高原缺氧给身体带来的巨大负荷和损害。他说，这里驻守的官兵们，连"坐着"，都是在为党和国家做贡献。

李雪洪和他的队友们，初到石渠，常常夜不成眠，一到凌晨，就觉得胸闷气短。很多到过石渠的人，都亲历过"睡觉困难"。前几天，色达县一位年轻的副书记，晚上睡觉时就"睡过去"了……

平时饮食，他们几乎每天早中晚三顿，都是方便面。四个大汉又不会做饭，也没时间做饭。早餐在住地还能用高压锅煮煮，中午户外就直接把方便面当"干脆面"吃。

后来吃烦了，有的干脆就不吃午饭了。胃部长期蠕动减少，上厕所也成困难，他们几乎人人都得了痔疮。李雪洪有段时间发作频繁，疼痛的样子让队友们看不下去了，直接把他送到玉树州人民医院做了手术。

高原上，大气压低，人的血压却很高。长期缺氧，引发血管硬化，血压自然高。有时，李雪洪的低压都高达150mmHg！人体长期处在这样的高压下，心脏怎么受得了？所以他们个个都随身携带速效救心丸，车上和床边，随时都备有氧气袋。

李雪洪和队友们，还经历过一次特别危险的车祸。那次也是回石渠县

的路上，车在翻越折多山时，撞上了一辆大卡车，翻下了五六米深的沟地。李雪洪股骨骨折，同去的川台一位小伙，在车辆翻滚时，被撞得头破血流。也是万幸，人都还活着。

生和死，是偶然与必然的连接。我们来到这世上，这么活着，都是偶然，死去那是必然，死，就不足为奇。可是一个人，要活得有意义，死，才会死得有价值。

李雪洪，他的名字中有"雪"，仿佛他和这片风雪大地，也有着某种特殊的关联。黄昏时分，广阔的草原上一片金黄，赤红的霞光映照在终年积雪的龙巴山上。这壮丽的景色，令他心潮翻涌。他愿如龙巴山般挺立、遮风挡雪，以不屈的身姿，守望着扎绒村的幸福。他坐在扎溪卡草原这片长天大地之上，心里正谋划着牧民们更加美好的未来——那颗温热的跳动，就是"活着"。

2020 年 10 月 18 日

五心先生

罗薇

09

孙付春（右）在村文化室与正在学习中的贫困农户亲近交谈

戴眼镜的孙付春是成都大学（简称成大）的教书先生。2018年7月，他参加了成都市简阳市新市街道石家村的驻村帮扶工作，便"安心"于基层扶贫，"虚心"问学于民，"细心"发掘农产品经济价值，"精心"谋划产业发展，"匠心"推进各项帮扶措施落实。这是两年来孙付春一直要求自己的"五心"扶贫标准。我钦佩地称他为"五心先生"。

孙付春长得很像我的一位亲戚，亲戚是江苏人，他也是江苏人，所以倍感亲切。而他本身仿佛就具有某种天然的亲和力，不需要刻意努力，就能获得很好的人际关系；况且他具有博士学历，又没有那些高知的学究气与木讷，这种天赋，在人群中可谓不多。他说自己老家是江苏东台，祖籍在苏州，便半开玩笑地说，自己可能是孙权的后代呢。我真诚地附和说，那是有可能的哦。

暗想，四川省委组织部对驻村干部的选派要求越来越高，而各地帮扶单位，也是不遗余力地支持。我昨天遇到的一位省广电局派驻甘孜州石渠县的帮扶干部，学历也是相当的高，且即将获得双博士学位呢。

孙付春的扶贫时间和他儿子的生日几乎同步，就在他儿子2018年7月21日出生前20天，7月1日，对，正是党的生日那天，他被派驻石家村。

对于孙付春来说，这是人生中发生重大变化的时期。它带来的是更大的家庭和社会责任。

因为孩子小，最是招人疼的时候，我便问，这两年，你一定很舍不得离开孩子们吧。"这倒没有"，我吃了一惊。他面有遗憾地说，我其实最舍不得、放不下的，是我带的那帮研究生们，怕是耽误他们学业了。

哦，这也敬业得未免太"狠"了点儿吧。

然而，孙付春正是带着这种无私的狠劲儿，在石家村驻村帮扶两年的时间里，在产业发展、基础设施建设、民生保障、教育、医疗等方面，做了许许多多、实实在在的好事实事。

石家村于2017年底实现了全面脱贫。2018年孙付春是带着巩固和发展脱贫成效的任务去的。该村共551户1772人，其中建档立卡贫困户87户290人，低保户6户8人，无劳动能力者67人。年轻人基本外出务工，听村书记说，村里剩下的就是支"389961"部队。

孙付春第一次听到这种叫法，好奇一问，才知"389961"，即"三八"妇女、"九九"老人、"六一"儿童。他听后不禁心里一沉，要改变石家村贫穷落后面貌，任重而道远啊。

安心基层扶贫

孙付春离开舒适的单位和温馨的家后,便沉下心来在石家村开展帮扶工作,把整个身心都投入到扶贫工作中。

他进村的第一件事,就是走家串户,摸熟情况。他亲和友善的天性、与人着想的善良,以及一口地道的四川话,很快便和乡亲们打成一片。

经过一个多月的调查了解,他发现石家村绝大多数村民,仍沿袭着传统的种养殖方式,多数农产品以原材料和初级产品销售,附加值不高,抗风险能力较弱。要想巩固提升扶贫成果,任务还十分艰巨。

就在这一个月的调查了解期间,他就帮村民们解决了一件急难之事。

时值盛夏,由于村民信息来源少,销售渠道不畅,而大多数农产品都放不得、等不得。当务之急,是赶紧把产品卖出去。他便主动担当起农产品的"贩卖"工作。

他针对不同品种的产品,如鸡蛋、土鸡、番茄等,自掏腰包、上网分别订制了精致的包装盒,并带着乡亲们一起包装。孙付春手把手地教他们,叮嘱大家做事要细致,要仔细淘汰"歪瓜裂枣"——不仅要选择质量好、外相好的农产品,而且盒子封口时,都要做到边沿整齐,严丝合缝。而后孙付春将一盒盒产品装上自己的车,并亲自负责运送。

那段时间,他自己的私家车,已然成了农用运输车辆。不仅是后备厢、后排座,就连前排副驾驶座也都塞满了农产品。直到现在,他的后排座,还常可见到一盒盒的鸡蛋、番茄、红薯……

孙付春发动的客户,多是自己微信里的老乡、朋友和同事。里面有个江苏老乡群特别活跃,便被他列入重点推销名单。该群本叫"苏小联",为倡导大家积极参与扶贫帮困,他半开玩笑地将其更名为"石家村驻蓉办",把老乡群直接变成了帮扶群,并得到了老乡们的积极

响应。

"孙教授"人缘儿好,老乡群的成员们也非常支持他,知道他搞扶贫不容易。石家村的农产品确实生态,精选后的产品个头大、品相好,他们也非常愿意当这个"回头客",既是方便自己,也是为扶贫作贡献,何乐而不为呢。

大伏天里,孙付春一车车地跑运输,一家家地送货上门,这前前后后,帮农户们"贩卖"了上万斤农产品。

那个夏天还未结束,他人就瘦了好几斤,昔日成天在教室里"培养"出的白皙皮肤,也变成了小麦色。他乐呵呵地对妻子说,你看我扶贫后,是不是变得更健康帅气了哟?

每当他看到乡亲们钱拿到手中时,脸上绽开的喜悦,他自己也莫名地跟着开心。在帮扶的过程中,他也很享受给别人带来快乐的快乐。所以他总是乐此不疲地援手扶助大家。

他安心扎根在石家村,热心服务于村里的百姓。做这一切劳神费力的苦事,带给他的却是踏实的怡悦和为善后的心安。

虚心问学于民

孙付春作为一名高级知识分子,本着"触类旁通"的精神,"举一反三"的能力,"闻一知十"的自信,来到的石家村。

然而他从现实中发现,关于农村、农业、农民的三农问题,是门很深的学问,和许多人眼中、自以为熟知的农村并不一样。农村、农业、农民,在这个素来搞研究的理工科教授面前,呈现的是一个全新的未知领域。

他对石家村产生了浓厚的兴趣,积极寻求其未来发展,这也是一个科研工作者的探索本能。他大量阅读脱贫攻坚知识,就相关问题虚心请

教乡镇领导和村干部。他走向田间地头、农户院舍，向村民学习种养殖知识，到每一个贫困户家中了解他们脱贫情况和需求，同时也仔细询问当地的民风民情。他想了解的很多很多，每一个细节，都有可能促进未来的发展。

他通过学习研究、走访调查，亲身感受老百姓的住房、饮水、道路等基础设施建设，以及产业发展情况，初步厘清了石家村的脱贫攻坚情况和存在的短板弱项。

他认识到脱贫攻坚的核心问题是农民增收问题，而眼前最突出的短板，就是小农经济的低效和缺乏持续稳定增收的支柱产业。

细心发掘价值

孙付春是个细心人，善于观察和思考，在事物中发现其丰富价值。

在他"贩卖"农产品期间，他发现村民们供给他的鸡蛋颜色不一，有的白，有的绿。白的倒是我们常见的，而那种绿的却是少见。他上网查询了绿色鸡蛋的资料，了解发现，这竟是一种绿壳蛋鸡下的蛋，进而他从川农大的朋友那儿得到证实。

绿壳蛋鸡因产绿壳蛋而得名，是我国特有禽种，被农业部列为"全国特种资源保护项目"，是一种比乌鸡还珍贵的鸡种，其抗病力强，适应性广，产蛋量较高，年产达160-180枚。

孙付春为这个发现甚为欣喜：原来有些村民养的竟然是绿壳蛋鸡啊，他们自己还不知道这鸡和绿蛋的精贵，竟当作普通鸡和普通蛋在卖呢。

为推广绿壳蛋鸡标准化养殖和提高鸡蛋的附加值，孙付春为乡亲们做了一次生动的示范性实验。

一次，他正好邀请了成大附属医院的专家们，到石家村开展义诊活动。趁着这次机会，他通知村民们把家中的余量鸡蛋，拿到村委会来。在

村干部们的组织下,大家将一般鸡蛋与绿壳鸡蛋分盒包装,摆在桌上,展示给前来义诊的 20 多位医生们选购。村民们眼见 200 多枚绿壳鸡蛋,瞬间被一抢而光。

在以前,一枚鸡蛋卖八毛,包装之后,一枚卖一块八。然而,分拣出的绿壳鸡蛋,一枚最高要卖到两块五毛左右。

在他的倡导下,村民们对绿壳蛋鸡的养殖倍加"关爱"。现在村里几乎家家户户都在养,也统一安排了农技员指导。不仅如此,他们也开始更加注重农产品的品质和包装了。

孙付春心细,腿也勤。他常常去农户家中走访,特别是贫困户家中。雷万丰便是其一。

雷万丰是个老实巴交、踏实肯干的人。在孙付春和村干部们的鼓励和扶持下,2019 年,他先后养了 100 余只大耳羊。那年 12 月,有 20 多只羊该出栏了,而他却苦于没有销路。

孙付春走访到他家时,发现他愁眉锁眼,说话也心不在焉。一问才知道,他正为羊的事犯愁。孙付春立即联系了自己单位的扶贫部门领导,提出打算在成大食堂推出"羊肉系列菜品"的想法,以帮助解决雷万丰的困难。这个提议,很快得到了学校扶贫办和后勤部的积极响应。

时值寒冬,成大校园食堂内羊肉飘香,洋溢着冬日的暖意。羊杂汤、粉蒸羊排、羊肉包子、羊肉串、炖羊肉、红烧羊肉……丰富多样的羊肉菜系列,不仅大大满足了师生们的口舌之欲,也温暖了大家伙儿的身子。羊肉菜品系列一时走俏成大校园食堂。

没想到一下子卖出了这么多羊,雷万丰一颗焦灼的心也和缓了下来。

为进一步帮助村民稳定增产增收,做大做强石家村乃至整个简阳市贫困地区的大耳羊产业,在孙付春的推动下,成大与简阳市积极谋划,准备共同开展"产学研"深度合作——通过成大"四川省肉类加工重点实验室"开发羊肉精深加工产品,助推简阳市大耳羊养殖业。

精心谋划发展

孙付春不是简单的"救火队长"。他可不仅仅是热心、细心,帮助村民们解燃眉之急。他还常常在谋划思考石家村未来的发展,有着全面的严谨细致的打算,并逐步形成了一整套逻辑缜密的规划。

他和村干部们一道,联合帮扶单位,先后完成了《石家村集体经济发展规划》《石家村竹产业发展规划》《石家村小学改造规划》《石家村现代农业产业园规划》《石家村土地规划》等。同时,他还帮助石家村所属的新市街道,完成了《绿地教育基地规划》和《新市街道立面改造规划》。

在重点探索实施《石家村集体经济发展规划》中,孙付春动用自身资源,邀请了数十家企业到村调研,谋划商议村集体经济发展,进一步做大做强特色主导产业,加快发展特色种养和乡村旅游,并创建了"雄州农夫"品牌商标,为石家村原生态农业产业和集体经济的发展铺平道路,推进产业提档升级。

孙付春与成大团队一道,后继制定了《石家村现代农业产业园规划》,在驻村队员严东(来自成都市投资促进局)的积极协调下,引进了四川德虹公司 5 亿元的投资意向。该项目规划用地 5000 余亩,用于打造石家村现代农业产业园,项目建成后将成为简阳乡村振兴的典范。目前四川德虹公司已投资 1000 多万元,村里土地流转 700 余亩,农民增收当年见效,真是未来可期啊。

通过周密考察,孙付春和村干部们计划将村里的竹林、废弃的荒坡变废为宝,着力推进雷公笋的竹林种植项目。

他查阅大量资料,亲自草拟了《石家村竹产业发展规划》。规划详细分析了石家村发展竹产业的可行性,提出了产业发展方案,以及产业前景

——以雷公笋种植为抓手，逐步推进竹笋食品加工、竹工艺品和竹文化主题餐饮、休闲娱乐，通过一二三产业融合发展，汇聚产业资源，辐射带动周边村社，打造简阳乃至成都的竹产业高地。

该规划还涉及未来收益和风险综合分析，设计可谓精心细致、周到全面。

匠心推进落实

孙付春和村干部们因地制宜、科学布局、创新推动，为贫困群众设计了短期可见效、长期可持续的脱贫增收产业，用匠心打造着石家村的现在和未来。

在推进雷公笋项目落实中，孙付春积极协调四川鲜能科技有限公司，捐赠了5亩地的竹苗做试验，试验成功后，公司将大面积推广雷公笋种植发展。

在试验过程中，他们坚定贯彻"绿水青山就是金山银山"的理念，坚持在发展中保护、在保护中发展，未来的石家村，将展现出秀竹环绕农家的一幅迷人风貌。

他们积极推行"川字号"农产品品牌创建行动。为打响石家村农产品品牌，前后找了3个团队。他们在与团队共同研究中，细心斟酌每一个字，最终确定以"雄州农户"为品牌命名。他们精心设计每一笔、每一画，先后设计20多稿，并将商标图案在村民群里发起投票，力求找到最令村民满意的商标。村民们在评选商标中，个个都怀着浓厚的兴趣，充满着对未来无限的期许。

在产业发展中，孙付春和村干部们找技术、引品种、寻销路，让村民在发展生产中尝到幸福的滋味。扶贫工作，涉及乡亲们具体生活的方方面面，以及未来的发展，需要每一位村干部，包括驻村队员们，完成大量细

致的基础性工作，付出巨大的艰辛努力。孙付春无论是在产业发展还是墙绘、义诊，以及村里学生教育上，都事无巨细，不无用心。

后 记

和孙教授的谈话快结束时，我忽然想起开始一直想问的问题，因为孙教授有严谨的逻辑思维，我之前就不好中途打断。

我说，你离开家到简阳扶贫，而且是在距妻子预产期仅有十多天的时候，一定很不放心吧。

他说，我确实有过犹豫。这其中除了妻子即将生子的原因，另外我刚到新的岗位（专门研究科技成果转化的部门）才1年多，且初见成效。而且之前我也说过的，我还在带研究生。所以当时内心很矛盾。没想到妻子却主动对我说，你还是服从学校的安排吧，何况扶贫工作很有意义，能拯救那些处于困境中的人们，改变他们贫困的命运。

孙付春的妻子在自身面临如此艰难时刻，还主动将他推出去，让他去帮助更多的人，如此深明大义，实在是一位难得的好妻子。

孙付春说，妻子鼓励他去扶贫，这跟她的身世有关。

他妻子出生在重庆一个偏远山村。小时候家里很穷，那时整个村子都穷，村里几乎家家负债。她是村里唯一一个家长支持上学的孩子。

她清楚地记得当年母亲如何送她读书的情景。从6岁那年起，每天天不亮，母亲就提着灯，与她一同走近两个小时的山路赶到学校。曲曲折折的羊肠小道，母亲陪着她不知摔了多少回。妈妈每天都会在她书包里放两颗土豆——这就是她一顿午饭的全部。

那时他们村，两颗土豆就是大多数人的一顿午饭。有时，有的人家连土豆都吃不上。穷的时候是这样，现在村里人富了，家乡发生了翻天覆地的变化，而两颗土豆当午饭的习惯，很多人还是没有变。

她在家人的支持下，一路读到研究生毕业。她深知穷人生活的不易。

妻子说，贫困地区的老百姓是纯良俭朴的，他们对幸福生活的要求很低很低，但他们也有权享受和我们一样丰富的资源和美好的生活。你有这么好的机会，就去帮助他们吧，引导他们勤劳致富，争取同等幸福生活的权利。现在国家有这么多、这么好的扶贫政策，你还有单位成大的支持，加之你的人脉资源，你应该去，发挥你的特长，一定会有所作为、有所收获的。

妻子一直认为，一个人要有知善的良知和为善的行动，要做到知行合一，古人云："善为至宝，一生用之不尽；心作良田，百世耗之有余。"妻子说，你此去扶贫既是行善，也是为我们一家挣得福气，何况我有生大娃（7 岁的大女儿）的经验，还有爸妈的照顾，你就别担心了！

2020 年 6 月 15 日

仙山支书

罗薇

10

仙山村康养中心庭院里美丽的玫瑰花树,每天中午,务工的村民们便在这些花树下快乐地吃饭(图片来源:邓国良)

老子《道德经》中有云："善建者不拔，善抱者不脱。"意思就是，善于建树的不可拔除，善于抱持的不会脱落。四川省攀枝花市米易县草场镇仙山村支书郭友文，便是这样一位建树于乡，抱持于民，"修之于身，修之于家，修之于乡"的德高者。

一

车沿山路向上盘旋，一弯又一弯，转得人头晕。如果司机再开下去，我一定会吐的。旁边素来活泼的石古，脸色蜡黄，紧闭着眼，紧闭着嘴，原来她的晕车病比我还厉害呀，我想分散一下注意力，找她说话也不敢。

其实我们该庆幸的是，这路虽然弯弯多，但却是平平坦坦的柏油路。若不是当年郭书记发动大家修路，这路还不知"抖"成什么样，我肯定早就吐了。

仙山村坐落在攀西地区"著名"的石头山上，虽说这山叫仙山，可当年的老百姓生活并未"沾到"什么仙气，更因道路的阻隔，导致贫穷。

郭友文因早期开办花岗石厂，是先富起来的仙山村人。以身观身，推己及人，他不忍见村里人还过着自己曾经"吃了上顿没有下顿"的苦日子，便决心提振经济，把村里的农产品带出山去，而修路便是眼前唯一的出路。

他在政府的大力支持下，带头垫资150万元、捐资60万元，发动党员、群众筹资筹劳20余万元，投工投劳3000多人次。在他的感召下，村民朱启祥还无偿捐出了自己的一亩地，用于村道建设。他们先后花了3年时间，硬化了通村、通组道路11.6公里。自此，仙山村迈出了"石头山"变"金山"的关键一步。

汽车还在山路上曲折攀爬，就在我忍不住快要呕吐的时候，车在半山上一斜坡处的小院门口停了下来。我松了口气，终于到了。不禁心生感

激,这路不仅照拂了这里的村民们,也照拂了我们这些到访者和不计其数来此观光休闲的旅人们。

心中正感慨着,但见郭书记带着风、带着笑,大步从斜坡上的门道走下来,神清气爽。郭书记比我之前在照片上看到的样子要瘦很多,本是一张方正的脸,现在都变尖了,蓝色的格子T恤架在身上略显宽松,却多了几分仙风道骨。

我说,郭书记,你瘦了呢?郭书记嘿嘿一笑。他热情地伸出手来,手掌大而有力。他的热诚颇具感染,我晕车的不适随之即逝。

他领我们步入院门。庭院很大,约有1000平方米,当中长条形的花坛上,种了几株壮硕的月季树,它们在"阳光城"的安适一隅,开出大而艳丽的花朵。

庭院入口右侧,是一间敞阔的房室。朝向院坝的一面,全没有墙,只有几根立柱。剩下三面墙都设置了书架。左面书架中空处,镶着"红色书吧"四个大字,四字中间还嵌有一枚巨大的党徽。屋子中央摆着一张很大的类似整块原木的桌子,造型自然,可以围桌30来人。这是村里的一个兼具书吧、议事、茶室、会客室的"多功能厅"。

二

乡里、村里也来了几位干部,大家围坐一起。我再次抱歉,为此行扶贫人物的采访,打扰到大家周末休息(原想我和沙马单独来采访就好的)。刘组长再一次"声明",他们是没有周末的,"不存在"打扰。刘组长是米易县委组织部派来的挂职干部,担任仙山村驻村工作组组长、第一书记,他早已把自己的工作生活融入仙山村的这片土地上了。

我又感谢郭书记答应接受采访。这位2017年度全国农业劳动模范、2019年度四川省脱贫攻坚奖获得者,他谨厚蔼然,谦逊有仪。他对我说

道:"自己讲自己'先进'呢,讲不来,也觉得没啥子事值得一提的,做的都是自己该做的事。实在要问呢,就问邓国良吧,他是村里的'秘书长'。"

郭书记笑着指了指坐在左手边的邓国良,然后接着说:"他 2002 年就担任村文书,至今 18 年了。我们村的规划建设,他是功不可没。"

正说着,有人用纸杯泡了茶递过来,还有一人提了两大篮子樱桃进来。时值樱桃成熟季,各地价格不同,但我知道都挺贵。上星期,我隔壁办公室的同事,买了 40 元 1 斤的"酸"樱桃给我们"分享",我现在想起腮帮子还发酸。

再看桌上的樱桃,红中带黄,晶莹澄亮。尝了尝,嗯——甜!比我们昨天在汉源县路上买的 1 斤 18 元钱的还甜!

我问郭书记:"这樱桃多少钱 1 斤啊?这么甜。"

我动了再买 1 斤的念头。

郭书记笑道:"这樱桃不要钱。"

啊——我诧异地看着他,该不是开玩笑吧。

郭书记一脸认真道:"我这院子是个康养中心,这里住宿的客人,每天散步到樱桃地里随便摘,敞开吃,都不要钱。"

啊——真是羡煞死了。

难怪院子这么漂亮,原来是个康养中心。这里除了有好花、好阳光、好空气,还有免费的甜樱桃!这日子过得真似神仙啊。

这时,外面走进一壮实黝黑的小伙儿。

郭书记说:"这就是康养中心的经理朱涌江,是老村主任的儿子。他曾经四处打工,可却一直没找到合适的工作。但他人很聪明,也有些文化,曾经读过两年中专,所以我就请他来任经理试试……还真没看错人。"

朱涌江一脸自豪地说:"来我们仙山康养中心的人很多,特别是冬天,要提前几个月预订。去年春节,来的人太多,而且多是一大家子,实在住不下,有些人干脆打起了地铺。哈哈——"

刘组长也一旁说:"这几年,攀枝花大力打造康养旅游第三产业。郭书记在政府帮助下,看准这个机遇,带领仙山村优化产业结构,力促'康养+产业'融合。我们除了这个康养中心,还有一处康养点,两个加起来床位近200张。2018年还规划种植了4500亩万寿菊,一边吸引游客,一边促进鲜花、花椒油、干核桃、牛肉、老火腿等土特产的销售。通过发展乡村旅游,这两年全村共实现旅游增收200多万元,解决100多个贫困群众的就业问题。"

三

午时已过,朱经理提醒大家,该吃饭了。

郭书记往外一看,说:"工人们都开始吃了哦。"

我这才注意到外面闹哄哄的。玫瑰花树下,五张餐桌一字排开,几十个工人围坐,正吃得热闹,看样子早就开干(吃饭)了。

郭书记说,这些工人都是村里人,在康养中心和附近的养殖场、石矿场务工。为了方便大家,也免得那些住得远的村民,吃顿午饭跑来跑去的麻烦,便免费为大家提供了午饭。

看着这些村民们聚在一起,阳光下,花香里,热热闹闹,开开心心,还有免费的午餐,真有点儿共产主义的味道了。

我们被领到二楼吃饭,这里是康养中心餐厅,有三十来张桌子,靠院子一侧窗边,有七八张已坐满了人。郭书记说,这些也是村里的人,下午他们要开会,讨论集体经济分红的事情。

刘组长说:"这几年在政府支持下,郭书记带领村干部组织了59个贫困户,采取现金、土地入股,整合零散扶贫资金等方式,筹集到220万元,成立了养殖专业合作社。建成标准化养殖场7000平方米,养肉牛近150头,香猪、豪猪220头;配套修建了新型沼气池,容量220立方,供88户

居民日常生活使用，沼气粪渣作为果树有机肥，通过种养结合，立体式循环发展生态农业。按照合作社盈余分配制度，加入合作社的已脱贫户、非贫困户都以年息10%的收益进行保底分红。2016年底，我们摘掉省级贫困村帽子后，大家日子越来越好过。尤其这两年，全村实现种植业年收入近1000万元，人均年纯收入1万元，合作社分红资金达14余万元，村集体经济年增长3.5万元。"

回到午饭主题，今天我们吃的是"火锅+烧烤"。

餐桌中心架着菌汤火锅，汤中有鸡枞、乔巴、鸡油菌，还有蘑菇等；周围一圈铁板上正烤着吱吱冒香的肉块（主要来自村集体生态养殖的黄牛、香猪和豪猪，还有土鸡等）。

郭书记一边喝酒，一边和我们聊天。

我问他每天都喝酒吗？他说每天晚饭都会喝点，今天周末嘛，所以中午喝点。平时每天固定喝个三四两，自从喝酒后，吃菜少了，所以你看我现在瘦了，嘿嘿。

"哦，这样啊。"我说，"我开始还担心你病了呢，但又不像，你看上去那么精神。不过，还第一次听说喝酒可以减肥的哦，哈哈……"

他说，这酒是他自己酿的，加了荞麦、高粱、玉米、麦子、大米、小米……以前有个常来仙山"康养"的朋友，每次都带了五粮液来，却总是找他"换酒"喝，非要喝他酿的酒。

一旁的邓国良神秘地对我说，郭书记酿的酒，是窖在一个花岗岩洞里的。

这听上去还真有点神奇。我立即浮想出一个香气四溢、水雾氤氲的神仙洞。

他可真是酒仙啊，能想出这么奇妙的制酒方法。

我一向闻不惯白酒，闻到就"打脑壳"，总觉得有种呛鼻的味道。但听他们一说，就不禁闻了闻这酒，果然不同，有一股清冽醇香入鼻。

郭书记说，酒是自己的产业，现在交给儿子在打理，我现在要喝点

酒，儿子还要我掏钱呢！郭书记说到这，脸上并无困窘，反倒是自豪。我想，他儿子收他的酒钱，是想用这种方式约束老爸，这也是为了他的健康啊。

他接着说，儿子懂得体谅人，在新冠疫情期间，加入了疫情防控志愿者，每天不仅给村里其他志愿者送去水和食物，还坚持到村里巡逻、义务宣传。

后 记

邓国良说，郭书记做过很多善事。曾经为村民新型农村合作医疗保险的购买、仙山村小学的修缮、贫困学子读书，以及为"5·12"汶川地震灾区、玉树地震灾区、县冬旅会的举办，无私捐款近200万元。

邓国良曾在朋友圈中写道："我为我村有个无私的当家人感到骄傲。"

郭友文于2004年担任仙山村党支部书记，2005年之前，全村无一座楼房，而现在260多户人家，已有240多栋小洋房。仙山村，如今不负其名——穷山变金山，金山变仙山，还原了它名字的本意。

郭友文执持善念，修之于身，其德至真；传承善行，修之于家，其德有余；扶危济困，修之于乡，其德绵长。他与人共享财富，把善行当成一件平常事；他爱乡邻，因为他懂得那是他生活的一部分；他倾力扶持，只为把仙山村建设成心中的世外桃源。

2020年5月18日

彝汉情深

罗 薇

11

青绿的茶园中，善良朴实的姚清国

我相信，世上有着一朝一夕的短暂时光里、产生的刻骨铭心的爱情；我也相信，民族间血浓于水的深情厚谊，却是由无数个"一朝一夕"的时光磨合与信任而成，它比爱情更长久，比友谊更宽广。姚清国和他的彝族同胞，正是用21年的时光，建立起这样丰富而深切的情感，他对彝族同胞

的帮扶，倾注着亲人般的关怀与厚爱。

一

1999 年，是 34 岁的姚清国生命里发生重大转折的一年。那一年国营塔子山茶场改制，这个位于四川省雅安市荥经县的"老川茶"国有企业濒临破产。

"你是个傻子，敢挑这个烂摊子！"

姚清国这辈子都没人说过他"傻子"，可那一阵，说他"傻子"的声音却不绝于耳。姚清国之所以有勇气挑起这个"烂摊子"，还多亏了他老丈人的鼓励。

老丈人曾经当过兵，当年是县人大代表，为人正直，做事有远见。他说服姚清国，你还年轻，正是干事业的时候，我女儿杨梅也懂制茶，她可以帮你，你们夫妻俩如果收购茶场，用心经营，也是传承"老川茶"文化，为我们家乡经济发展做贡献哦！

于是姚清国和妻子开始紧锣密鼓地筹措资金，收购茶场，遂成立了四川省荥经县塔山有限责任公司。公司基地占地面积 6848 亩，其中茶园面积 2690 余亩，这空余的 4000 亩土地，为他后来的生产发展，尤其为彝族同胞的生活巨大变化，提供了尤为宝贵的土地资源。

夫妻俩初到茶场，厂房残垣断壁、破窗烂瓦，制茶机老旧生锈，已无法使用。再望漫山茶园，一片荒芜，近 3000 亩茶地能供采摘的不足 500 亩。真是百废待兴啊！

然而这一切都在他们预料之中，也无退路可走。短暂的心凉之后，夫妻俩便相互鼓励，打起精神，拿出干劲，开始了艰苦的创业之路。

眼前当务之急是招募茶场工人。

姚清国在考察茶园时发现，附近有十来户自发搬迁的彝族人，他们十

分可怜。所谓的"家"就是十几个简陋窄小的窝棚，一家老小五六口人挤在一处，吃的是山上的野菜野果，穿的是破衣烂衫，大冬天的还光着脚。

姚清国从小吃过苦，挨过饿、受过冻，看到这种情况，心里比谁都难受。他想，既然我正缺人手，何不请他们来茶园务工呢？

他找到这些彝族同胞征求意见，他们非常高兴，一口就答应下来。之后，他把一部分茶园分包给他们，并免费提供给肥料、农具等生产原料。妻子杨梅则教他们茶园施肥、茶树修剪、冻害预防等种植管理技术。待到采茶季，妻子又带着他们一起采茶，教会如何采摘，姚清国则对他们采摘的茶叶统一以保护价进行回购。

夫妻俩和彝族同胞们一道努力，让茶园一步步恢复了生气。自此，他们与彝族同胞，与扶贫济困结下了不解之缘。

聪明的姚清国在实践中无意间创造出"公司+农户"的经营模式，这在20世纪90年代末是一种新型的农业产业化发展模式。姚清国采用这种方式及时有效地解决了这批彝族同胞就业，也正式启动了自己茶场的生产经营。

姚清国始终不能忘记彝族同胞居无片瓦的境况。公司成立之初，他便请来建筑工人，先后花了100多万元，维修改造了茶厂宿舍，无偿提供给彝族同胞居住，他还承担了所有的水电费，彻底改变了他们的居住条件。

这些彝族同胞到茶园打工的事，传到了他们亲戚朋友那里，大家口口相传，公司成立不久便陆续有1000多名彝族同胞自发搬迁而来。他们纷纷恳请到茶园务工，姚清国也从不拒绝，即便在员工饱和的情况下，他也不忍看着他们失望离开。

面对大量自发搬迁的彝族同胞，为彻底解决他们的生活问题，当地政府也做出了极大的努力。通过申请，2006年元月省政府批准他们所在的民建乡为彝族乡，如此，他们便能享受到政府相关的许多优惠政策。

随着彝族同胞的大批搬迁而来，茶山发生了巨大的变化，焕发出勃勃生机。

二

茶场附近的1000多名彝族同胞,大部分是季节性零工,他们有较多的闲置时间。姚清国便把茶场空余的土地,给每户人家分了一些。他买来土豆、玉米、白菜等粮食和蔬菜种子,教他们种植。后来还扶持他们养殖猪、牛、鸡、鸭等。

他从解决彝族同胞的基本温饱做起,逐步改善他们的饮食生活。

自2003年起,我国对中西部地区除市区以外参加新型合作医疗的农民每年给予一定的医疗补助资金,而农民为参加合作医疗、抵御疾病风险有履行缴费义务,需自己承担部分资金。

姚清国担心这些彝族同胞不愿购买保险,放弃这么好的政策、给自己健康留下隐患,便主动为大家承担了全部医疗保险费用,解决了他们看不起病的难题。

这些彝族同胞不愿购买医疗保险有两个原因:一是买保险自己要花一部分钱;二是本来他们生了病就不怎么去医院。而不愿去医院的原因是,他们习惯用占卜来"驱病",他们虽然搬迁到汉族聚居地,但依然保留着原有的风俗——婚丧、出行、贸易、疾病等都要占卜。而占卜术除了毕摩和苏尼精通施行外,一般的村民也是略知一二的。

姚清国为大家购买了医疗保险后,便挨家挨户地告知他们,现在有了保险了,你们看病不用花钱了,有些特殊病也只会花很少的钱,今后有病了,要去医院看医生,不要忙着去占卜,免得耽误了病情,把小病拖成了大病哦。

他对待贫困群众有着特别的耐心和爱心,他始终记得,自己也曾"穷苦"过。靠着这份爱与坚持,他逐渐改变了这些彝族同胞有病不愿看的习惯。

在彝族同胞里，有一些男人，他们对生活要求不高，能吃饱穿暖就很满足，喜欢晒太阳喝酒的"慢生活"。这样的日子确实大家都很喜欢。可仅靠家里的妇女劳动——采茶、种地、家务、带孩子，这不仅不公平，对一个家庭经济稳定来说也是很危险的。

为了让他们过上经济稳定的美好生活，姚清国煞费苦心。

一有空，他就到各家各户去动员，规劝青壮年们利用农闲时间外出打工，实在找不到工作，就在家把地种好，把猪啊、羊啊、鸡啊养肥点，还有，要多读书学习，增长知识，增加找工作的机会。

移风易俗可非一日之功。姚清国颇有感触地说，我硬是花了5年时间，让他们把那些旧习惯改了过来，我们这里的彝族人，现在风气很好，没有一个吸毒的、得艾滋病的，勤劳又团结。说到这儿，他也挺自豪的。

在姚清国努力改变和提高彝族同胞生活水平的同时，也和妻子杨梅一道不断提升塔山茶叶的品质，改造茶叶加工设施设备，改进制茶工艺。

塔山茶叶在2002年通过无公害认证，2005年通过绿色食品认证，2009年通过中国有机产品认证；"塔山"牌商标在2008年被四川省商务厅授予"四川老字号"称号，2014年被四川省工商总局授予"四川省著名商标"称号，同年，塔山公司被四川省农工委认定为"四川省农业产业化经营重点龙头企业"。

三

地震带来的严重灾难，对人类是一个沉痛的打击，却也是一个发展的契机。姚清国在每一次灾难之后，深深思索，他想着为彝族同胞建设更加坚固的住房，更加稳定的工厂。

2008年，汶川"5·12"特大地震，这个位于荥经县、离震中200多

公里的地方，山上的住房和加工厂都遭到了不同程度的损毁。

姚清国首先想到的是彝族同胞的住房安全，第一时间查看了他们的住房损毁情况后，拿出 20 多万元，帮大家修补加固住房，之后才顾及自己的厂房。

待工厂修复后，他又买了 35 亩地，扩建了更加牢固的厂房，还特选了 10 多名聪明优秀的彝族青年，教他们种茶、制茶技术，使之成为厂里的技术骨干。

姚清国说，这不仅是为了提高了他们的工资收入，更重要的是他们学到知识后，可以将知识传播给更多的彝族同胞，有些知识技能，只有通过他们族内的人来亲自传授，他们才更容易接受，效果才会更好。

2013 年，芦山"4·20"7.0 级地震，这次他们距震中仅 80 公里。山上农户的住房又一次遭受了更加严重的损坏。

姚清国下决心要彻底改变他们的居住条件，为彝族同胞建设一个更加安全宜居的美丽家园。

他这次找到了荥经县委、县政府，去争取支持。建议由他们公司无偿拿出 200 多亩土地为茶场周围的贫困农户们修建搬迁住房，建房资金则恳请由政府部门资助。政府不仅答应了出资，还积极协调，得到了香港红十字会的援助。

于是，由荥经县政府、塔山公司、香港红十字会，三方共同为彝族同胞打造了一座安全美丽的"茶香彝寨"。寨子里每户人家有 100 多平米的住房，四室两厅还带小院儿，硬化平整的水泥路一直连通到村广场。每天傍晚，彝人们在广场上欢歌起舞，锻炼身体，节假日聚会欢庆，极大地丰富了他们的业余文化生活。

如今，彝族同胞们的生活发生了翻天覆地的变化，从刚来茶场时，一根扁担、一床棉絮、一口铁锅，就是全部家当的困窘，到今天，家家有电视、电饭锅、电磁炉、手机、摩托车，有的甚至还买了轿车。

四

　　生活富裕了，孩子的教育可不能耽误。姚清国非常重视彝族同胞子女教育问题，不管哪家孩子考上大学，他都高高兴兴地带着家人一同看望，并把钱亲自送到孩子手中。在他的推动下，当地政府为彝族孩子先后建起了小学和幼儿园。

　　这些彝族同胞当初是自主搬迁而来，那时还没有户口，小孩子都上不了学。他便挨家挨户去动员家长们让孩子上学，并告诉他们，不用担心，学费全部由他姚清国负担。

　　可乡上的小学离家太远，有的孩子上着上着就不去了。姚清国一想，光靠嘴劝，解决不了问题，还得想出彻底解决的办法才行。

　　他于是又去找到政府部门，恳请说，自己出土地，政府出建设费，大家共同分担，为彝族同胞子女们修建学校。于是，在政府相关部门的大力支持下，他们共同努力为彝族同胞建起了彝汉双语学校，让塔子山和大坪山的学龄儿童都能就近入学。

　　孩子们能轻松就学，让家长们很是开心、安心。

　　学龄儿童的入学问题解决了，但学龄前年幼的孩子仍然在茶山上野跑，叫人很不放心。姚清国深懂教育要从娃娃抓起，孩子的成长就像一棵树的成长，行为习惯越是小的时候越容易纠正，而长大了再想把树扶正就很难。

　　他于是联系到县教育局，还是由他自己出土地，教育局出建园经费。教育局领导听了建议后，立马答应支持，这给予了他极大的鼓励。

　　通过考察，姚清国又看上了自己的一块茶地——一个村民聚居区附近的一块丰产茶园。为了让家长接送孩子方便，也为了孩子们出行安全，他忍痛将几十棵盛年期的茶树挖掉……

一座宽敞漂亮的标准幼儿园，不久便出现在大家眼前。看着自己的孩子每天在幼儿园里过得开开心心，还增长了不少知识，一个个更加聪明可爱，家长们高兴坏了，见到姚总就不停地说"卡莎莎""卡莎莎"……

后 记

2016 年、2018 年，公司茶山所在的金鱼村和大坪村先后退出贫困村，脱贫户数超过 300 户，户均年收入达 6.5 万元，1000 余名彝族同胞成功脱贫。同时还带动周边茶农约 5000 户，户均年增收 3000 元。

茶山彝胞如今的幸福生活，姚清国是看在眼里，乐在心里。他常说："个人发展不叫发展，带动大家都发展才是真正的发展。"他也时时记得父亲从小告诫他的一句话："一个人做不了好事，但也不要做坏事；你帮不了别人，但也不能去害人。"

父亲把善良传承给他，他也践行着这份善良，和妻子一道，不仅把自己的事业做好了，还帮助彝族同胞们把生活过好了。他们用言传身教，培育了一双优秀的儿女，女儿如今事业成功，儿子博士后毕业，成为政府高端引进人才。

当一个人的情感高于我们的自身利益时，那份情感便是爱，它温暖了世间的寒凉，点燃了幸福的希望。姚清国与这些彝族同胞们朝夕相处，情谊日笃。他的情谊，存在于对每一位彝族同胞无微不至的关爱；他的情谊，存在于为每一位彝族同胞的利益而奔走的身影。他就是这样的一位可爱又可敬的扶贫人。

2020 年 4 月 24 日

匠心扶贫

罗 薇

12

张保才在蔬菜示范园区认真记录番茄新品种生长情况

"种子之魂，存于匠心"，这不仅是四川种都高科种业有限公司对员工们工作态度的一份寄语，也是张保才真心帮扶贫困户的一种笃行精神。他像精心培育呵护他手下的每一粒种子那样，用心照护着他帮扶的每一个贫困户。

一

80后的张保才相貌清俊，两眼虎虎有神，一看就是个想干事、能干事、干成事的人。他学生时代就立志深耕农业科技服务，在2010年农学硕士研究生毕业后，便投身于农业生产一线，选择了自己最热爱和最适合生长的土壤——四川种都高科种业有限公司。不久，他便担任了公司科研主管，2015年升任科研主任。

2017年，四川种都高科种业有限公司响应成都市"东进"战略，深入落实精准扶贫总体部署，积极开展扶贫帮困工作。他和几位同事们一道，于当年7月入驻成都市高新东区董家埂乡深洞村开展蔬菜产业扶贫，迅速成立统筹小组，张保才担任主要负责人。

深洞村地处龙泉山脉丘陵地带，共有农户624户，农业人口2048人，耕地面积2189亩，林地2014亩；2016年全村建档立卡贫困户139户，432人，人均年收入仅6600元。由于地理条件限制，该村种植多以水稻、玉米为主，且产量不高，又无其他经济来源，村民收入普遍偏低。

张保才团队的帮扶地点虽是深洞村，但他们设定的目标却更加远大——以深洞村为中心，辐射带动周围乡镇共同富裕。他们科学规划，确定了以蔬菜产业扶贫为抓手，发挥公司资源优势，打造一个具有良好展示效果的蔬菜种植园区。

张保才与村两委干部多次座谈沟通，达成共识，在村两委的积极协调下，利用自身公司及其他一切可利用的资源，在深洞村建起了约40亩的蔬菜展示园区。

他们引进了适合本地种植和具有消费优势的优良品种，辅以标准种植规程，期望以一个良好的种植示范，带领种植户们科学种植。张保才与村两委商定，园区工人全部雇佣该村贫困户，而且为尽量让每一个贫困户都

能来园区打工，他们又制定了季节员工工作轮换制度，按时节定期轮换工人。

这样一来，保证了贫困户打工机会的公平性。他们来园区打工不仅可以增加经济来源，还能学得一手种菜好技术，可谓一举多得。

园区规划好后，张保才就和他的团队成员们带着一股子心劲、干劲、闯劲，与村干部及贫困群众一道，投入到艰苦的园区创建中。

初建园区，水、电、路等基础设施建设任务相当繁重，他们都一一克服，之后的育苗基地建设，便成了张保才最操心的事。

二

张保才带领团队们仔细研究当地气候特点，摸索季节蔬菜的最佳播种期和定植期。当地没有育苗厂，他们便因陋就简，利用蔬菜大棚来育苗。

时值夏季，常会突降暴雨。张保才知道，过量的雨水对幼小的种苗是致命的，所以无论夜里还是周末休息，一遇大雨，他总是第一时间赶往基地组织抢险，关闭大棚，确保幼苗安全。

村干部们清楚地记得，2017年9月的一天夜里，秋季幼苗刚刚定植10余天，正直缓苗期，又一场突如其来的大雨使整个园区的棚室都进了水。张保才冲锋在前，立即组织人员疏通渠道，排水泄洪。经过2个多小时的奋战，积水全部排出。但张保才仍放心不下，在如注的雨水中，巡视完整个园区，确保棚室的进水全部排出后，才回驻地休息。

身材瘦小的他，在夜雨的身影，是如此的坚挺。

夏秋季节过去了，冬天悄然来临。

然而，冬天的育苗大棚里没有加热来源。严寒中，幼苗如何过冬？张保才一帮团队，就想办法自己动手铺设了电热线。苗床铺上了"电热毯"后，幼苗们可以舒舒服服地过冬了。

可是冬季电压不稳，这可苦了张保才他们。为了让幼苗们安全过冬，他们常常半夜里要从温暖的被窝里爬出来，到大棚检查苗床通电情况和温控。

有他们如此精心的呵护，幼苗们也很争气，番茄、辣椒、茄子等幼苗，棵棵长得健壮结实，抗病虫害能力强，结出的果实密集而硕大。

育苗的成功让当地的老百姓切实看到了科学技术给种植业带来的希望，这也为下一步壮大蔬菜产业发展奠定了基础。

三

在深洞村扎根帮扶的那段日子里，张保才几乎天天住在村里。家就在不远的地方，1个小时的车程。家中有美丽的妻子和两个幼小的孩子，而此时的他，对幼苗的牵挂仿佛比对家人的牵挂更多。这也常常令他心生歉疚。

而他只有每天忙完工作，夜里给妻儿电话。言语里，尽量给他们多一些宽慰，仿佛也是在宽慰自己对家庭缺失的负疚。他也常常心里对自己说："妻子和孩子们会懂我的。"

当他回到家中，看到家人灿烂的笑容向他迎面而来，他的信念便更加坚定，他知道，在对董家埂帮扶的这份光荣里，也有妻子与孩子们的付出与自豪。

自2017年秋季，深洞村建立蔬菜展示园区以来，共接待参观学习人数达5000余人。附近的蔬菜种植户、省内种子经销商、政府相关人员都来了。

大家对园区种植效果交相称赞，对种都高科培育的菜种誉不绝口，当地老百姓对开展蔬菜种植致富更是充满了信心。

此间，贫困户通过轮流到园区打工，每人每天可挣到80元，仅此一项

全村贫困户共计年收入近 80 万元，人均增收 1800 元，帮助了村里贫困人口成功脱贫。

张保才在建设园区、开展育种工作、解决村里贫困户就业增收的同时，也在细致筛选适宜当地种植和消费的蔬菜新优品种，积极带动当地及周边蔬菜科学种植。

2018 年春季，他们筛选出栽培的番茄新品种红迪、斯特朗，辣椒品种辣冠 1 号、辣美长，茄子品种天娇、墨凯龙，苦瓜新 3 号、白玉，以及黄瓜口口脆、亮美 6 号等一系列优良适宜品种，免费向村民们发放种子。之后他便带着队员们一道，到贫困农户种植地里现场指导，为其量身定制蔬菜种植规划。他们从选种育苗到施肥管理，从蔬菜采收到联系销售，帮扶得全面周到、事无巨细，把整个身心都融入到村民生产的每一个环节中。

蔬菜品种的选择固然重要，茬口安排工作也不容轻视。张保才关注村民们每一块土地的轮耕复种，亲力亲为，安排蔬菜不同种类、品种的种植期，使它们合理地搭配和衔接，在努力提高蔬菜产量的同时，也极大地提高了土地利用率。

在张保才的积极推动下，深洞村村民集体成立了瑞光蔬果专业合作社，为大家提供农作物种植销售、加工、储存、运输及相关技术信息咨询服务，增强村民间的合作精神、合作意识，扩大蔬菜生产规模，降低生产成本，降低单户单干所面临的市场风险、自然风险，确保了村民增收增效。

合作社的成立也是张保才来深洞村之前就考虑到的，他的目标始终未变，"不仅要让深洞村富起来，还要让周围更多的村、更多的贫困区域富起来"。

四

自张保才毕业以来，在农业生产一线一干八年，有着扎实的理论功底

和丰富的实践经验，他决心将自己的知识毫无保留地传授给当地农民。

在深洞村扶贫帮困的日子里，他更深切地体会到蔬菜种植户对"良种良法"知识的渴求。村民们在实际种植中经常会遇到一些棘手问题，即便是有经验的农户也是束手无策。张保才便在村里农民夜校开展蔬菜种植培训，他采取定期与不定期、课堂与现场教学相结合的方式给村民授课，内容生动，实际操作性很强，村民们听课的积极性高涨，甚至邻村的一听说"张老师"授课，也大老远跑来听。他一共组织开展培训50多场，听众人数达1000余人。

张保才多次到田间，亲自为农户解决实际中遇到的技术难题。种植户林苍友，在2018年春季种植黄瓜中期就遇到了叶片发黄、不结瓜的现象，心里很是着急，他立即想到了"张老师"，便把他请到自家地里给黄瓜看病。

经验丰富的"张老师"一眼就看出病征，当即让他打掉老叶、落蔓、揭除地膜，以及采取追加黄瓜专用冲施肥等系列挽救措施，成功救活了黄瓜植株。

后来，林苍友的3.5亩地收获了黄瓜12000多斤，张保才又借助公司和自己的人脉资源，帮着联系收购商和蔬菜超市。最终，林苍友的黄瓜不仅没有损失，还增收了15000多元。

由于张保才对脱贫事业的杰出贡献，2019年10月被四川省脱贫攻坚领导小组授予"2019年四川省脱贫攻坚奖先进个人"。

张保才热爱农学，热爱农业，而这份热爱基于他对农村和农民更深层的爱。他在农村长大，从他踏入华中农业大学的那天起便暗下决心，要让农村发展起来，要让农民富裕起来。他研究生毕业后工作不久，便请缨到农村一线脚踏实地地干事，且始终保持对农知不倦地学习和探索。他勤学好问、刻苦钻研，八年来，以他为育种第一人的选育新优品种就达30余个，推广面积10000余亩，累计为民增收达1000多万元，并在国家和省级农科学术刊物上发表蔬菜种植实用技术相关文章30余篇，科研成绩斐然。

后 记

　　虽然张保才在董家埠乡深洞村的帮扶期为 1 年，但他的心从未离开过董家埠，情也深深地扎在了深洞村。在帮扶任务圆满完成后，他仍时常回深洞村察看那个他一手建起的育苗园区，察看农户的田地种植，时常还有当地或外地的农户给他打电话，在蔬菜种植上问这问那，他如他们的兄弟一般，关心照顾着他们的蔬菜、田地。

　　时值疫情期间，又值春耕，更有不少农户向他请教播种问题和帮忙解决疫情期间冬季蔬菜滞销困难。在张保才眼里，这从来不是什么麻烦，尽管每天电话不断，他却乐在其中。张保才是个思想活跃、精力充沛的小伙子，他说："为贫困地区的农业发展做出自己的贡献，是我的理想和责任。我知道，扶贫帮困工作不是一蹴而成，也不能一扶了之，这是一项具有长期性和艰巨性的工作，为此我还要继续努力。"

　　当我们在人生的道路上找到自己努力攀爬的目标，当我们奋勇前行后回望自己走过的路，这一路上，昔日我们辛勤播撒、精心培育的种子，那些微小却通过努力得以实现的愿望，于清风中徐徐上扬。这样胸怀匠心、醉心于自己事业的人生，怎会不快乐、不幸福呢？我从张保才朴实黝黑的脸上，仿佛看到了他快乐和幸福的内心，为农民奔波、为农田增产是他快乐和幸福的源泉。我相信这份踏踏实实的幸福和快乐将会伴随他的一生。

2020 年 3 月 20 日

花卉养护

纪玉兰 ◎ 著

四川民族出版社

目 录 / Contents

002   沃土繁花

027   幸福花开阿吼村

034   双凤村变形记

054   七年之"养"

069   情满彝乡

091   能人"村官"

110   追梦"一把手"

SHA MA SHI GU

先行者

沙马石古

沃土繁花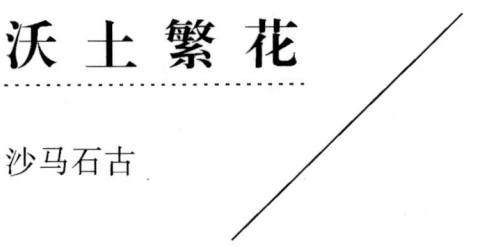

沙马石古

第一个十九年

入冬后连续三两月的阴雨，哭丧着脸的天空抢走了所有让人喜悦的色彩，黑压压地笼罩在村庄上空，几乎触手可及，却又没有丝毫退意，湿透整片黄土。

蒋乙嘉的童年几乎衣食无着，挨饿受冻。母亲一早去常乐镇赶集了，这是八兄妹翘首企盼的好日子。下午四点左右，小乙嘉光腔赤脚，冻开裂的小脚无所畏惧的踩在湿冷大地上。

绵绵细雨顺着屋檐缓缓滴下，望穿前方的水帘，小乙嘉盯着村口泥泞的泥巴路，肚子里的小馋虫咕咕作响。远处的小黑点若隐若现出现在眼前，他欢喜的奔向雨中，刚踏进便道双脚就被厚厚的稀泥套牢，一步深一步浅跟跄地朝着小黑点跑去。

母亲每隔十天半月就会到镇上赶集，每次带回一个五分钱的面饼。家里人多，为显公平，母亲便用筷子比画着将面饼等份切成几小块，依次分给孩子们。难得的"打牙祭"，兄妹们自然舍不得狼吞虎咽，一小口一小

口细细品尝着这人间美味，幸运的孩子会分到夹着肉丁的面饼，那简直就像过年一样让人开心。

母亲每一次到镇上赶集，都会给一家人带来希望，也给虎头虎脑的小乙嘉带来了走出去的愿望。

孩子们最盼望的还有家里来客人，有时候给客人"打幺台"（川话俚语：意思是在两顿正餐之间，煮点面条、鸡蛋、醪糟等小吃垫肚子），母亲会为客人煮一碗面条，往往要在锅里加一个荷包蛋。把面条和荷包蛋盛进碗里，锅里剩下几根面条节和零星的蛋花。这时，母亲便会舀上一小勺猪油加进锅里，再散点盐，为兄妹们盛上一碗爱的面汤。那简单的味道，沁人心脾，像暖阳洒在身上，抚平了孩子们的饥饿。

日常，母亲将红薯或者青菜切成块，放进一大锅白水里，煮成清可见底的大锅汤，每人一两块主食、一大碗清汤，一顿饭就这么过了。

为了渡过饥饿难关，父亲不知从哪儿找来几株芭蕉树苗，栽在屋前院里。一年光景，芭蕉树长成了小乙嘉炎夏乘凉玩耍的小天地。

没有粮食的时候，芭蕉树成了全家人的"救命稻草"。母亲将芭蕉树心、树根切成丝，倒进锅里再加上三两个干辣椒和少量盐，一道清香的炒菜便出炉了，就着苞米汤下肚，也能管几分饱。有时候也直接生吃芭蕉树根，嚼得动的都吃，嚼不动的用来喂猪。谁曾想，芭蕉树根竟能清热解毒，饥饿年代，还解了水肿病的毒。

1965年，六岁的小乙嘉已经能帮家里做农活，扫院子、砍柴、做饭、挑水样样会。也是在那一年，母亲第一次带他走出了村庄。

离开自己的小天地，小乙嘉非常兴奋，同时也充满期待，小小身躯光着脚丫徒步八里路，也能赶上母亲的步伐。当双脚踩在常乐镇这片陌生的土地上，熙熙攘攘的人群，热闹喧嚣的集市，琳琅满目的商品，让小乙嘉眼花缭乱。对比村里的红薯、苞米、芭蕉树，这里有白胖胖的萝卜、绿油油的青菜、圆滚滚的鸡蛋，还有颗粒饱满的大米。

看着镇上的人手里端着满满一碗香味浓郁的米饭，奢侈的搭配着咸菜

和炒菜，巨大的反差刺痛了小乙嘉小小的心灵，羡慕与委曲捆绑着心酸的泪水顷刻模糊了双眼。

六岁的孩子，默默在心里埋下一颗种子，"我一定要渡过难关，让全家人不再忍受饥寒。"

"三年困难时期"，粮荒问题日渐严重，许多人因吃不饱而患上水肿病，母亲未能幸免于难。她的踝关节周围开始浮肿，逐渐蔓延至小腿，手指轻轻按下去，凹陷的小坑像空荡荡的肚子久久不能填平。

家里穷得揭不开锅，也没钱给母亲看病，她的身体每况愈下，水肿病还没康复，又染上了支气管扩张。看着母亲咳出来的鲜血，全家人心急如焚，但又束手无策。父亲只有把大哥带到村医生那里学医，希望能为母亲的病情带来转机。

二十多里外，涪江河边上的红江镇冉家店耕地多产量高，条件比拱市村好很多。家里揭不开锅时，只有找人担保后向冉家店的亲戚借麦子，借一斤麦子得还一斤大米。一大早出门借米，下午急着赶回家，全家人饿着肚子等米下锅。

一大锅清水加几块红薯，再抓一小撮大米放进锅中央的小碗里，点燃孩子们从山上背回来的柴火，等待那口铁锅慢慢沸腾。当扑鼻的饭香味装满整个厨房，先把那碗米饭端给母亲，孩子们一人一碗带着米香的红薯汤，大口吞咽下去，肚子好像更空荡，嘴也更寂寞了。

"野蔬充膳甘长藿，落叶添薪仰古槐。"上小学前，兄妹们就是这样挺过来的。入学后，母亲每天为小乙嘉准备一整个红薯，他肚子里终于"有货"了。

小时候读书，小学分为初小（一至四年级）和高小（五至六年级）。初小在村里读，高小需要来回二十里路步行至常乐镇小学就读。

由于家里没有钟表，大家没有时间概念，几乎每天鸡鸣而起，日落而归。有时起早了，走到学校还没开校门，只有坐在大门外的阶梯上等待，老师来时小乙嘉的头发已经蒙上一层晨露。

孩子们一直没鞋穿，父亲便在镇上买来一些二手的自行车外胎，剪好后钉在两块木板上，套上绳子就成了一双便利的拖鞋。拖鞋不是白天穿的，晚上睡觉前，孩子们洗完脚套着拖鞋就上床了。隆冬时节，兄妹们的双脚冻得裂开口子，寒气直逼心底，那份冻僵后带来的麻木小乙嘉永远忘不了。

直到高小，兄妹们终于有了人生第一双布鞋。每逢下雨天，山路泥泞，孩子们舍不得穿鞋子。从家里出发前，先把布鞋放在书包里，光脚走到学校，在校门口随便找一个水洼，把脚上的稀泥洗干净，随手抹两把，再把布鞋穿上进教室。

学习之余，兄妹们都要帮着家里做农活，山上的耕地缺水缺肥，只能从山下一担一担往上挑。早上起来要先挑十挑粪再回来吃饭，饿了的时候只有用汗巾把肚子勒紧。每次交公粮需要挑到十里外的公社，一担一百来斤重，家里人多地少，挣的工分养不活一家人，年年都会超支，只有记账借粮维持生计。

时间不紧不慢，但没有过不去的坎，十二岁那年，受"文化大革命"影响，蒋乙嘉无奈辍学。他第一次徒步小半天，来到二十多公里外的蓬溪县城，才发现这里和镇上又大不一样。从农村到镇上再到县上，地方越广阔，人的思想越开放，蒋乙嘉坚定了自己走出去的决心。

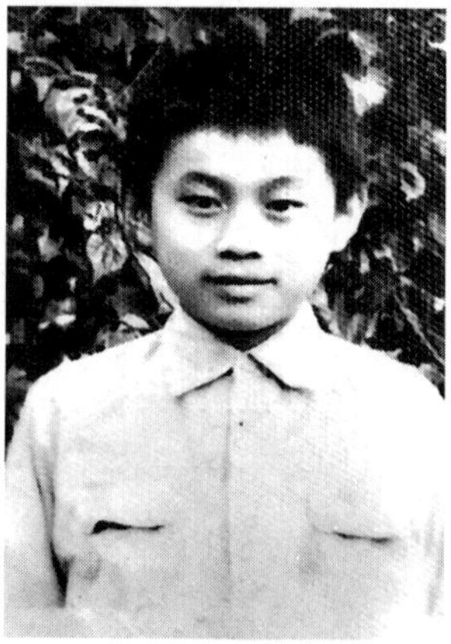

他在县城街道倾听他人交谈，观察新鲜事物，甚至来到照相馆想学学技术，谋谋生计，可惜老板没有给这位莽撞少年机会。蒋乙嘉照了一张照片做留念，并以此立志："等我长大了，到外面挣到钱了，一定回到村里，帮助村里人吃得饱、穿得暖，过上好日子。"这张注入理想和志向的照片他一直带在身上。

十三岁那年，蒋乙嘉跟随姐夫来到甘孜州

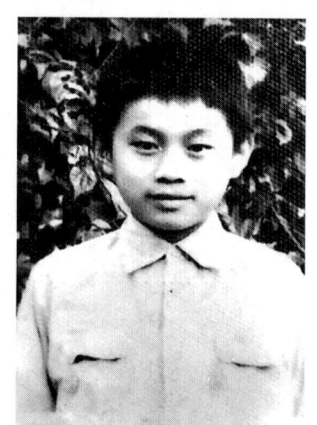

蒋乙嘉十二岁的照片

的一个林场务工，随后辗转甘孜州新龙、道孚，西藏昌都等地，做砖瓦工、守工地。那时候他便有了强烈的危机感，怎么让自己吃饱穿暖？怎么走出去并活下来？怎么创造好条件再回到村里做点实事？

1972年以后，家里也在不断发生变化，学医的大哥外出打拼，二哥、三哥相继去当了兵。1976年蒋乙嘉本想回乡当兵，但三哥当年已入伍，自己只有暂时放下愿望。

兵没当成，蒋乙嘉只有在家种地。他每天劳动十小时挣十工分，在那时大概值八九分钱，劳动一天却吃不饱饭。琢磨着自己从西藏找回一千余元，他给自己买了一块手表、一辆自行车、一套维修工具，打算骑着自行车，到一百六十余公里外的绵阳市蔬菜批发市场买菜，用自行车拖回天福镇卖。

沿着秀丽的风景线骑行，会给公路自行车赛运动员带来温馨和惬意。沿着沙石路和便道，驮着工具和蔬菜负重骑行一百六十余公里又是怎样的体会？

蒋乙嘉每次去进货都要走三天三夜，累了困了，就在户外休息，饿了渴了，就着干粮水壶解决。因路途遥远，沿途没有修理店，还要自带气管、胶水、扳手等工具，自行车上坡推着走，下坡拉着走，来回跑一次能挣二块钱，相当于做一个月的农活。

有一次驮着蔬菜骑行在下坡路上，沉重的自行车一打滑，蒋乙嘉连人带车掉进路边十余米高的堡坎下，衣服裤子都被坎上的石头划破，自行车轮胎也破了，蔬菜和这一路的辛酸掉的满地都是。还好人没受伤，蒋乙嘉慢慢爬起来，捡起工具包把自行车扛到路边补胎，忍痛拾回没有破损的蔬菜，继续前行。

那段日子虽说很辛苦，但蒋乙嘉却感觉很幸福，可以通过自己的双手挣钱，为家里贴补家用、改善生活，也算是儿子的一片孝心。

第二个十九年

这样坚持了两年，1978 年蒋乙嘉终于如愿以偿，实现了自己的参军梦。临行前，父亲再三叮嘱到："记住父亲的话，不管在哪儿做事，都要先为别人想一想；党叫干啥就干啥，要主动为老百姓做事……"他清楚地记得，1978 年 3 月 1 日至 3 月 6 日，坐了六天六夜的火车，终于到达吉林省公主岭，开始他的戎马生涯。

十九年的军旅生涯，是蒋乙嘉人生中最重要的一笔财富。在部队这个大熔炉里淬炼成钢，磨炼了意志，塑造了人格，也传承了部队服从大局、无私奉献，为祖国的安全、人民的利益甘愿牺牲自我的优良传统。

蒋乙嘉刚进入部队营房，就开始了为期三个月的新兵训练。他在新兵连的日子基本白天、夜晚连轴转，结束一天的训练，战友们累得抬不起手脚，他却还在干活。第二天战友们还没睡醒，他已经起来为大家生火炉、洗衣服、洗鞋，保养连队车辆。事情做完了，他还抽空看书、学习，不断让自己成长进步。

那时候新兵连每星期吃一顿大米饭，平时吃的都是高粱米。一百多斤高粱米煮一大锅，很多时候都是夹生的，再煮一大锅清水蔬菜，战友们一人一勺，生活还是比较清苦。蒋乙嘉入伍前随身带了几百元，部队每月还要发放六元津贴，每逢星期天他就买回一大缸两分钱一小块的咸菜豆腐乳，分给战友们改善伙食，让大家吃饭时至少有个咸淡味。

新兵训练结束后，部队要在全团八百名新兵中选拔一名技术兵，吃苦耐劳、任劳任怨的蒋乙嘉毫无悬念被选中。他被分配到部队后勤保障部的一个农场，成为一名拖拉机手。

在农场就能吃饱饭了，从一开始的每周两顿大米饭，到顿顿大米饭，这让蒋乙嘉想起家乡的苞米汤、红薯汤、芭蕉树根；想起母亲的水肿病，

泥泞的便道，还有那沉重的扁担。心中一阵酸楚，他随即潸然泪下，什么时候家乡人民也能顿顿吃上大米饭。

心里装着家乡人、家乡事，但当时蒋乙嘉也无力改变现状，唯有依靠自己勤劳的双手和顽强的意志，坚持不懈地追求，才能实现远大的理想。出类拔萃没有捷径可走，他依旧吃苦耐劳、谦逊上进。每年三百六十五天，他有两百多天没睡过好觉，哪里有重活、累活、苦活，哪里就有他的身影。

蒋乙嘉入伍时的照片

入伍不到半年蒋乙嘉就得到团嘉奖一次，不到一年立三等功，并加入中国共产党，第二年提拔为排长。他坚持三年基本每天连轴转，始终以一名优秀战士的标准要求自己，提干三年一直穿着战士服和胶鞋，没穿过干部服和皮鞋。

蒋乙嘉常年废寝忘食，日夜工作，终于积劳成疾。有一天他在部队突发心梗，全身瘫软无力，始终站不起来。他当时的脉搏每分钟只有二十三次，被送进医院后昏昏沉沉躺了几天，不能正常进食。

住进医院的前几天，蒋乙嘉的身心终于放松下来，在部队首长和战友们的精心照顾下，病情逐渐好转。但一想起部队里还没做完的事情，他就心急如焚，像热锅上的蚂蚁在病房里团团转。经过多次申请，医生最终同意蒋乙嘉的出院请求，临出院前再三嘱咐让他按时服药、劳逸结合。

1987年，蒋乙嘉所在部队奉命奔赴大兴安岭，参与扑灭特大火灾。刚从医院出来，蒋乙嘉的身体还十分虚弱，首长劝他留在部队好好养病。险情就是命令，他没有退缩，放下医生的嘱咐，连药都没带上，坚定跟随部队前往大兴安岭。战友们一到火场便投身火海，蒋乙嘉带病坚持在火灾一线，不分昼夜顽强扑火。

近一个月夜以继日奋战在火海，有时一整天来不及吃上一顿饭、喝上一口水，蒋乙嘉和战友们冲锋在前、勇不可当。他的脸上、手上被烟火灼伤，灭火战斗结束暴瘦近二十斤，回部队后竟然有人已认不出他。

由于蒋乙嘉带病灭火，危机时刻一马当先，奋勇抗火，现场表现突出，荣立二等功。

蒋乙嘉提干后每年有二十天的休假，他都会回家乡看望父母。每次回去往返坐十天火车，在家陪父母十天，那是他一生中最轻松惬意的时刻。陪父母唠唠嗑，说一说喜怒哀乐，到亲友家走一走，拉拉家长里短，在村里四处看看，见证乡村发展与变迁。

最初几年村子里没多大变化，依旧焕发着蓬勃生机和旺盛活力。田里的庄稼有人种，树上的果实有人摘，山上的草地有人放牧。清晨，公鸡抖擞的鸣啼，叫醒农忙的人们，家家户户炊烟袅袅，大家辛勤劳作，一派繁忙的景象。午后，老人小孩悠闲地坐在自家院里，晒着太阳，倾听暖风带来的丰收捷报，嗅闻花果转来的百香密语。闲暇时，妇女们围坐在一起，有说有笑，零星做些手工活。

可到了二十世纪八十年代末、九十年代初，大量青壮年外出打工，村里就剩下老人小孩。田地没人种了，被疯狂生长的野草迅速占领，村子寂静而荒凉，昔日的繁荣与现实的宁静恍然交错，少了孩子们打闹嬉戏的喧哗和鸡鸣狗吠的热闹，家乡已经没有了人气。

村居农舍依然破旧，泥巴村道始终崎岖不平，一场细雨后泥泞的道路无法下脚，不穿雨鞋是出不了村子的。蒋乙嘉每次离家返回部队都需要到断垭口坐车，出门前穿上父亲的胶鞋，在泥巴路上步行近两公里，到了断垭口，再把胶鞋脱下来交给父亲。

那些年，当地流传着这样一句话：有女莫嫁铁线沟（拱市村及周边几个村），过来三天背背篼。新娘刚嫁进来没到三天，就需要背着背篼上山找柴烧了。

战友们每次回去探亲都高高兴兴，但蒋乙嘉却多了一份沉重的包袱。

改革开放后，北方农村的条件越来越好，而家乡始终原地不动，村里的撂荒地随着农民工外出务工的大潮不断增加。古朴的村庄在没落，让蒋乙嘉无法释怀，什么时候自己有钱了，回家乡实现愿望，让泥巴路变硬化路，让土墙房变青瓦房，让铁锅里装满米面肉菜。

蒋乙嘉萌生了改变家乡的想法，他从1983年到1996年，连续几年申请复员。但部队培养一名优秀的干部不容易，首长不了解蒋乙嘉内心真实的想法，没有答应他的请求。

1996年的中秋节，让蒋乙嘉终生难忘。在这个圆满的节日里，他带着对家乡那份无法割舍的牵挂，百感交集、思绪万千，是继续留在部队还是复员退伍？说实话，留在部队衣食无忧，每月还要发放一千余元的工资。但复员退伍可以下海经商，积攒更多的财富，他才能帮助乡亲们改变贫穷落后的面貌。人生能有几回搏？为了家乡人民，蒋乙嘉再次坚定了复员退伍的决心。

他找到首长表达了自己想回乡帮助乡亲们摆脱贫困的志向，首长不解："干得好好的，遇到荣誉和调资升职你就让给战友，可以申请病退、安排工作，却要复员退伍，你到底想干嘛？"

蒋乙嘉讲述了自己的成长经历和家乡的状况，并向首长保证："部队培养我十九年，就是我的家，我感恩不尽。但造福家乡百姓的想法也不是一时兴起的，是自己毕生想去实现的梦想。复员后我还会努力工作，挣到钱早日回家乡实现自己的愿望。"

首长见他去意已决，不再强留，说道："人各有志，去追求你的梦想吧。"

第三个十九年

1997年年底，蒋乙嘉拿出壮士断臂的决心，带着七万五千元的复员安家费和五千元的医疗补助，背着自己心脏病的应急注射液和口服药，忍痛

惜别十九年的军旅生涯。

刚离开部队，蒋乙嘉感觉自己一下又回到了十九年前一无所有的时候。他用三个月的时间调整，让自己尽早适应这个脱离已久的社会。北方的冬天极其寒冷，零下二十多度，他穿着皮大衣、皮鞋，随身背着在部队留下来的布包，里面装着药物。

凌晨二三点，蒋乙嘉迷茫地走在大街上，他想让自己清醒一下，边走边思考，调整从部队进入社会的不适感。那三个月他基本就是到处走走看看，了解当地老百姓是怎么生活的，市场行情是怎么样的，有没有适合自己的行业。

长春市团结路旁经常停着许多出租车，司机们喜欢聚集在一家小饭馆吃饭。这个小饭馆三元钱管吃饱，为走进老百姓的生活，蒋乙嘉中午也常在这里吃饭，听食客们聊聊现状，获取一些有用的信息。然后买一份当天的报纸，坐在马路边的树林下学习看报，考虑自己的发展和出路。

经过三个月的调整，蒋乙嘉总结出两条心得：一要牢记党和部队的培养，记住首长的关心和战友的感情；二要忘记和放下过去的荣誉，从头再来。

经战友的介绍，蒋乙嘉来到黑龙江省萝北县车站成为一名装卸工，整天扛麻袋、堆货物，汗水湿透衣襟，双肩磨出老茧，这一干就是一年多。他几乎每天都在听刘欢演唱的《从头再来》"心若在，梦就在，一切只是从头再来……"他用苦力磨炼意志，并让自己慢慢沉淀平静下来。

1999年，在战友家属的介绍下，蒋乙嘉辗转北京做起了钢材生意。由于业务不熟，不懂门道，在北京仅仅干了半年，他便把在黑龙江挣到的几万元血汗钱全部赔光。

此时的他已经走投无路，正好国家提出西部大开发的战略决策。经朋友介绍，蒋乙嘉来到内蒙古的一家煤矿当起了挖煤工。挖煤又苦又累，一天工作十六七个小时，那段日子，他全身除了牙齿和眼珠都是黑色的。还好煤矿收入比较高，蒋乙嘉一年多就挣了十多万元。

煤矿老板非常赏识蒋乙嘉吃苦耐劳、不计个人得失的品德，拉着他共同入股，合伙创办洗煤厂和焦化厂。生意逐渐平稳向好，蒋乙嘉在此积累了不少财富。

后来国家提倡节能减排，为了响应党的号召，蒋乙嘉毫不犹豫关闭了焦化厂。回想在煤矿的那几年，蒋乙嘉没有穿过浅色的衣服，一身着装几乎全是黑色，他的心血化做手上的老茧和慢慢鼓起来的腰包。那段时间，他离开煤矿回到家里，半个月后咳出来的痰都是黑色的。

多年的打拼和不断的学习让蒋乙嘉拥有敏锐的市场洞察力。不久后，他回到北京创办物流公司，从吉林到黑龙江、北京、内蒙古，最后又回到北京；从一名军官到装卸工、挖煤工、经商办企业；从一无所有到负债累累、从头再来，最后安家立业。

创业十年，蒋乙嘉走南闯北，起早贪黑，几经波折，吃尽了苦头。他依靠自己直面挑战、忠诚可靠、顽强拼搏的坚定意志，发扬和保持军人优秀的道德操守和过硬作风，不屈不挠在商海打拼十年，终于积累了几千万元的财富，为帮助乡亲们脱贫致富打下坚实基础。

面对蒋乙嘉下海创业打拼的成果，亲人、战友和同事，给予了掌声和赞赏的目光。但他心里始终高兴不起来，内心那块石头越压越沉重，让他喘不过气来。

2006年夏天的一个清晨，蒋乙嘉怀揣着自己的梦想，从内蒙古出发回到老家，拱市村的现状再一次刺痛他的内心。

那一年，春旱连夏旱，夏旱接伏旱，拱市村遭遇特大旱灾，全村塘堰干涸、溪河断流、土地皲裂。稻田因大面积脱水，裂开一道道口子，露出狰狞的面孔。高温、干渴，像瘟疫一样无情的向老百姓袭来，甚至出现生猪中暑死亡的现象。

乡亲们为了取水，凌晨四点就会起床，踏着月色去守水，亲眼看见他们为了抢水争执不休，动手打斗，蒋乙嘉心乱如麻、忐忑不安。

家乡那条历尽沧桑的泥巴路，阻断了拱市村打开外面世界的大门；成

片长满杂草的撂荒地，阻碍了多少农产品的生长；荒废已久的水塘，张着饥渴难耐的大嘴；年久失修的破旧房屋，仅能满足遮风避雨。交通不便，信息闭塞，外界的先进技术和工具进不来，土地孕育出的农副产品出不去，村集体经济收入为零……

村民唐相章曾经说过："路不好，大家平时走路不方便可以克服；可是辛苦种出的粮食、蔬菜、水果运不出去换不来钱，只能受穷。"这一个个场景成为蒋乙嘉放下十年商海打下的一片天地，义不容辞担起带领全村百姓脱离"苦海"的催化剂。

蒋乙嘉经受着人生的又一次大思考、大选择，是继续经商还是回乡帮助乡亲们脱贫致富？

也许有人会说："这不矛盾呀，你有钱了，可以捐钱给乡亲们就可以了嘛，何必非得要自己回到家乡参与建设呢？"其实这种想法也没有错，但对他来说，内心始终无法释怀。自己今天所拥有的一切，全靠家乡山山水水的养育，全靠党和部队的培养。如果只是捐钱，最多只能算是为乡亲们做了一件好事，这与他从小立下的"帮助乡亲们过上好日子"的愿望是不相称的。

帮助乡亲们过上好日子，既要捐钱，更要奉献自己的汗水、力量、情感和智慧。只有与乡亲们一起生活，一起脱贫致富，才是他想要的，才能兑现他的承诺。

蒋乙嘉决定即刻回乡，并暗暗在心里定下一个目标：让土地充满希望，让鲜花开满村庄，让村里人过上令城里人羡慕的生活。

未曾想家人不同意他的选择，爱人问道："你这样一走，自己的生意怎么办？钱都给乡亲们了，我们一家怎么办？孩子读书需要用钱，我们养老需要用钱，全家靠什么生活？"

这十年，蒋乙嘉四处闯荡，一家人聚少离多，好不容易熬出了头，他却做出了放弃生意、倾囊而出的决定，换作普通人实难做到。跌宕起伏的从商经历，让夫妻俩养成了勤俭节约的习惯，从未享受过劳动的果实，就

要拱手相让，家里人无法接受也是可以理解的。

面对爱人的不解与委屈，蒋乙嘉推心置腹地说到，"我是一名共产党员，又是复员军人，受国家和党的培养教育近二十年，不能忘记共产党员的担当和使命。改革开放那么多年，家乡没有太大的变化，乡亲们不能总是等靠要，仅靠政府救济维持生计，那还要我们这些共产党员干啥？请你理解我，也支持我。现在有钱了，仅仅把自己的小家搞的富丽堂皇，而家乡老百姓还生活在温饱线上，我心里不踏实，睡觉不安宁啊！"

2007 年 8 月，蒋乙嘉安排好生意，告别妻女，离开城里舒适的家。带着儿时"改变家乡面貌"的梦想和自己十年攒下的 1600 万元积蓄回到了故乡。这时的蒋乙嘉已经 48 岁，很多人在这个年龄开始考虑养老、享福，但他却选择了重新开始。

拱市村，位于四川省遂宁市蓬溪县常乐镇，距离县城 20 余公里，彼时全村辖 11 个村民小组，1719 人，耕地总面积 1277 亩。

蒋乙嘉（右四）与村民共商脱贫致富

蒋乙嘉太熟悉日思夜念的家乡了，回去不久，便提出了"三年打基础，四年强产业，五年建新村"的发展规划，带领乡亲们修路、改造水系、整理撂荒土地、建果园发展产业，全身心投入村里的脱贫致富事业。

他决定先投资 500 万元，把村里的泥巴路修成水泥路，让村民进出无阻，把农机具带上山，提高全村农业机械化水平，让"撂荒山"变成"致富山"，让村民在家门口就能挣钱。

要致富先修路，蒋乙嘉认为，只有先加强农村基础设施建设，才谈得上下一步的产业发展："作为新农人返乡，我会从全局出发，一方面加强农村道路建设，改造小农水，填补政府投资不足；另一方面我会对既有道路和灌溉系统进行养护维修，解决农村道路维护缺位、灌溉系统荒废的问题。"

修路的过程并非一帆风顺，村民唐才谦回忆到："别的老板修路是为了赚钱，而蒋乙嘉是自己掏钱修路，这是我们当初没想到的，他的行为让大家费解。"

唐才谦的顾虑也是大多数村民心中的顾虑，一开始大家都表示怀疑："哪有这么傻的人自掏腰包修公路？""修公路费用高、投入大，这是政府干的事情，他自己修路，不可能！"

修村道要占用部分耕地，一些村民故意刁难、横加阻挠，找出各种荒唐的理由说三道四，为了绝大多数群众的利益，蒋乙嘉受尽委屈，吃了不少苦头。

有的村民要求赔付耕地占用补偿；有的村民半夜动手把原有路基石坎卖掉，让他重新砌坎筑基；有的村民让他把自家门前道路加厚加宽；甚至有极个别被占地的村民当面抡起锄头，要求蒋乙嘉必须"给个说法"，否则休想继续动工。

村民们无法理解他为什么会放着城里的好生活不过，非要回到贫穷落后的村里瞎折腾，大家议论纷纷："还不是想衣锦还乡，给屋头争脸面。""老婆娃儿都在外地，待不到几天就要走。"

面对老百姓的不理解和修路过程中的艰难,蒋乙嘉任劳任怨、忍辱负重。心里憋屈无法诉说时,他就会来到父母坟前大哭一场,一边诉说一边流泪,把心底的情绪全部倾诉出来,第二天一早又虚怀若谷、坦坦荡荡地出现在施工现场。

战友姜文春说道:"为了给村里修公路,蒋乙嘉多掏了三四万元,补偿村民的青苗费、果树费、占地费等,而且都是现金,我都替他感到委屈。但他却说,修路占用一些土地,村民有要求可以理解,等路修通了,他们会支持的。为了勘探上山的道路,他曾经一星期走坏一双鞋。"

当宽畅平坦的水泥路修到了家门口,载着希望的汽车开到了荒山顶上,老百姓这才打消疑虑,曾向蒋乙嘉索要补偿款的村民主动把钱退了回来。

2006 年的旱灾让蒋乙嘉记忆犹新、心有余悸。缺水问题长期困扰着拱市村的百姓们,以前村里农田灌溉"靠天攒""望天收",只有解决水源和灌溉问题,才能让山上的撂荒变"银行"、山下的撂荒变"粮仓"成为现实。

为了破解灌溉难题,蒋乙嘉不远千里,赶到东北学习竹节渠经验,聘请水利专家来到村里实地调研,提出全村水利工程建设方案。修渠引水工程关键期,蒋乙嘉在施工现场累倒,送往医院没几天,他忙碌的身影又出现在工地里。

完善的基础设施,解决了拱市村机械化耕作和稻田灌溉问题,还为推广水产养殖和稻田养鱼产业铺平了道路。

十一社村民邓益双一家四口,夫妻两人都是残疾人,两个孩子,老大是弱智,老二在读书。这个几乎没有劳动力和稳定经济来源的家庭,仅靠邓益双一人做点农活勉强维持生计。

蒋乙嘉为这一家因病因残致贫的家庭争取农村低保、残疾人保障金等补贴,每月补助 1500 元。并在村文化活动中心为邓益双安排保洁员公益岗位,每月工资 300 元,改善了一家人的生活困境。

2014 年，村里修建引水工程，山上的水冲进邓益双破旧的屋里，蒋乙嘉第一时间慰问协调，为邓益双争取三万元重建家园资金，其兄弟姐妹再筹措一部分，新建二百余平方米宽敞明亮的新房。邓益双直言，在蒋乙嘉的帮助下，全家人的生活比以前起码好了十倍。

2008 年初，蒋乙嘉从成都拉回两吨钢材，货车刚开到村口后桥就断了，他只好重新租用一辆小车运货。祸不单行的是小车也在半路上翻了车，离工地还有两公里，他只有雇佣劳动力前来搬运。村民们得知消息后，自觉加入到搬运队伍中，人挑肩扛，终于在凌晨两点将全部钢材搬到工地。

超负荷的工作再一次诱发蒋乙嘉的心脏病。第二天，他瘫软在床上无法起身，村民们闻讯前来看望，人们说得最多的就是："蒋书记，你可要保重身体啊，你快好起来，你可不能死啊，你要活到 200 岁，那时候，我们子孙都过上好日子了！"

蒋乙嘉（左）与贫困户喂鱼

一条条蜿蜒的水泥路将十一个组串连起来，一道道清澈的水渠激活肥沃的土地，一汪汪翠绿的堰塘点亮沉睡的村庄。蒋乙嘉自豪地说道："以后山下的蓄水可以直接抽到山上灌溉，山上也不愁用水了。只要这个家能看到希望，就会有更多从村子里走出的人愿意回来。"

看着家乡日新月异的变化，不少常年在外打工的村民都回来了。村民唐才云回村搞起了养殖业，年收入十多万元，不仅自己摆脱了贫困，还给家里盖了新房、买了新车，给儿子娶了媳妇。

授人以鱼，不如授人以渔，村民生活水平落后，主要受基础设施建设薄弱所限，要改变村民陈旧的观念，得让他们的脑袋"富"起来。蒋乙嘉把脱贫致富的目标定得更高、更远。他继续投入 1000 万元用于建设村文化活动中心。

蒋乙嘉说道："要提高村民的文化水平和就业能力，首先要提供一个能看书学习、交流休闲的地方，这是我修建文化活动中心的初衷。为此，我拆掉了自家的祖宅，腾出了宅基地，参照一线城市社区活动中心的标准，修建了一个 4000 平方米的文化活动中心。"

在建设文化活动中心之初，蒋乙嘉没想到会花这么多钱。工程启动后才发现，预算资金已经远远超支，他不仅把 1000 万元全都投了进去，还卖掉了北京等地的两套房子。

一社村民唐建平 2007 年以前一直在厦门务工，虽然家庭条件一般，但一家人过得还算温馨幸福。命运弄人，唐建平的母亲、女儿相继患病，让这个本来就不富裕的家庭雪上加霜。

唐建平的母亲身患骨癌几乎瘫痪在床，每天光药钱就要二百多元。为了止痛，母亲每天服用的吗啡从一颗增加到二三颗。女儿半岁时也突发疾病，莫名休克二三分钟后才恢复意识。唐建平带着幼小的女儿辗转成都、南充等地，最后在重庆市儿童医院查出患上了脑肌瘤，每月需要复查治疗，每次花费一万余元。

眼见着高昂的医药费让这个家庭支离破碎，蒋乙嘉没有袖手旁观，他

不仅在医疗保障等方面给予支持，还将唐建平夫妻安排在村文化活动中心公益岗位就业，主要从事清洁、安保等工作，两口子每月工资 3000 元。

蒋乙嘉还鼓励唐建平夫妻在村文化活动中心电商扶贫专柜开起了小卖部，免租金月收入 1500 余元。为唐建平解决了丢下老弱病残，远走他乡挣钱的苦恼，即能照顾家庭，收入也有了保障。

唐建平满怀感激地说道："有他就是我们全村人民的希望，蒋书记一定要保重身体，衷心感谢他为我们所做的一切。"

村里的条件越来越好了，但蒋乙嘉居住的房子却越来越小，整个房间只有十多平方米，陈设简陋，一张床、一个衣柜就是全部家当，甚至连一台电视机都没有。

他平时在外吃饭，一个盒饭吃不完，就会把剩下的那一半带回去，下一顿接着吃。机场八元钱一盒的方便面舍不得买，一双皮鞋穿了五年，鞋底快磨破了舍不得丢。一件衬衣穿七八年，领口坏了，拿到裁缝部把领口翻过来重新缝上继续穿。一条裤子，屁股破了一个大洞，为了"掩耳盗铃"，他套上长外衣遮住破洞继续穿。

蒋乙嘉指着身上的衬衣、裤子和皮鞋说："这是我最好的一套行头。人吃饱穿暖就行了，关键是要有追求、有梦想！"

就这样，蒋乙嘉把全部身家都投入到家乡建设上，还组建了村文化艺术团，让乡亲们的精神"富"起来。

村民唐相章说道："以前干完农活没地方休闲娱乐，文化活动中心建成后，可以学习种养殖技术，课后孩子们也多了一个看书的地方，村民的精神面貌发生了很大的变化。"

拱市村还有一道另类的风景线——在马路边、田埂上、房前屋后，老百姓经常看到蒋乙嘉开着汽车捡垃圾。"这人有毛病吧，开着奥迪车捡垃圾？""这人怎么了，光着脚板扫马路？"

起初，蒋乙嘉捡垃圾的行为让村民不解，但他身体力行、持之以恒，坚持了四年半，大家也慢慢被感化，自发加入到捡垃圾的队伍里，还成立

了老年自愿服务队，他们逐渐养成了保护环境卫生的好习惯。

蒋乙嘉的捐赠和付出给拱市村带来的不仅仅是基础设施的改善、人们生活习惯的改变，更多的是为村民们带来了脱贫致富的新思路、新观念、新方法，彻底改变了他们的精神风貌，激发了老百姓的积极性，在实现经济脱贫的同时，实现了精神脱贫。他们主动参与、主动投入、主动建设，外出务工人员回村看到家乡的变化，纷纷回来出资近6000万元建设新居。

基础设施完善后，蒋乙嘉又筹资400万元用于土地整理。先后成立了四川力世康现代农业科技有限公司、四川力世康生物科技有限公司、四川千叶佛莲花卉科技有限公司和四川拱市村艺术有限公司，一手抓产业布局，一手发展特色产业基地。

与此同时，成立了种植、农机、水产养殖等各类专业合作社。为村里购买拖拉机、育秧机、插秧机、收割机、旋耕机等大型农用机械，提高拱市村农业自动化水平。

2011年，拱市村建立土地流转平台，村民们自愿拿出全村30%的土地加入流转，次年有60%的土地加入流转。2020年，村里95%的土地加入流转平台。土地流转后每亩可获得固定的租金收入，村民们可以在公司、合作社上班，也可以承包公司产业，由公司负责销售。

蒋乙嘉返乡创业带领村民脱贫致富的事情，逐渐被县委政府主要领导知晓。2012年初，时任县委书记林建国、县长张向福分别与他就如何打破现有乡村贫困面貌进行过深入交流。拱市村的发展也得到了各级党委政府的项目资金支持。

2012年，常乐镇党委任命蒋乙嘉担任拱市村党支部第一书记，他提出了"调整结构转型促增收，培育大户带动促民富"的发展思路。突出"山上是银行、山下是粮仓"，山上发展千叶佛莲、福莲蜜柚、中药材三七、金薯等产业；山下发展有机稻、特色水产养殖小龙虾、观赏荷花。

2013年11月，拱市村党支部换届选举，全体党员一致推选蒋乙嘉担任村党支部书记。他向全村人民郑重承诺："我要让乡亲们过上好日子，

过上让城里人羡慕的生活!"

为把家乡建设成开满鲜花的"最美乡村",蒋乙嘉用三年时间将拱市村千叶佛莲种植面积发展到5000余亩,一盆花能卖到五六百元,年销售收入达1000万元。蒋乙嘉以花为媒,借花富民,打造乡村旅游特色品牌,拱市村成为全国唯一的千叶佛莲风情园,成为村民脱贫致富的新希望。

千叶佛莲开花难定,需要历经岁月的洗礼才会开花,首次开花最短需要三年,花期长达二百多天。拱市村培育的千叶佛莲已经可以在第三、四年开花。"我花开后百花杀,满城尽带黄金甲",千叶佛莲形似莲花,色似向日葵,花开富贵,老百姓房前屋后、山上山下,随处可见金光灿烂、花香四溢的千叶佛莲。

蒋乙嘉(右三)向村民讲解千叶佛莲种植技术

通过土地流转,蒋乙嘉投资200万元修建花卉基地。三社村民陈明兵患有心脏病,不能做重活,已在家养病十年,家里基本没有收入来源。蒋乙嘉鼓励他流转家里闲置多年的土地,并为他和爱人在花卉基地安排了相对轻松的公益岗位,月收入3000元,家里还养了鸡鸭,做起了庭院经济。

现在陈明兵身体越来越好，日子也越过越红火。

他由衷地说道："蒋书记为拱市村出大力，修路、修水渠，进行土地流转，当初的撂荒地变成了鲜花基地，我们可以在家门口挣钱。无论刮风下雨、酷暑炎夏都可以在大棚里干活，也实现了蒋书记让鲜花开满村庄的愿望。"

短短六年间，拱市村从一个人均纯收入 2300 元的贫困村，变成了远近闻名的富裕村。绿水青山间是错落有致、白墙青瓦的川中民居，这里户户通公路，美丽村道上飞驰的汽车越来越多。这里家家用自来水、天然气、宽带网络、高清电视，城里人用的家具家电已基本普及。

拱市村脱贫致富了，让周边村的乡亲们无比羡慕。天福镇的双合村、先林村，常乐镇的灯会村、花莲村、龙滩村等五个村的干部和村民代表，多次找到蒋乙嘉和上级党委，请求让蒋乙嘉帮助和带动他们摆脱贫困，过上像拱市村老百姓一样的幸福生活。

2015 年 7 月，县委组织部决定成立蓬溪县拱市联村党委，蒋乙嘉担任联村党委书记。组织的高度信任、群众的殷切期盼，让他感觉自己肩上的担子更重了，压力更大了。

如何以拱市村为核心，辐射周边五个村，形成产村相融、现代农业、乡村文化与乡村旅游相结合的幸福美丽新村，这成了蒋乙嘉新的奋斗目标。

第四个十九年

联村党委成立后，撂荒地多、产业怎么发展、利益联结机制如何建立等三道难题摆在蒋乙嘉面前。他广泛征求班子成员意见，并及时将一系列窘境向县委报告。时任县委书记张向福即刻组织蒋乙嘉等人奔赴外地学习考察，并邀请专家对拱市联村的发展进行反复论证，确定了统一流转土

地、统一调整产业结构、统一基础设施建设、统一生产销售和统一利益分配的"五个统一"发展思路。

联村党委始终坚持以党建引领为核心，构建起"1个党委+10个党支部+10个产业党小组"的组织框架。采取回引本村外出党员、成功人士回村创业，外引村外优秀人才和大学生村干部到村任职，提升党员带领群众增收致富能力。把党员干部聚集到管理层、产业链、攻坚点上。在联村党委的带领下，打造"拱市联村产业示范群"，为拱市联村的发展奠定了基础。

当产业发展初具规模，如何做大做强实现年年增收就成为制约联村与全国同步迈入小康的又一瓶颈。蒋乙嘉积极与浙江丽水农科院、中国林业科学院、中国农大、中国三农产业发展研究院、四川农科院等多家科研单位合作，在拱市联村建立千叶佛莲品种改良、水稻种植、水产养殖实验基地，与北师大中华国学院建立佛莲产学研总部基地。

目前拱市联村基础设施基本完善，已建成柏油路9公里，水泥路33公里，机耕路75公里，新修、扩建堰塘35口，蓄水池50口，休闲观光水渠（竹节堰）4600米，新建居民点5个。

集中成片产业经济林木套种模式基本成型，种植千叶佛莲5000亩，绿色水稻300亩，仙桃500亩，金薯300亩，福莲蜜柚1000亩，发展蜂业360箱，养殖小龙虾300亩。

同时，聘请"三七"专家邓德山博士，建立"川三七"

蒋乙嘉（右一）与贫困户在柚子园交流

种植基地 200 余亩，种植三七的农户每亩收入达 1.2 万元。

在外打工已经很有成就的王永表示："我回到村里就不想出去了，家乡现在像个小城市，这要感谢蒋乙嘉这样有远见的带头人，他放弃了自己的利益，忍受了常人无法承受的压力和委屈，用真金白银帮助村民脱贫致富，是我学习的榜样。"

如今的拱市联村，山下有高品质莲藕，稻田生态鱼虾；山上有千叶佛莲、福桃、福莲柚等作物；林下套种黄豆、花生等作物。荒芜的山沟变成了美丽的花果山，撂荒的农田变成了富饶的聚宝盆。

为丰富村民的业务文化生活，由拱市村文化艺术有限公司组建佛莲文化艺术团，开展了一系列丰富多彩的文化活动，以此撬动节会经济。自 2017 年开始，连续举办拱市联村春节联欢会、拱市联村桃花旅游文化节、拱市联村佛莲文化艺术节。引进沈阳收藏家为拱市村博物馆捐赠佛事及文化艺术藏品 1 万余件。正在筹备全国最大的乡村佛莲文化艺术馆的规划建设。

拱市联村 2019 年春节联欢会现场

2017年，蒋乙嘉还引进解放军81081部队为蓬溪县下东乡紫槽村、花果村捐赠100万元。新建紫槽花果群众文化活动中心，已于2018年10月投入使用。活动中心的建成，极大丰富了东宁片区十一个村万余名群众文化生活，成为军民融合、助力脱贫攻坚的典范。

2017年以来，蒋乙嘉整合资金2000余万元，对拱市村出入口、景观景点、标识标牌、佛莲文化广场、千叶佛莲精品区、村史馆、农耕文化体验馆、民宿等进行全方位的升级改造。新建拱市联村党群服务中心、遂宁市乡村振兴教育培训中心2200平方米，观光栈道1000米，停车场3个、200个车位、接待500人的乡村酒店1个、联村卫生室320平方米。

2017年5月，蒋乙嘉当选为党的十九大代表。作为一名基层代表，在大会现场聆听习近平总书记作十九大报告，并受到习近平总书记的亲切接见，他感到无比自豪。同时，也深感责任重大、使命光荣。

十九大胜利闭幕后，蒋乙嘉第一时间回到拱市村的田间地头为村民宣传新的土地承包政策，并在拱市村举办了他的第一场宣讲。之后，他以十九大代表的身份，先后在北京、上海、天津、四川等省市的机关、学校、医院、企业、农村社区，宣讲十九大精神近200场次，参加聆听人员近两万人次。

2019年，蒋乙嘉引进四川发展现代服务业投资有限责任公司，开展全领域、多方位的合作，一期投资6000万元建设拱市村乡村酒店。力争将拱市联村乡村振兴旅游项目，打造成国内具有知名度的乡村振兴示范基地和特色农业旅游目的地。

很多村民都由衷地称赞："蒋书记给我们带来幸福感、获得感和安全感。感谢共产党！感谢党的好干部！"

蒋乙嘉十三年来共为家乡投入2000余万元，他将自己的一切都奉献给了父老乡亲。不仅如此，在他的劝说下，大哥重操旧业在村里当起了赤脚医生，让村民小病不出村，大病有人管，同时还带领乡亲们开山修路，让乡村的田野纵横阡陌。三哥放弃在长春经营的东北特产店，离开家人独自

回到村里，共同致力于乡村建设。

经过多年的倾情付出和拼搏奋进，蒋乙嘉的奋斗目标已基本实现，但他还想办学校，建托儿所、养老院、福利院……这既是他确定的下一个新目标，也是鞭策自己不断前进的动力。

蒋乙嘉说："十九届五中全会提出，全面实施乡村振兴战略，强化以工补农，以城带乡，实现脱贫攻坚和乡村振兴有效衔接，这给我们指明了前进的方向。只要组织需要我，老百姓需要我，我会把自己的余生都奉献给这一方百姓和土地。我现在已经60多岁，时间不多了，有危机感，想在有生之年再为家乡多做点事，感觉时间越来越少，不能等了，只能继续向前冲。母亲活到76岁，我也希望自己能活到76岁，让我再干十五年，在未来的三至五年里，争取创建全国乡村振兴示范村，2035年实现拱市联村乡村振兴，这样我的心愿也就完成了。"

如今的拱市联村辛勤的耕耘培育出肥沃的土地，梦想的种子开出繁盛的花海，汇集的水渠灌溉出丰盛的果实，在这里与青山绿水共浴阳光，与白墙青瓦同枕月光，那个追梦人从未停止脚步。世界之大，处处有美景，而对于蒋乙嘉来说，唯有故土是归处……

幸福花开阿吼村

沙马石古

02

阿吼村全景

当春日里的和煦阳光，照亮陡立峭壁上鲜红的"阿吼村"三个字，安居在村委会右前方，站立电杆上的两只喜鹊开始播报每日要闻，准点叫醒了住在村委会二楼的驻村第一书记王小兵。

推开窗户一瞅："又是这个地方，还是这两只喜鹊"，他无奈地笑了笑。为消除安全隐患，王小兵昨天下午叫上两个人，刚"强拆"了这两只喜鹊的爱巢。

一夜春风，吹熟了村民屋前屋后，近2000株黄如宝石的樱桃，如战天斗地阿吼人一样勤劳的两只喜鹊，也重建了新居。

看来今天又有"易地搬迁"任务了，王小兵站在窗前思考着。自2016年驻村以来，他每天第一件事就是梳理清楚一天工作的内容。

春天来了，各种颜色点缀的满山农特产业，郁郁苍翠，花果飘香，看着眼前生机盎然的景象，王小兵不禁想起刚进村时的景象。

几年前，平均海拔3000米的阿吼村，自然条件恶劣，交通闭塞，缺水断电，基础设施极其落后。

村庄的前景，如泥泞不堪的小路，放眼望去是营养不良的庄稼；乡亲们满眼的期望，如低矮破旧的房屋，散养着衣不蔽体的小孩；人们的归属，如一贫如洗的家境，靠天吃饭天不下雨，靠地打粮粮不出苗。

老百姓走出山门需要攀岩走壁、顺流过涧，一天的光景才能走到山下，返回村里又是一天。

背靠蓝天面对黄土，贫瘠的土地和祖辈们留下的保守思想，孕育出乡亲们世代沿袭下来的"土豆填肚子、养鸡换盐巴"的旧习俗。

人们几乎顿顿吃土豆和荞麦，市场需求量大且备受城里人喜爱的高寒山生态猪、跑山鸡等禽畜产品，禁锢在这隐世村庄里，难以变现增加老百姓的收入。

看着自己的同胞还生活在基本解决温饱的现状，王小兵心里五味杂陈，心慌意乱。

历史遗留下的遗憾，需要时间来弥补。怎么利用这份人人叫苦却又主动请缨得来的"苦差事"？如何通过自己这个支点，撬动整个村庄经济，提高人民生活质量？怎样带领群众脱贫致富追求幸福生活？

初到阿吼村，王小兵磨破几双鞋走遍方圆二十多平方公里的山头沟

垦，用坚韧的双脚丈量着这片黄土山川；晒脱几层皮挨家逐户，了解贫困户的基本情况和他们的迫切愿望，用勤劳的双手叩响帮扶户的致富之门；熬过无数夜创造性提出"334"精准帮扶模式（"科学＋绿色＋可持续"扶贫理念，"支部共建、文明共创、产业共进"扶贫举措，"公司＋合作社＋农户＋电商"帮扶机制），用多谋的智慧摸索出一条可持续发展的脱贫之路。

王小兵通过考察问诊，精准识别贫困户属性和致贫原因，结合阿吼村自然、地理、风俗民情等实际情况，与各帮扶单位精心策划，强力保障，采取了一系列帮扶措施。

他带领村组干部，树立"上有产业、下有住房"的理念，把散落在村庄偏僻角落的73盏稀疏灯光和309个潦倒人影，集中安置在更适宜人居的村委会周围，并配套完善"一村一幼教室"、民俗文化坝子、村文化室、支部活动室、医疗室等公共服务设施。

他让村民从土坯房，搬进乱石滩上建起的"微田园"式景观易地搬迁集中安置区。完成村农网升级改造，阿吼村电力要素保障"最后一公里"被打通。

他在村里大力推广电蒸锅、电磁炉等家电产品，一改村民"上山砍柴，生火煮饭"的习俗。依托人畜饮水工程，把山上甘甜的泉水引到村里，彻底结束了村民们长途跋涉、肩挑背驮磨破皮去山里接水的历史。

老百姓学有所教、病有所医、住有所居、弱有所扶，黄墙红瓦点亮人们的新生活。但乐业才能安居，搬得出的问题基本解决后，后续扶持最关键的是就业，屋檐上的牛角撑起了人们的新希望。

为确保搬迁群众稳得住、能致富，王小兵四处寻求良方，邀请农业专家实地调研，分析当地气候、温差、土壤、野生动植物生长、种养殖等情况，勾勒出种植特色药材百合、川贝母、青刺果，水果雪桃、樱桃，养殖绵羊、土鸡、跑山猪等种养一体化生态发展的产业扶贫实施方案。

由国网四川省电力公司组建的"丽火现代农业公司"孕育而生，并指

导成立种养殖合作社，建立"国家电网帮扶产业园"和"产村相融生态循环产业园区"，借助电商平台，打出产业扶贫"组合拳"。

合作社社员从 2016 年成立之初的 54 户增加到现在包括在村非贫困户的 140 户，覆盖了村内常住户的 98%。截至 2019 年底贫困户人均收入达到 8979 元，阿吼村实现从"输血式"扶贫到"造血式"发展的转变。

阿吼村"丽火助农微店销售平台"和"扶贫攻坚宣传公众号"陆续上线，完成了川贝母粉、百合干片、阉鸡、蜂蜜等农特产品品牌标识及包装上线，先后在西昌和成都开展 5 次"阿吼村农特产品消费扶贫"活动，并有幸参加四川省农特产品博览会，实现线上线下销售额近 20 万元。

扶贫、扶志、扶智，王小兵集中利用村民们农闲以及茶余饭后的时间，结合丰富多彩的文化娱乐生活为老百姓传播国家政策。

他在村里积极推广"村民积分制"，深入推进"厕所革命"，将村委会公厕、村民家用厕所全部由旱厕改为水厕。以开展"四好家庭"创建为契机，持续开展移风易俗治理活动，阿吼村村风民俗、群众精神风貌明显好转。通过扶思想、扶观念、扶信心，帮助乡亲们树立起摆脱困境的斗志和勇气。

他带领村"两委"，充分发挥合作社理事会、监事会作用，做好人才储备，着力人才引军。建立阿吼乡村振兴培训学校，设立村委会"理论教学点"和产业基地"现场培育点"，打响"阿吼"教培实践品牌。通过扶知识、扶技术、扶思路，指导大家提升脱贫致富的综合素质，为可持续发展和乡村振兴提供智力支撑。

他还组织老百姓积极参与"光亮宝宝"评比、"电力知识微宣微讲""文明习惯小课堂""送知识影片书籍""迎五四安全用电宣传"等文明新风奖评比活动。同时，加快生态文明建设，打造"党员共建林""团员志愿林""青年爱心林"。通过扶道德、扶尊严、扶价值观，引导大家挺起脱贫的腰板，致富路上不忘以德为先。

今日如常，王小兵拉回游走远方的思绪，匆忙赶到位于云端山顶的产

业扶贫园区百合种植基地。前脚刚踏进园区，合作社成员们便微笑着一一问好，"小王书记好""小王书记早""小王书记吃早饭了吗""小王书记昨晚睡得好吗"，亲切质朴的关怀打开了王小兵的话匣子，"大家都来齐了吗""14560斤种子都过称了吗""每袋都打开看看了吗"。

王小兵宛若一名地道的庄稼汉，先在基地库房巡视一圈，爱惜地抚摸着刚从甘肃定西引进的高山甜百合优质种子。接着，他撸起袖子，一把抢起一袋几十斤的种子放在公斤称上，计量员登记好后直接递给分发员，分发员再将种子交给几位成员浸种杀毒。无须发号施令，大家自觉排成一列加入人工流水线。

想当初，这片连荆棘野草也吝于生长的高海拔贫瘠山坡，被无奈的阿吼人长期闲置。因其日照时间长、早晚温差大等特殊的气候条件与土壤理化性质，为高山甜百合的生长提供了一方沃土。经过三年试种，这里已华丽蜕变成金山银山。

王小兵紧接着来到川贝母育苗大棚，这里可是阿吼村的宝藏库。标准川贝母的药性含量不低于0.05%，而阿吼村的川贝母药性含量达到0.078%，因药性含量高，品质好，市场前景一片大好。

为高山甜百合种子过称

300 元一斤的新鲜川贝母，两亩产量 1200 斤左右，能给合作社带来 30 多万元的收益。看着眼前娇嫩翠绿的幼苗，王小兵倍感欣慰，从大棚里走出来，他的双脚鞋面仿佛已镀上一层财富的光芒。

放眼望去，垄间地头里的人们正在忙碌耕种，王小兵没有一丝的懈怠，走到哪里都不忘安排部署，细心指导并分解各项任务，多年来他也快变成农业专家了。

回到村委会，王小兵不忘到集中安置区走上一圈。在这里，他几乎能喊出每个人的名字，"木呷阿普吃饭没""木几今天上网课了吗""伍果莫今天的种子都种下了吗""木果惹你今天穿得好洋气"。这些朴实而温情的问候浸润着人们的心灵，大家就像一起生活了一辈子的亲友。

三年多的艰辛付出，王小兵最大的愧疚是对家人的疏忽和怠慢，最大的收获是老百姓的真心和真情。他"倾心倾力、无怨无悔"的点点滴滴，早已铭记在彝族阿普阿玛心中，几年下来百姓们都成了他的"亲戚"。

育苗棚内川贝母长势喜人

2020 年是脱贫攻坚决战决胜之年，也是全面建成小康社会和"十三五"规划收官之年。阿吼村倾注了帮扶队王小兵、杨永生等人，以及他们

背后无数个"王小兵"的心血与汗水。这里浇筑出的一路一桥、一砖一瓦、一草一木,无不铭刻着他们多年来的不懈努力和拼搏历程。

不久后,王小兵或将离开这片自己热爱的土地,"授人以鱼,不如授人以渔。"王小兵珍惜当下,着眼未来,致力于增强阿吼村的"造血功能"。他尽心竭力把自己的一身本领都教给村里的"亲戚"们,留在阿吼村的漫长岁月里。倾力付出背后,他不仅仅为全村上千百姓带来财富与希望,也改变了一个村庄的命运与未来。

双凤村变形记

沙马石古

临危受命

刚接到自己要下乡帮扶的消息，王文彬整个人都懵了。从未离开过学校这座象牙塔，年近半百毫无基层工作经验，却被安排到一步跨千年，从奴隶制社会直接跃进社会主义社会的峨边彝族自治县五渡镇双凤村任第一书记。

2015 年 7 月初，西南交通大学峨眉校区一场庄重严肃的党委会议，赋予校区工会副主席王文彬一份沉重而神圣的使命，会议选派他奔赴基层开展帮扶工作。

从一名普通高校教师转变为脱贫攻坚一线扶贫人，当沉甸甸的红头文件落在手上，王文彬喜忧参半。即将扬帆远航，为打赢脱贫攻坚战贡献自己的力量，是学校党委的信任与期望，也是自己的一份责任与荣耀，更是一副重担，一场硬仗。

"长风破浪会有时，直挂云帆济沧海"，王文彬立誓做好新时代的答卷人。

峨边，彝语称为"佳支依达"，意为"丝绸流淌着的河流"。滚滚大渡

河畔生活着彝族创世英雄支格阿鲁的子孙后代，彝族美神甘嫫阿妞不畏强权，用生命捍卫贞洁的不朽诗篇传唱至今，"中国百慕大"黑竹沟更是神秘诡异。王文彬脑海里还停留在"白罗罗……居处依山菁，或居村落……勤于耕作"的画面。

自打收到通知，王文彬就通过文字材料、网络信息等途径大致了解了双凤村的基本情况。一种时不我待、只争朝夕的紧迫感和一日不为、三日不安的责任心，驱使他在手续还未正式办理、暑假还未过半的情况下，毅然收拾行囊，提前一个月入驻双凤村。

八月的闷热天夹杂着徜徉在心间，师生们绵绵细雨般的涓涓柔情，王文彬告别位于峨眉山脚下素有"花园学府"美誉的校区，正式开启了长达五年的乡村之旅。

临别前，妻子一再叮嘱，"峨边崇山峻岭，路不好走，要注意安全，听说五渡那个地方十里不同天，山脚春暖花开，山顶白雪皑皑，要照顾好自己，按时吃饭，周末一定要回来，给你改善一下生活。"王文彬岂知这一去，周末休息已变成一种奢侈。

报到那天，天空飘着蒙蒙细雨，沿途的雨滴轻拭着王文彬面对新环境忐忑而茫然的心境，坎坷的泥浆给送别的富康车披上了五色焕然的乡土气息。大渡河两岸山高谷深，仰望远方烟雨裹着的青山绿水，置身寂寥的尘世，花开鸟鸣让王文彬悠然自得，但第一次或者第一天总会带来不平凡的故事。

两小时后，抵达峨边县五渡镇人民政府，村镇两级干部几十号人已在此等候。王文彬刚打开车门，镇党委吕书记便带着几个人迎了上来，一双双深邃的、质疑的、温柔的、犀利的眼神齐刷刷将这位文质彬彬、精明干练的第一书记从头到脚扫射了一遍。暑气熏蒸，王文彬却打了个冷战。

王文彬的第一次农村基层工作会议就这样开始了，坐在台下喧闹的人群里，他恍惚听见吕书记叫道"×主席请上台来"。这位在高校被长期唤作"王主席"的第一书记误以为是在叫自己，角色还没及时转变过来，欣然来到主席台。吕书记一脸愕然，转而又淡定的微笑着邀请王文彬入座，环

顾四周后他才发现，主席台上坐着的都是镇上的主要领导。

王文彬深感不妥，可转念一想，自己被派驻到五渡镇帮扶难度最大、涉及面最广、情况最复杂，远近闻名的"上访村""后进村"，坐主席台可能是镇上给他的特殊"待遇"。

刚一坐下，台下异样的眼神让王文彬如坐针毡，不久后他才从别人口中得知吕书记那天叫的是镇人大赵主席，这次主席台乌龙事件带来的特殊"待遇"成了王文彬驻村后的压力和动力。

当天开完会，双凤村时任村支书和村主任便把王文彬带回村里，村支书例行公事般介绍着村里的情况，他说道："我们双凤村在峨边来看也算是一个大村了，比有的村还要大两三倍，目前有 14 个村民小组，1503 人，其中 100 户是贫困户，双凤是省定贫困村，扶贫工作难度大。"王文彬的心情和下雨天蜿蜒的泥巴村道一样复杂，脚步轻了要打滑，重了就会深陷厚重的泥浆。

走进村里，雨水丝毫阻止不了村民的好奇心，人们站在门前屋檐下窃窃私语，也有人当众评头论足"哦哟，是个知识分子，又来一个镀金、度假的。"

人言可畏，给王文彬增添了几分无形的压力。村里的其他干部也在等待这位从三尺讲台上走下来的第一书记。村支书带着王文彬一一介绍，来到 72 岁的四组老组长张元信身旁，他似笑非笑地说道"双凤林子大，水深堂子野，几任支部书记有被撤职、被判刑的，上访户全五渡镇最多，我为村民打过很多官司，很多村干部都是我的徒弟，听我的招呼。"

一席狂言自有弦外之音，站在一旁的村支书像个乖"徒弟"，始终沉默不语。

一场简单的欢迎仪式，让王文彬隐约感觉到了双凤村脱贫攻坚战场起决定性作用的战役是什么了。

村委会为王文彬准备了一间办公室和一间卧室，但他坚持不在村委会吃住，与民同吃同住同劳动，自然要住到百姓家里。在征得大家同意后，

他选择在六组小河坝贫困户李建其家中吃住。

这一住，不仅住进了贫困户的家里，更住进了他们的心里。李家吃什么他就跟着吃什么，在嘘寒问暖间化解了隔阂，在家长里短里拉出了亲切，王文彬这几年与李家结下了深厚的情谊。

他坚持不拿群众一针一线，伙食住宿费按月支付给李家，这让他感觉沾"土气"接"地气"，同时也及时掌握了群众的一些真实想法。

找穷根

王文彬初到双凤村，工作环境、内容和对象都发生了巨大的变化，都是比较陌生的领域，既没有帮扶资金来源，又没有产业帮扶项目，政策不清、方向不明、人心不齐，满腔的热血无处安放，帮扶工作开展起来举步维艰。

没有调研就没有发言权，为尽快实现角色转换，王文彬从改变自己的思想认识入手。他坚持多听、多看、多学、多想、多研，虚心请教村组干部，用心聆听群众倾诉，设身处地为群众着想。

入村的第一个月，王文彬主要和村委会干部挨家逐户走访。他勤跑腿，常在村里转，天天往农户家里跑。双凤村一百户贫困户以及部分非贫困户的名字和信息，他都铭记在心，都能随口叫出名字，每个贫困户家里至少去过十次。同时他主动向上级部门、帮扶单位汇报协调，争取更多的帮扶资源和项目资金。

他勤动脑，注重研究和解决工作难题，多出点子，多献计策。白天走访，晚上住在农户家里学习查阅资料，分析走访结果，思考精准扶贫措施，经常秉灯夜烛熬夜到凌晨。就是这盏不熄灭的灯火照亮了双凤人的脱贫之路。

他勤动嘴，多向领导请示汇报，多与村组干部沟通协作，及时反映群众提出的"急、难、愁、盼"问题。在入户走访路上与村组干部交心谈

心、在农户家里与老百姓推心置腹、在大小会议上与参会人员互动交流、在汇报洽谈中与领导商家娓娓而谈，磨破的嘴皮描绘出一张宏伟的发展蓝图。

教师平时说的话很多，但王文彬感觉自己在双凤村这五年说的话，比在学校近三十年说的还多。

他勤动手，主动参与群众的劳动，在劳动中了解民情拉近关系。他在小河坝亲自种上实验蔬菜品种，如果哪个品种长势好，产量高，就选择该品种整体推进种植。

为了便于王文彬开展帮扶工作，西南交大峨眉校区特意为其配备笔记本电脑和单反相机。他总是相机、手机不离手，走到哪拍到哪记到哪，将自己的所见所闻、所思所想通过图片、文字的方式记录下来。

五年来，王文彬撰写双凤村扶贫工作简报 234 期，拍摄图片一万余张，庞大的数据库为双凤村脱贫攻坚提供了精准化、信息化、动态化的平台支撑。

在茶叶种植基地了解采摘情况

2015 年 9 月 18 日，王文彬与村文书来到八组贫困户祝其章家里走访。刚走到门口，看见半掩着的大门就像一张大嘴，仿佛要把这家人所有的希望吞噬殆尽。走进昏暗的屋内，一股潮湿刺鼻的霉味扑面而来。狭窄的房间放着一张桌子，两张用木板拼接的简易床，一根悬挂的绳子上零散挂着几件衣服，入侵的雨水在墙角留下绝望的足迹。

冰冷地面上铺着一床单薄脏乱的褥子，九十多岁的老人祝其章躺在上面。他已经病入膏肓说不出话来，整个身体严重萎缩，体型像一个七八岁的小孩。见有人进来，老人挣扎着伸出瘦骨嶙峋的右手打招呼。

祝其章的爱人挂着拐杖，佝偻着身子，缓慢地将家里仅有的一把小木凳递过来。她嘴里的牙齿似乎没有半点留念，已毫无牵挂的凋零，正如这贫病交迫的困境和家徒四壁的屋子。

老太太含混不清地说道："王书记，老头子没钱看病，可能没救了！"

眼前的景象让王文彬无比震惊，这句话仿佛从遥远的天边传来又直击他的心灵："万万没有想到双凤村还有如此穷困潦倒的家庭，居然没钱治病，静静等待死亡的降临，实在太可怜了！"

王文彬说完，立即背过身去，强忍住没让眼眶里的眼泪掉下来。他顺手掏出 300 元给老太太，叮嘱她先买点营养品给祝大爷补补身子，待大家尽快想办法帮助他们一起渡过难关。

两天后，还在四处寻求救助的王文彬，收到祝大爷已经走了的消息。他感到无比的惋惜和悲愤，并暗暗下定决心：扶贫工作实在等不起，无论面对多大的困难，都要将双凤村的扶贫事业进行下去！

经过一段时间的调研，王文彬通过"两个记录""三个摸清"，记录下了走访对象的基本情况和提出的意见建议，摸清了群众生产生活中的真实情况、具体困难以及对村"两委"的看法。

他为双凤村 100 个贫困户精准扶贫建立了台账。制定"一村一策、一户一策、一人一策"产业发展、项目建设、对口帮扶等工作措施。为每户贫困户量身定做的"一户一策"精准扶贫之策，明确谁家适合种植养殖，

谁家适合外出务工，谁家适合政策兜底等。

2015年9月14日晚，他走访贫困户魏世全，为其在峨眉山中旺养殖合作社养殖场找到包吃住，月收入2000元的工作。当月，为有泥工手艺的贫困户卢尚友在峨眉山市找到月薪5000元的工作。他将特别贫困户水落拉木、胡刚两户家庭状况及时上报峨边县委组织部，并帮其找到了网上结亲帮扶对象。

建卡贫困户李建其的爱人在乐山市沙湾区住院，因其忘记带医保卡而焦急万分，王文彬从村里主动将医保卡带往沙湾德胜医院，并送上200元慰问金。

得知长期上访户陈有才摔伤住院，他所领取的山桐子树苗迟迟没有栽种，王文彬主动联系并支付人工费，请贫困户帮他栽种60多棵山桐子树。

王文彬还利用节假日从峨眉山亲友处收集50余件秋冬衣物，分发给10户贫困户。安排落实由峨眉慈善会牵手志愿者分会，为双凤贫困老百姓捐助1000多件冬衣，为全村76名学生捐赠棉鞋。积极协调西南交大峨眉校区，为14户贫困户发放每户1000元的慰问金共计1.4万元。校区后勤集团为双凤村资助2万元，用于建设办公区宣传公示栏、购置办公设备和文化娱乐设施。

王文彬在调研过程中发现，双凤村野生山桐子树、猕猴桃和牛尾笋长势良好。他意识到贫困村发展产业要因地制宜，便找到西南交大峨眉校区专家组，专项分析双凤村土质、气候、海拔、光照、水源等因素。经过专家组反复论证，认为双凤村适合种植山桐子树、猕猴桃和牛尾笋。

2016年，在科学论证和充分尊重群众意愿的基础上，王文彬不按常规出牌，特意向县扶贫开发局申请，将双凤村原计划种植60万斤魔芋的项目，更改为适合本地生长的农特产品项目。

仅两个月时间，王文彬先后引进四个项目的投资者前来双凤村考察，进一步做好土地流转，让龙头企业带动贫困户发展生产。因项目引进快速有序，对外宣传工作成效显著，时任峨边县委书记钟小川同志在现场调研时，对双凤村产业扶贫的举措、思路以及前期开展扶贫工作的情况，给予

充分肯定和高度评价。

王文彬深入各组调查野生山桐子树生长分布情况，分别在二组、三组、九组、十一组区域内发现野生山桐子活体树，且生长态势良好，个别山桐子树单株结果达到40公斤左右。

他牵线搭桥跑项目，与四川优达公司洽谈引进毛叶山桐子种植项目，召集村组干部召开项目推进会，研究项目落地实施方案。经过宣传动员，村民自愿种植山桐子树达1000多亩，100户建卡贫困户中有53户参加种植项目。

在王文彬的力邀下，峨眉山市中旺合作社与双凤村三组达成合作协议，先期建设70亩红心猕猴桃种植示范基地。中旺合作社还派出技术人员指导三组和九组养猪能手，提出多项技术指导。

他与峨眉世海黑鸡专业合作社商谈引进项目事宜，成立双凤村峨眉黑鸡专业合作分社，带动贫困户通过黑鸡养殖发家致富。

双凤村森林覆盖率达80%以上，竹木资源丰富，盛产牛尾笋。王文彬先后引进两家批发商前来收购，建立起了西南交大峨眉校区后勤集团食堂采购与双凤村农产品销售的通道。

在三组猕猴桃种植基地倾听群众意见

王文彬逐步摸清了双凤村的自然地理条件、现有基础设施、村民贫困程度以及资源开发利用等状况，根据收集整理的资料和存在的问题与村干部深入交流。

他深知"贫困户等不起，老百姓等不起，双凤村等不起，完成中国共产党对中国人民全面建成小康社会的庄严承诺等不起，扶贫攻坚必须争分夺秒地干。"他在脑海里勾勒出一幅幅推进双凤村政治、经济、文化全面向前发展的美好前景图。

荆棘丛生

先谋而后动，前期调研和构思谋划已经做好了，但在这个村想做点实事实在太难了。

双凤村"两委"班子不团结、不协调，矛盾重重，"各自为政"。党支部软弱涣散、活力不足，凝聚力、战斗力不强。村干部拉帮结派、思想难统一，各唱各的调，各吹各的号，一开会就吵架，一做事就推诿。村民集体观念和社会公德意识淡化，整天扯皮闹冤，谩骂挑衅。

为了有序推进产业发展，王文彬多次被村组干部联名上告，工作一度难以开展，有的村民甚至扬言要哄抢脱贫物资。

2015年11月，正好是群山环抱中的双凤村丰收的季节，大量的农产品涌入市场，销路虽广但竞争很大。

为拓宽村民蔬果的销售渠道，减少因无路可销造成的损失，王文彬利用自己的人脉关系，主动与西南交大峨眉校区工会对接。他将芋头、红薯、佛手瓜等农产品的图片，传到校区工会群和同事朋友群，发动大家购买双凤村绿色无污染蔬菜。

峨眉校区教职工、峨眉山电视台职工、乐山电视台职工和王文彬的亲朋好友大力支持，先后购买187箱、7480余斤蔬菜，后续订单也在不断涌

入双凤村。

个别村干部知道此事后，不仅不理解王文彬的一片好心，还狭隘地以为他从中获利，四处说他"想赚钱想疯了"，叫他"滚出我们双凤村"。语言暴力如洪水猛兽般顷刻间在村里蔓延，有人蓄意将这一善举告到峨边县有关部门。

2015年末，王文彬牵头在村上成立合作社引进山桐子木本油料产业。在选定合作社法人时，村组干部出现严重分歧，始终僵持不下，难以达成统一意见。

王文彬只有分别找到这些干部单独做思想工作，动之以情，晓之以理，并讲明"整人害人坏事不得人心，谋事干事成事才是正道。"三个多小时的交心谈心，有的干部含混躲闪不正面答复，有的干部缄口不言直接置之不理，他们的心结始终未能打开。

"苟利国家生死以，岂因祸福避趋之"，王文彬始终认为不能因为得罪一小部分的人，而损害人民群众的长远利益，只要真正为民办实事，就应该坚持到底，相信最终会得到群众的理解。

为鼓励贫困户的种植意愿，防止到手的项目旁落他乡，深思熟虑后，王文彬顶住各方阻力先让项目入村。这群被得罪的人迅速做出了反映，先后三次拨通市长热线电话，举报王文彬在引进山桐子项目过程中拿回扣收好处，八名村组干部联名信访到镇、县、市里反映情况。

面对歪风邪气，王文彬毫不畏惧，当他组织一千亩山桐苗子进村时，这些人急红了眼，四处煽动群众制造混乱，鼓吹将要带人前去哄抢树苗，宁愿当柴火烧也不让一棵山桐苗子在双凤土里生根发芽。

局势一度十分紧张，以至威胁到王文彬以及部分支持者的人身安全。最后五渡镇党委政府组织人员火速赶往现场，几经协调后树苗风波才得以平息。

要干事总会被别人说，除非你不做。村里人爱赌血咒，王文彬也曾当着村民的面立下誓言："我如果在项目上吃拿卡要群众一分一毫，全家死

绝!"但始终有人要纠缠到底,放狠话要把他轰走,一见面就朝他吐口水,让他滚出双凤村。

在各种压力和焦虑下,让王文彬烦懑的事情还是发生了,他本来以高票推选为"乐山市十佳好干部"候选人,却因村民联名告状被取消。

随后的一封村组干部实名举报信,将县纪检专案调查组请进了村里,对原支部书记和王文彬的举报情况进行现场调查。

调查组对部分村组干部反映,王文彬在引进山桐子项目拿回扣、组织人员到峨眉校区卖蔬菜获取好处等两件事展开调查。"悍马飞驰遭挞斥,诚心实在被胡诌",这给王文彬心灵上造成很大的打击。

某个周五下午已临近六点,王文彬拖着一身的疲惫,开着那辆老式富康车踏上回家的路程。当天,阴郁的天空下着瓢泼大雨,王文彬的扶贫之旅和眼前的泥泞崎岖路一样,磕磕绊绊、步履蹒跚。

车子缓缓向前行驶着,突然有一辆大货车毫无预兆的加速超车,呼啸而过。货车车轮碾过一个大水凼,王文彬还没来得及关上车窗,稀泥浆便像村里的流言蜚语溅入车内,狂风暴雨般砸在王文彬的脸上,弄得他一身淤泥。

王文彬紧急将车停在路旁,正准备擦拭脸庞,这时手机突然响起。"文彬,辛苦了!"电话那头传来扶贫工作组组长郭书记关怀的声音,"文彬,我给你说个好事!""啥子好事?"王文彬苦涩地问道,郭书记欢喜地说道:"本月底校区领导要来村里,给乡亲们送来慰问金、产业扶持金和后勤帮扶资金,还有捐赠的衣物一并到位。"

王文彬还没接完电话,心里却一阵酸楚,不禁泪如雨下。连日来内心所受的委屈和不公让他无处诉说,只有自己默默承受。但帮扶单位、领导同事对自己的关心和帮助,支撑着他走下去的信念。

一时间五味杂陈,道尽了他驻村以来的酸甜苦辣。足足在路边停驻了半小时,待心情平复后他才再次上路。

调查组在村里查了近三个月,还了王文彬一个清白。一片冰心在玉壶,经历那么多的挫折,王文彬没有半句怨言,他说:"我是一名有三十

多年党龄的干部，只要行得正，坐得端，不沾项目一点利益、不沾老百姓一分好处，你就是告到省上、告到中央我也不怕！因为我到双凤是来扶贫的，即使受点委屈，也无怨无悔。"

披荆斩棘

县纪检专案组调查过后，组织上对王文彬的信任增强了。镇党委政府也大力支持他的工作，对诬告陷害他的人，通过绩效考核方式给予了相应处理。

镇上还主持召开双凤村干部会议，专题宣讲精准扶贫政策。要求全体村组干部以老百姓利益为重，讲大局、讲团结、讲奉献，支持配合村"两委"和工作组扎实开展精准扶贫工作。

随后，县委组织部对双凤村驻村工作组以及村干部队伍建设情况进行了专题调研，明确要求镇、村两级干部全力支持"实干书记王文彬。"

王文彬知道，只有一个有朝气、有战斗力、有凝聚力的党支部，才能带领老百姓摆脱双凤村贫穷落后、产业薄弱、民心不齐等问题。只有把散乱的班子团结起来，把支部的威信树立起来，村"两委"和群众才能拧成一股绳，抱团拔除"穷根"。

面对这个几近瘫痪的班子，王文彬下定决心调整干部队伍，他说道："当时采取单个谈话、集体座谈等形式，与村组干部正面交锋，但是仍有部分顽固的同志观念无法转变，这种情况下我只有请他主动辞职。"

他与村"两委"主要干部一同前往四组，找到时任组长张元信谈话，就其反映的相关问题进行解释和沟通，要求其以双凤村全体老百姓的利益为重，以双凤村发展大局为重，做事要讲程序、讲规矩，这次谈话持续了三个半小时。

当天晚上七点，继续与时任一组组长王荣华进行谈话和沟通，并对其

提出明确要求，谈话时间持续二小时。

第二天，与时任八组组长覃志军谈心，就干部管理及组上工作存在的问题进行沟通，要求其放下思想包袱，把工作做得更加扎实，赢得老百姓的信任拥护。

2016年春节后，双凤村领导班子调整，镇上下派来了新书记。四名曾经实名制举报王文彬的村组干部，对自己所犯的错误感到羞愧，当着王文彬的面坦诚承认错误，并做出深刻检讨。他们愿意继续留在班子努力工作，为村里做点实事，承诺今后将严格遵守组织纪律。

王文彬选择了原谅，深受感动的这几个人用自己的实际行动和无私的付出，回报了王文彬的信任与宽容，现如今他们已成为班子里最能干事的人。

一位曾经恶语相向的村民也深感愧疚，找到王文彬说道："我那时怎么那样笨，真的是瞎了眼。"

当初带头"告"他的75岁老组长张元信，在一次王文彬外出培训期间给他发来语音："王书记，我好想你哦，快点回来。"

为解决干部思想问题，王文彬还在党员和入党积极分子中持续开展"121"行动计划，即"党员引领精准扶贫帮1户""为民办事服务做2件""我为村组发展献1策"活动，并将此作为考核党员干部的主要依据之一。

为实施双凤村"十大惠民工程"，他还组建了由党员干部积极分子和联户干部组成的五支惠民服务工作队。

《双凤村干部管理制度》《双凤村"两委"联席会议制度》《双凤村会议制度》等村规民约相继出台，并在村里开展"三项活动、三堂党课、三个专题"。

王文彬还将返村务工能人、种植养殖致富能手、年轻上进的非党干部团结在党支部周围。吸纳十名优秀村民向党组织靠拢，发展三名青年入党，新培养入党积极分子十二名。培育种植养殖能手十二名，参与调解矛盾纠纷一百余起，为民办事服务达八十多件，以《脱贫攻坚、全面奔康，党员干部的责任与使命》等为题亲自上党课十五堂。

为加强农村环境卫生治理，打造美丽乡村，王文彬为村民购置流动垃圾桶四十个，新建垃圾集中存放点并完成排污管道建设工程。

他还协助交大扶贫工作组为十四个村民小组，每组每年提供不少于1000元资金，用于解决老百姓热切关注的民生问题，赢得了全村村民的称赞。

经过半年的整改落实，双凤村干部作风明显好转，工作效率明显提高，干群关系明显改善，全村群众对干部队伍的满意度有了极大提高。

五年里，双凤村调整不胜任不称职的村组干部八名，干部平均年龄由五十三岁降至三十九岁，学历结构由初中小学为主优化为以大专为主。2017年，双凤村党支部三位同志被评为市、县、镇先进个人。

王文彬提倡真抓实干的作风，把抓好基层党建和村级班子队伍放在首位。他把党支部的政治优势和合作社的经济优势紧密结合起来，推动产业扶贫，带领村民致富，双凤村发生了明显变化，可谓一招破题，全盘皆活。

他经常对身边的村干部说："过去我们是说得多，做得少，兑现的更少，失信于民了。我们只有带着深厚的感情，把群众的事情一件件去办好、一桩桩去落实，群众才能信服你，真心诚意对待你。"

在一次党员干部会上，王文彬理直气壮地表态："我是来双凤村帮扶的，请党员干部和老百姓理解！如果大家信任我，支持我们的工作，在组织允许的情况下，我愿意在双凤村再多干两年。"

话语铿锵有力，掷地有声，既是对人民群众的庄重承诺，也是对双凤村2020年实现全面建成小康社会宏伟目标的巨大挑战，人们从王文彬明亮的眼睛里看到了希望。

强筋骨

2016年4月5日，在峨边县农业工作会议上，时任峨边县委常委、常务副县长王明详这样点评双凤村特色精准扶贫工作：一是精心扶持产业发

展，短短半年引进落户四大产业并精心扶持，初步形成规模；二是贫困户奖补措施方案精准并收到成效；三是产业引进将全部贫困户进行覆盖，整村推进的同时让贫困户充分受益；四是电商平台运作良好，为扩大双凤及周边农副产品销路搭建好了平台。

自入驻双凤村以来，王文彬动用各种人脉资源，先后引荐四十多位合作社老板和专家前来村里考察论证。发展特色优质产业，先后成立惠山桐子种植、茂阳猕猴桃种植、富民藤椒种植、凤原黑鸡养殖等九个专业合作社和一个家庭农场，建立一个土特产微商平台、两个电商购物中心。

建成山桐子、藤椒、牛尾笋、茶叶、黄桃等产业基地 2380 亩，育苗 10 万株，发展黑乌鸡 1 万只，土山羊、猪 5800 头。所有产业整村推进，实现村民户户有增收产业，家家有致富门路，村民一年四季都有能拿得出手的特色农产品。2019 年双凤村集体经济实现收入 30 万元。

王文彬因地制宜，根据不同组的经济基础、自然环境、农民素质，量身定制提出"一组一品""几组一品"的产业发展规划。

一、二组建成可年加工 60 万斤各类笋子的加工基地。三组栽种 200 亩猕猴桃。四组、十三组、十四组栽种 250 亩藤椒。五组栽种 90 亩山桐子并开发林下蔬菜。六组栽种 50 亩山桐子、上万棵黄金茶，并配套打造乡村旅游休闲垂钓区域。七组推广乌木鱼塘养殖，开发尖山庙及解放军无名烈士墓。八组栽种 200 亩生姜。九组栽种茶叶、黑乌鸡及

在牛尾笋加工厂协商收购生产销售事宜

鱼塘养殖。十组彝族组发展土山羊养殖1000只，建成200头肉牛养殖基地；十一组栽种脆红李50亩、藤椒50亩。十二组建成4000头生态猪养殖基地并种植黄桃130亩，形成水果采摘体验示范区……

双凤村有效利用本土资源，充分发挥区域优势，产业发展整村推进。在帮助全体贫困户增收的同时，让400多户非贫困户参与其中，共享扶贫产业红利，成为峨边县少有的产业扶贫村，从而增强了村子自身的"造血功能"和内生发展动力。

如今，70亩红心猕猴桃硕果累累、长势喜人，2019年全村猕猴桃产量达5万公斤。全村已种植牛尾笋近3500亩，并建成加工厂，2018年鲜笋收入100万元，贫困户增收约20万元，八组实现对外销售牛尾笋种苗。村内种植约800亩山桐子树，250亩藤椒已经结果，种植400亩茶叶已采摘，2019年增收近60万元。

2018年，王文彬从安徽砀山县引进优质黄桃130亩，每家每户房前屋后种植六棵黄桃苗。2020年初挂果，黄桃果实肥硕，汁多味甜，打破了双凤村几十年种不出水果的"魔咒"，2020年年增种200亩。

考虑到为贫困户普遍发放鸡苗、猪苗等简单粗犷的旧扶贫模式，存在有些贫困户没有场地、没有能力、没有技术养殖，有些非贫困户往往意见也很大等问题。2015年入村之初，王文彬创新制定《双凤村贫困户产业奖补实施方案》，设立西南交大产业资助金，激励有条件的53户贫困户主动参与养殖产业扶贫。

他让贫困户结合自身条件选择养殖项目，自己购买鸡苗、猪苗等物资，一次性预发400元奖补，年底养好出栏了再奖励400元。这种奖补帮扶模式充分调动了老百姓的积极性，有效激发了他们的内生动力。贫困户养殖业增收率达到95%以上，效果显著，双凤村产业奖补模式于2016年在峨边县全面推行。

王文彬为双凤村制定了"林木兴村加特色种植养殖，最终建设成生态旅游农村社区"的目标。在他的指导下，双凤村返乡创业青年成立峨边首

家电商企业——峨边华惠农产品公司和两家微商平台。借助电商平台将村里的峨眉黑鸡、农家腊肉、土鸡蛋、香蘑菇、猕猴桃等农产品源源不断送往全国各地。

电商企业开办不到一年，带动本村以及周边乡镇 300 余户农户加入电商平台，仅 2016 年生态猪网上销售额就已突破 300 万元，电商企业成为峨边飞出的"金凤凰"。

王文彬积极争取峨眉校区党员特殊党费，资助三名贫困户子女上学，其中两名每人每年资助 1200 元，一名高中生每年资助 2400 元。特殊党费还解决了贫困户"一超六有"整改、扶弱济困、抢险救灾等方面的问题。

王文彬还动员自己的学生，向村里的一名彝族学生每年资助 1000 元。组织交大学生为村民捐赠军训迷彩服 1000 余套共 4000 余件，形成双凤村群众出工时一道独特的风景线。向西南交大申请帮扶资金 25 万元进行抢险救灾、修建 4 公里产业路、完善全村亮化工程。

他还带头制定 1082 亩集体林场回收及招商引资工作方案，解决了困扰双凤村二十多年的难题，为村集体经济带来年收益 20 万元。他还使用集体经济收入为全体村民购买基本医疗保险每人补助 50 元。

王文彬帮扶期间，共建成硬化道路 12 公里，新改建住房 126 户，村里上访人数从 2015 年的 20 人变成零，村级集体经济收入也从零变成年收入超 30 万元。

在王文彬和村"两委"的共同努力下，双凤村 2016 年摘掉了软弱涣散党支部的标签。由全县知名的上访村、后进村变为 2017 年乐山市和 2018 年四川省"四好村"，2017 年双凤村高质量脱贫退出。

双凤村扶贫工作简报第五十四期这样记录着王文彬一天的行程：9 月 30 日 7：30，从贫困户李建其、熊启兵家拿到红色白心、白色红心两种口感较好的红薯样品。

8：00 收集峨眉黑鸡鸡蛋 500 多颗。

9：00 前往五组勇闯家庭农场选择样品。

9：30 前往三组猕猴桃示范基地收集南瓜样品。

10：00 前往八组牛尾笋种植大户梁明友家，收集连壳和去壳两种样品，同时调研笋子的收购和批发价格。

11：30 到达五渡镇政府，签到并向镇党委孙书记汇报后踏上返峨之行。

经过 2 小时的崎岖山路，13：30 在家匆匆吃点东西并洗去一身的汗水尘土，来不及与久别刚回家的女儿多叙几句话。

14：00 来到交大峨眉校区后勤集团，布置双凤村农副产品展示台。

14：30 召开以"精准扶贫，农校对接，高校后勤要为贫困村做什么，怎么做"为主题的乐山四高校后勤集团共商农校对接助力双凤脱贫会议。

王文彬一天的行程匆忙而紧凑，234 期简报图文并茂的记录下了驻村五年的点点滴滴，乐山市委组织部部长见过他的简报后，大为赞赏。

村民们喜收猕猴桃

2016 年 5 月，在乐山市委组织部召开的全市乡镇书记会议上，组织部长在会上公开讲到："我们学习扶贫经验，不一定要跑到远处去，就到峨边双凤村去看看，那里有一位从西南交大下派来的第一书记，看看人家的工作态度，实干精神。"

王文彬 2017、2019 年两次任职期满，但都主动申请留任，他说："双凤村的事业才刚起步，走了，我放心不下。"

两千余个日日夜夜，王文彬的无私奉献，老百姓看在眼里，记在心上。他与群众打成一片，把自己当成村里人，赢得了村民的认同、信赖和拥戴。他用真心换来一片真情，村民们也在用自己的方式感激这位第一书记，有人送来农产品，有人悄悄将核桃汁放在他车上。

每逢彝族年，彝族同胞家家都要杀过年猪。每当这个时候，王文彬一天至少要接到五个邀请吃饭的电话，村民们都很想请他到家里吃上一碗血旺汤。

五年来，王文彬吃住都在村里，忙起来周末都没法回家，长期的劳累奔波落下了高血压、双目青光眼、颈椎疾患造成左手麻木等病痛。

2020 年 4 月，王文彬在校体检时，三次血压测量均达到 120/190，院长和医生都提出了善意的警告，要求他及时进行治疗。但他牵挂着村里的事，在医院开了药后立即重返脱贫攻坚一线。

这几年，因疏于照顾家庭而内心有愧，王文彬说："我家里除妻子女儿外，还有 96 岁的奶奶、70 多岁患病的父母，至今我不能忠孝双全，愧于家人，内心很难受。"

家里的三位老人担心王文彬累坏身体，也担心峨边县到峨眉市的道路塌方出事故，对他提出唯一的要求，就是在时间允许的情况下一定要回去见见家里的老人，让老人家见上一眼才安心。

王文彬的妻子非常理解他的工作，每次回家前，都会提前收拾好房间，弄好一桌可口的饭菜，并把王文彬近期穿脏的衣服、床上用品清洗干净。

星期天返程，妻子一早出去帮丈夫采购一周的早餐，将面包、蛋糕、牛奶和衣物等装好让他带回村里。工作忙起来，妻子还会利用周末时间，主动和他一起跑市场采购物资，将菜苗分发给贫困户。

为了解决王文彬的后顾之忧，照顾家里的老人和女儿都落在妻子一人肩上。2019年3月，王文彬的父亲摔伤缝了七针，全靠妻子一人多次往返医院和家里，照顾父亲的饮食起居。

自己的侄儿结婚时，所有亲友都聚在一起为一对新人祝福，王文彬因外出培训没能参加。

有一次女儿重感冒，高烧不退，那段时间王文彬正在村里组织村道施工，不能第一时间赶回去，仅仅给女儿打了一个电话问候。学校放假期间，女儿请求爸爸陪她一起出去旅游，也因村里政务缠身未能满足她的要求，女儿只有无奈地说道："爸爸的心被双凤拴住了！"

在全市第一书记两年届满测评时，王文彬得到98.9%的满意度，他说道："说实话，我也没想到自己的测评分这么高，我是双凤村人，因为我已经把这儿当作了我的第二故乡，我会把双凤村的事当作我自己的事，我会把双凤老百姓当作自己的家人对待，虽然我有愧家里人，但我帮助了更多的人，我无愧西南交大组织的培养！我无愧于第一书记的称号！"

王文彬的艰辛耕耘和努力付出，换来了双凤村卓有成效的帮扶硕果，得到市、县领导的高度评价。人民网、新华网、中国社会科学网、中国组织人事报以及省市县多家新闻媒体先后进行了报道。

2016年4月以来，峨边县农业工作现场会、扶贫调研会、脱贫摘帽第五战区会议等都选择在双凤村召开。

双凤村杨志军被评为"感动峨边造福乡梓人物"，熊启兵被评为峨边"脱贫致富之星"，杜秀珍被评为2020感动峨边"最美母亲"，鲁日不日一家被评为峨边"五好家庭"。

王文彬自己也先后被评为"第二届峨边好干部""乐山市脱贫攻坚先进个人""乐山市优秀党务工作者""四川省脱贫攻坚先进个人"。

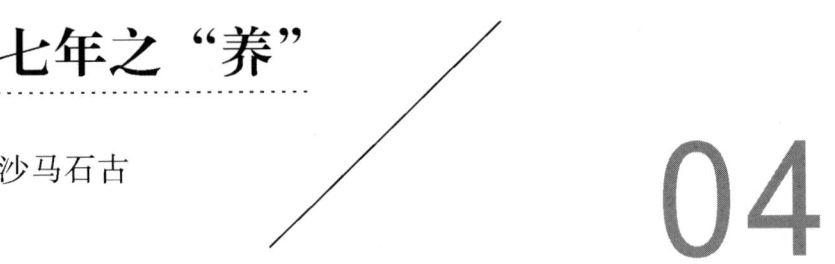

七年之"养"

沙马石古

04

"七年之痒"是夫妻结婚七年后产生一系列矛盾的统称，一般指人们婚姻到了第七年，夫妻双方可能会因婚姻生活平淡、规律而感到无聊乏味，要经历一次危机的考验。而本文主人公却离开了妻子和家人，放弃了退居二线的"休养"，把自己退休前的七年奉献给了大山和大山上的群众，让自己下派的前锋村得以休生养息，尽快摆脱贫穷落后的旧面貌。

重回农村

代成勇生在农村长在农村，刚满十七岁便在村小任教，那时候他是全村的灯塔，用心浇灌祖国的花朵，照亮孩子们前进的道路。

二十岁任村主任，那时候他是全村的领头羊，解决村民生产生活困难，帮贫扶困，带动村民发展经济。

二十六岁通过招聘进入乡财政所工作，那时候他是全村的及时雨，落实兑现惠农补助资金，送上利民政策，减轻农民负担。

三十三岁进入税务系统，离开农村搬进县城，那时候他是人民的税务尖兵，为国聚财，为民收税。

代成勇对农村富有深厚的感情，沧海桑田，高楼苍茫，日子虽然过得一天比一天好，心里却始终挂念着家乡的父老乡亲。

千百年的耕耘，千百年的守望，代成勇不忍看着老百姓受苦受累，一心想着可以利用自己十六年农村工作经验的优势，回到农村、反哺农业、服务农民，发挥余热为乡亲们做点实事。

2014年10月27日，雅安市税务局领导找到代成勇，说明单位准备派人到雅安市汉源县前域乡前锋村驻村帮扶，问他是否愿意下派帮扶。

此时，距离代成勇退休不足七年，他患有高血压，妻子常年体弱多病，儿子代鑫在异地工作，一家人的日常起居基本靠他一人在支撑。按惯例，像他这种情况，一般人选择退居二线，照顾照顾家庭，养养自己身体，上上"耍耍班"，单位领导和其他同志也不会说什么，一句话就可以把下派任务推得远远的。代成勇则不然，他绝口不提家中的困难，当即决定重拾回归农村的种子。

代成勇在市税务局领导面前做出庄重承诺"我是一名党员，是高寒山区农民的儿子，老百姓是我的衣食父母，我有丰富的农村工作经验，'万一朝家举力田，舍我其谁。'我一定不辜负领导的信任与重托，做好农村扶贫工作，一定为群众办实事办好事。"

前锋村是前域乡最偏远的村落，平均海拔在1500米以上，离乡政府驻地有十二公里的爬山路。代成勇第一次前往村里时，汽车残喘着沿曲折蜿蜒的山路匍匐前进，与一侧的奇嶙峭壁擦肩而过，另一侧的深崖沟壑让人触目惊心。峰回路转后，原来"白云生处有人家"，放眼望去，群山环绕中的村庄上空升起袅袅炊烟，星星落落的农房平静安宁。

初来乍到，人地两生，呈现在代成勇眼前的是"一方水土难养一方人"的窘境。两千余亩山地散落在坡度六十度以上的斜坡山脊上，天旱地干，土壤贫瘠，村里没有产业、没有田间机耕道，网络不通、电压不稳，群众就医难、生产生活用水难，一个个"顽疾"摆在眼前。

代成勇在心头嘀咕着，这景象恐怕是"晴天一身灰，雨天一身泥，山

高石头多，出门就爬坡，地贫果树瘦，喝水靠天漏。"

为摆脱前峰村的困境，他暗暗下定决心，就算磨掉一口牙也得啃下这块硬骨头。2015 年 8 月代成勇受命担任驻村第一书记，他在这个云端上的村庄一干就是七个年头，希望的种子也在这里生根发芽。

代成勇住在农户家里

解心结

要想拔除千百年来盘踞在前峰村的穷根，得找准症结把准脉。代成勇迅速从税务干部的身份转变为驻村干部，他带着"不做客人做主人"的想法，将自己视为村里的一员，视为全体村民的亲人。

刚驻村的前几周，代成勇每天起早贪黑，与村干部一同逐户走访精准对接，走遍前锋村的山山水水，一有时间就往老百姓堂前屋后、田间地头跑。

在这个陌生的村庄，代成勇吃过闭门羹、看过冷漠脸、受过讥讽嘲，老百姓始终认为这个外来人肯定是来镀金的，要不了多久就会离开，没人理解他的初衷，也不愿意敞开心扉与他交流。

全村建档立卡贫困户59户222人，老百姓思想保守，年轻人基本外出务工。长年累月只有老人和孩子们留守在空旷的屋子里，播种时节基本种"懒"庄稼，把玉米、土豆、红薯等种子撒进土地里，有时连除草施肥也显得无能为力。一分耕耘一分收获，老百姓的收成可想而知。

已年近六十岁的村委会副主任、老会计叶之友逢人便说，"我干了半辈子的村干部，什么人没见过，什么路桥没走过，算得上饱经风霜了。你看我们这个村，要什么没什么，年轻人都走完了，只剩下我们这些老年人。这个代书记岁数有点大，肯定又是来镀金的，要不了好久就会走的。他爱怎么折腾就怎么折腾吧，我岁数大了，不干了。"

叶之友随后便向组织提出申请，不再担任村干部，他以实际行动诠释了对代成勇和村"两委"的不信任。

第一次到三组村民李学海家里走访，代成勇只感觉坐立难安，本就一贫如洗的家庭，因疾病而雪上加霜。李学海的妻子每天都会突然晕厥几次，一个人在家里的某个角落倒下去，醒来后又一个人爬起来，经常弄得满脸满身都是伤，因家庭经济困难，迟迟没有就医。

刚从地里干活回来的李学海一身的泥和汗，一对儿女都在读书，全家的负担如几座大山落在他一人肩上。当支部书记李学华介绍代成勇时，疲惫不堪的李学海甚至没正眼看一眼，他似乎对生活失去了信心，对周边的人和事都提不起兴趣。

代成勇不厌其烦多次上门谈心，他的真诚终于打动了李学海那颗陷入生活窘境，尘封已久的内心。李学海动容地说道："代书记，你看我们家里的情况那么具体，杂个整？我已经没办法了，我对自己都失去信心了，凭我一个人哪来的能力改变现状？"

代成勇耐心开导劝解："你要为自己的儿女着想，娃娃们成绩好，将

来肯定有出息。至于你媳妇的病，国家有医疗保险，还有救助，村里会尽快为你们想办法的。倒是你自己，打铁要靠自身硬，有了本事才说得起硬话。"

代成勇经常鼓励和安慰李学海，帮他打开心结，让其重拾生活信心，并结合李学海家里的具体情况，因人因地精准施策，分别从医疗救助、教育补助、产业扶持等方面给予帮助。

代成勇还在市税务局为李学海一家争取到帮扶资金，经过治疗其妻子的病情明显好转，儿子读书毕业后娶回了县城里的姑娘，女儿正在读初中，学习成绩也很好。

通过几年的努力，李学海家里建起了一楼一底的小洋房，一年收入十余万元，成了村里的致富带头人、科技示范户。外出务工的年轻人见状，也陆续回到村里发展。

代成勇的持之以恒打动了主动辞职的叶之友，虽然已退居二线，但他作为村委委员，和村组干部一同继续发挥着三十多年党龄老党员的模范带头作用，经常奔前跑后，共同奋斗在脱贫攻坚最前线。

代成勇（左二）走访入户调查

在前锋村的这几年，最令代成勇难忘的恐怕还是 2016 年 7 月 26 日那一夜。这一天，村庄显得格外宁静，白天烈日炎炎晒焉了在地里辛苦劳作一天的村民，大家匆忙洗漱后便沉沉进入梦乡。

半夜，成片乌云蓄谋已久，悄无声息占领了前锋村的整个夜空。它们越集越多，越压越低，快要触碰到村里最高的楼顶时，一声惊天雷撕破了阴暗的天空，狂风携着倾盆大雨，冷酷无情的席卷着前锋村的每个角落。

从睡梦中惊醒过来的代成勇，猛然坐起来，打开窗帘一看，窗外已电闪雷鸣、暴雨如注，活了大半辈子很少遇到这样恶劣的雷雨天气。

他突然意识到问题的严重性，这极有可能是一场前所未有的暴雨灾害，老百姓生命财产安全此时正受到严重威胁。

代成勇立马赶到村播音室，打开高音喇叭，本想通知大家注意安全，等待村组干部统一安排转移安置，但在极端天气影响下，喇叭失灵了，他的声音淹没在狂风暴雨中。

代成勇赶紧和村支书李学华联系："快，启动应急预案，赶紧想办法通知村组干部，及时组织群众转移到安全的地方去，安排人员到地质灾害隐患点一一排查，一定要确保村民的生命安全……"

刚挂完电话，突然想起自己的帮扶联系人，已七十余岁且一人独居的聋哑老人黄金莲。他顾不得自身的安危，毅然冲进伸手不见五指的雨夜中。

代成勇徒步五百米大步流星赶到老人家里，确认老人一切安好，房屋没有浸水受灾，然后又在屋前屋后转了几圈，消除安全隐患后紧绷的一根弦才放松下来。

短短三个小时，前锋村经历了一场五十年难遇的暴雨灾害，降雨量高达 140 毫米。在代成勇的带领下，全体党员和村组干部确保了全村人民的生命财产安全，无一人受伤受困。

当天空中的晨曦驱散滚滚密云，雨停了，天亮了，百姓们聚集在村活动室院坝里。大家不约而同望向刚被暴雨摧残过后满目疮痍的村庄，入村

公路像虫蛀的布腰带，有几十处被洪流冲垮，连行人都无法正常通行。泥石流像锋利的尖刀把整个山坡上的村庄削的皱巴巴的，塌陷的田坎、倒下的树木、四脚朝天的农作物。

代成勇哽咽了，村民们哭了，整个村庄此时也正在无声哭泣。贫困户李学文拉着代成勇的双手抽泣道："代书记，怎么办啊，全村百分之四十的农作物可能都颗粒无收了，我们的农用物资、生产用品运不进来，山里的水果、粮食又运不出去。"

代成勇稍稍平复情绪，坚决地说道："乡亲们，不要急，你们放心，有党和政府，有帮扶部门，我们一定能够战胜灾害，渡过难关！"

一夜无眠无休，通宵达旦抢险救灾后，来不及喝上一口水，歇上一口气，代成勇便沉重地拨通了市税务局局长的电话，及时汇报了前锋村的受灾情况。

市税务局局长在电话里向全村人民群众表示深切同情和慰问，并派遣薛平副局长带队赶往受灾现场，看望受灾群众，指导抢险救灾工作。

代成勇号召前锋村干部群众不等不靠、自力更生，迅速开展生产自救，重建美好家园。他动员四个党小组组长带队，组织群众在入村公路上遇水架桥，遇泥立石，一个半小时内，抢修好了通村人行道。

上午十时左右，时任汉源县委常委、总工会主席贺东风，市税务局副局长薛平一行步行数公里，将救灾物资和救援力量带到前锋村。

路边受灾的群众看到市县领导满身泥泞和汗水，不畏艰辛第一时间赶到受灾现场，感动到几度落泪，老党员叶之友深情握住薛副局长的手说道："共产党好，习主席的扶贫政策好，要是在旧社会，谁管我们老百姓，你们辛苦了。"

薛副局长一行深入察看灾情，召开现场办公会议，对灾后恢复重建进行调研指导，制定抗洪抢险救灾方案。

没过几日，市税务局局长也亲自来到前锋村，他鼓励人民群众积极投工投劳，并由市税务局出资八万元用于通村公路抢修工程。

临走前，局长握着代成勇的手说道："我们永远是你的坚强后盾，请尽你的所能把灾后重建和帮扶工作做好。"站在身旁的贫困户李联森感慨道："共产党好，党的政策好。没有共产党，就没有新中国"。

代成勇带领全体干部群众，上到六十余岁的老人，下到暑期放假在家的学生，1500余人投工投劳，大家众志成城、连续奋战，积极参与到通村公路抢修工程中。不到十日，修复了外界通往前锋村的交通生命线、致富路。

代成勇常说："驻村帮扶责任重大，老百姓致富发展奔小康，要靠我们这些基层的带头人，村看村，户看户，社员看干部。我们只有以身作则，才能起好带头作用，老百姓心中就有你，也就永远不会忘记你。"

"五月，我要为个别困难党员和群众购买化肥；六月，我要带领干部群众到县内学习经果林的生产管理技术；七月，我要组织全村党员群众开展脱贫攻坚知识竞赛。"这是代成勇的春耕扶贫"三部曲"。

七年来，他始终心系乡村、汗洒田野，用自己的不离不弃，与百姓们同吃同住同劳动，晓之以理打开群众的"金口"，动之以情打动群众的心灵，持之以恒转变群众的思想，导之以行引领群众走上致富之路。

破难题

经过调研，代成勇认为："前锋村的海拔和土质非常适合大樱桃的生长，村里有300多人的劳动力，我们不缺人。村子幅员也算广阔，有1500亩土地可用于种植，我们不缺土地，产业发展指日可待。但村里目前缺的是水源、技术、道路和基础设施建设，要解决这些实际困难，还得靠资金。"

代成勇向雅安市税务局汇报了前锋村的困境，市税务局组织人员现场勘察调研后，给予前锋村10万元的帮扶资金。在上级党组织的关心和社会

各界的支持下，代成勇累计协调帮扶资金 700 余万元，实施道路硬化、饮水安全工程，大力改善前锋村基础设施和人居环境建设。

村民新旧住房对比

在他的带领下，村"两委"通过一事一议项目，把全村通村通组道路、联户路以及田间机耕道全部硬化。解决了前锋村水毁公路整治及通村公路安全防护栏安装、背山机耕道建设等项目，新建 2.7 公里产业路，硬化 1.8 公里产业路，挖通 2 公里产业毛路。

他还组织实施山坪塘维修工程，修建海子塘水厂，新建一个提灌站、两个生产用水蓄水池，扩建整修四个生产生活用水蓄水池，每个蓄水量均达 3000 立方米。同时，发动群众自发新建、改扩建农业用水蓄水池 200 余口。

从此，这个常年困扰村民的饮水用水难题得到根本性解决。村民叶之

友感叹道："我活了大半辈子，吃了几十年的无根水，自己怎么也没想到能在有生之年吃上干净的自来水，村里泥巴路石化了，甚至把联户路修到了每户家门口，再也不用出门一身泥了。路好了，家里跟着买了农用摩托车，现在出门方便了，衷心感谢共产党啊！"

代成勇继续完善村里的基础设施建设，新建村级文化室、村级文化大院、村卫生室，通过开展以"住上好房子、过上好日子、养成好习惯、形成好风气"为主要内容的"四好村"创建活动，全面改善村民人居环境，为提高群众业余文化生活创造了条件。同时，积极协调县移动公司完成全村网络升级改造，实现网络全覆盖。

修路、蓄水、改善基础设施成了代成勇的脱贫"法宝"，他用退休前的最后七年，解决了前锋村575人行路难、饮水难、设施难的"三难"问题。

基础设施问题解决了，但受自然条件、历史原因、地域限制等因素，老百姓种植经果林技术力量还是比较薄弱，在一定程度上阻碍了前锋村经济转型的步伐。

前锋村早在2013年就种植了1000亩大樱桃，因缺水缺技术，果树长势不好，有些还未正常挂果，村民后续发展信心严重不足。

代成勇与村组干部一同走访入户，引导村民展望未来，增强信心，化解心头疑虑，并在原有基础上扩种500亩大樱桃。在县级各部门和前域乡党委政府的帮助下，开展数期大樱桃技能培训。组织部分干部群众及种植大户到县内多个乡镇先进村学习经果林经营管理技术。多次邀请县农业局技术人员上门指导、现场实践教学，解决了村民种植技术难题，大家的学习情绪高涨，都想尽快学会技术，种出好果树，早日脱贫致富。

县农业局还为贫困户群众发放了价值3万余元的修枝剪、喷雾器、微生物有机肥、尿素等物资，代成勇也从有限的村办公经费中挤出资金为老百姓购买化肥。空闲时，他便加入劳作队伍中，为种出优质大樱桃抛洒汗水。代成勇始终认为，能和群众一起耕耘，一起收获，是一种莫大的快乐。

代成勇（左一）与果农交流种植技术

经过全村人民几年的付出与努力，每年到了四月，错落有致的梯田里樱桃树、苹果树、花椒树、梨树竞相怒放，争奇斗艳，犹如妙手丹青绘出的云端花海，姹紫嫣红，满山飘香，就连树下坎边的豌豆花也毫不示弱，温柔而甜蜜的徜徉在静谧林荫里。五月、六月，成片大樱桃果挂枝头，红艳欲滴若宝石。七月、八月，红彤彤的花椒成熟了，浓郁麻香扑鼻而来。八月、九月，黄澄澄的梨子落进沉甸甸的筐里，老百姓的钱袋子也鼓起来了。九月、十月，满树又大又红的苹果照亮老百姓喜悦的笑脸，代成勇骄傲地说道，"我们前峰村现在一年四季都拿得出水果，美丽田园挂出的'钱串串''金果果'美了山头富了老百姓。"

2016 年，前峰村大樱桃迎来大丰收，全村收入 263 万元，户均 1.5 万元，人均 4400 元左右；2017 年全村大樱桃收入达到 600 万元，户均 3.37万元，人均 1.2 万元；2018 年全村大樱桃收入更是高达 850 万元。老百姓的收入提高了，前锋村也走出了一条属于自己的特色农业发展道路。

已经脱贫的李学海逢人就讲："感谢党和政府的关心，给我们带来这么好的扶贫政策，代书记帮我家发展了六亩左右的大樱桃，现在年收入都

在六万元左右，屋头的日子一天比一天好了，不仅重修了住房，家具家电焕然一新，还有钱给老婆治病了，娃儿也送到镇上接受了更好的教育。"

2016 年，前锋村如期退出贫困村，成为幸福美丽新村。2017 年 8 月被评为县级文明村。2018 年全村实现脱贫摘帽。2019 年，代成勇被评为四川省脱贫攻坚先进个人。

为大家舍小家

2019 年，代成勇接到雅安市税务局脱贫办公室的电话："老代，税务机构改革，国税和地税合并了。单位考虑到你家庭的实际困难，又临近退休，不再担任驻村第一书记。"

代成勇毫不犹豫地说道："我个人的困难是小事，前锋村虽然已脱贫，但奔小康的底子还不扎实，我放心不下，还是把我退休前的最后两年留给前锋村，让我继续干吧！"

听闻上级部门准备让代成勇结束任期，部分村民向县里的领导提出申请，请求让他继续留任，并在退休后回村里带领全村人民继续发家致富。

代成勇的一腔热血洒在前锋村的每一寸土地里，烙在那一条盘旋而上的入村公路里。在前锋村的七年，为了跑项目、要资金，代成勇经常驾着自己的小车往返于市县乡村，因山路崎岖，有几次遇上暴雨天气，汽车直接不听使唤滑进村公路一侧的排水沟里。

有一次，代成勇驾车行使在半山坡上，滂沱大雨毫无预警的不期而遇。雨水汇成瀑布倾泻在车窗上，雨刮片哽咽着奋力左右摇摆，也擦不亮眼前模糊的视线。路滑坡陡，道窄弯急，时不时还会从峭壁上滚下几个小石子，代成勇驾驶的汽车左车轮一不小心滑进被雨水淹没了的排水沟，卡在那里无法动弹。

他急忙走出车外，使尽浑身解数也没能移动车辆，这前不巴村后不着

店，只有回到车里默默等待。大概半小时后，终于遇到一位返乡的村民："这不是代书记吗？车滑进沟里了？你没受伤吧？在车上等等，我马上回村里叫人来抬车。"

代成勇目送路人翻过一道小山梁逐渐消失在眼前。半小时后，小山梁上突然出现几个身影，他们越走越近，有的手里拿着钢钎，有的拿着粗木棍。他们来到车前亲切问道："代书记，没受伤吧？让你久等了，怎么不给村里打电话呢？"

八位村民二话不说，直接动手抬车，"来来来，大家一起使力，嘿作、嘿作……"众人拾柴火焰高，不出两分钟大家便把汽车抬出了排水沟。代成勇感激不尽，但部分村民连车都不肯坐，又冒雨走回了村里。

还没等到代成勇退休，他的这辆老汽车却提前退休了。女儿心疼父亲到村里上班不方便，就买了辆新车，第二天便被父亲开回村里。

前锋村的天气似乎喜欢和代成勇开玩笑。新车上路第一天，天空又下起了雨，行驶在一个三百多度回头弯的坡道上，代成勇猛打方向盘，汽车和路边的挡土墙来了个亲密接触，直接把新车保险杠撞坏。他只感觉心惊肉跳，幸好人没大碍，看着受损的汽车，感觉自己辜负了女儿的一片孝心。

以前村里召开党员大会，有一部分年事已高，住得较远的老党员基本不参加会议。自从代成勇上任以后，每次召集会议，他们有的拄着拐杖，提前一个多小时赶路，有的让家里的年轻人开车送到村委会，三十七名党员没有特殊原因无一缺席。

有一次，一组和四组八名60岁以上的老党员，在参会半路遭遇大暴雨，他们到达会场时已全身湿透，愣是穿着一身湿衣服参加完会议。

会议结束后，暴雨没有停下来的迹象，代成勇开车把老党员们一一送回家门口，他们真挚感激的眼神，以及站在大雨中挥手目送的一幕一直留在代成勇心底。

代成勇的儿子在异地上班，由奶奶照看着两岁多的孙子。2019年，身

怀六甲的儿媳，不小心把脚摔成粉碎性骨折，在四川省骨科医院住院治疗一个多月。

当时，代成勇一直住在村里，妻子体弱多病，儿媳无人护理，孙子无人照看。驻村六载他从未退缩和迷惘，这次家庭面临危机，代成勇第一次萌生了退意。他很想回到单位，为妻子搭把手，为儿子减轻负担。可转念一想，正是前锋村产业发展的特殊时期，也是前锋村脱贫攻坚的关建冲刺年，他不能离开老百姓，老百姓也离不开他。

代成勇最终留了下来，但这一次他主动向市税务局汇报了家庭面临的具体困难。市局领导高度重视，立即将代成勇的儿子借调到汉源县照顾家庭，解决了他的后顾之忧。

"经过多年的努力，在各级部门的帮扶下，我们发展了甜樱桃 1500 亩，以及花椒、苹果、梨等产业。如今，前锋村已经是远近闻名的产业村，成了全乡最富裕的村，产业最好的村。现在，老百姓娶得起媳妇了，光棍少了。通过这件事使我深深地意识到，心中只要随时装着老百姓，老百姓眼中就有你。我只有一年就要退休了，我一定树立一名共产党员、一名税务人员的光辉形象。在脱贫攻坚工作中，站好最后一班岗，让前锋村早日步入小康村。"

面对依然艰巨的脱贫任务，代成勇的目标很明确。完成新建两公里通组毛路全硬化，完成剩余入户路硬化，彻底实现通村路、通组路、产业

大樱桃现场交易

路、联户路全硬化全覆盖。实现果树管护技术再巩固、再提升，力争让村民生活更加幸福。扎实做好"以购代销""以购代扶"，帮助受疫情影响的建档立卡贫困户做好花椒、枇杷、大樱桃、梨子、苹果等经果销售，一如既往地把帮扶联系村的事当成税务人的事情来做。

这是他临退休前最后的战役。

情 满 彝 乡

沙马石古

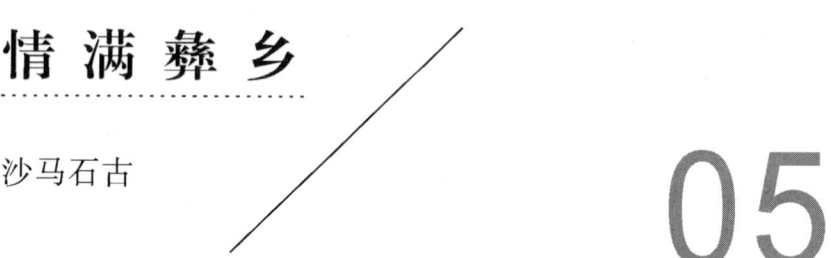

05

2016 年 8 月 22 日，秋意渐浓，微风凉凉，蒋富安将自己的生命永远定格在了 26 岁。

急促走在人生旅途尽头的最后几小时，他还在和同事探讨村里的产业发展情况。肩负脱贫攻坚历史使命，心系全村老百姓，不负韶华却负了长期患病的父母、新婚半年的妻子，而他伟岸的身影永远留在了四峨吉村民的心里，留在了重峦叠嶂的大山深处。

2015 年 8 月，蒋富安被凉山州审计局选派到美姑县四峨吉村任驻村第一书记。一年多的时间里，他用双脚丈量着这片纯彝族聚居村落，这里彝风淳朴，风景秀美，人们热情善良、憨实直爽。

相对恶劣的自然条件、闭塞的交通和通讯，拉长了四峨吉村与外界社会经济发展的距离。奴隶社会遗留下来的陈规陋俗，放慢了四峨吉村民增收致富、摆脱贫困的步伐。

"拼命三郎""厚脸皮书记""洋芋书记"，这是村民口中的蒋富安。

为了尽早带领全村人民脱贫，蒋富安走破三双鞋奔走在村民的屋前瓦下、田间地头。他厚着脸皮穿梭在州县各级部门间，拉项目、找资金、寻技术，先后在村里实施"借薯还薯"、青花椒种植和"借羊还羊"等农牧项目，争取通村公路升级改造、人畜饮水、村级幼儿园等建设项目。

"四朝布衣四时新，峨景寒灯映青骨。吉讖九州适黎黍，村晓人烟照明月。"蒋富安在驻村期间写下这首诗，在无怨无悔、夜以继日的高强度工作下，他最终倒在了工作岗位上。

"生于火塘边，死于火堆上。"谁来完成蒋富安的遗志？谁来接好四峨吉村脱贫攻坚重任接力棒？凉山州审计局党组结合单位实际，经过深思熟虑，将目光聚集在单位另一位彝族小伙身上。

嘿哈色崇，凉山州普格县人，州审计局审计信息中心副主任。时任凉山州审计局局长刘斌曾两次找到嘿哈色崇做思想工作，希望他能放下顾虑，积极投身脱贫攻坚伟大事业。

不久前，年轻有为的同事蒋富安不幸殉职，这正是自己握紧接力棒，带领彝族同胞走出贫困阴影的时机，也是自己将青春投入脱贫攻坚时代洪流的最佳机遇。

嘿哈色崇有了想法，但也没敢一口应允，年迈多病的父母隔三岔五就往医院跑，每天还要接送年幼的女儿到学校，这个"小家"已让自己应接不暇，他有能力带领全村百姓脱贫致富吗？思想保守的两位老年人，放心让儿子远赴他乡吗？瘦弱娇小的妻子只身一人能撑起这个家庭吗？

他首先得做通一家老小的思想工作。

"阿达（彝语意为父亲）说的话好比铁钉钉木头；阿妈（彝语意为母亲）说的话，犹如墨汁沾纸上。"父母的态度始终很坚决，谁家的孩子不是宝，他们早已听闻蒋富安倒在了扶贫路上，不忍心让自己的儿子以身犯险。

嘿哈色崇多次沟通，从国家的脱贫攻坚政策，到单位的帮扶力度。从蒋富安生前为村里所做的点点滴滴，到自己不想、不能，也不愿意缺席脱贫攻坚主战场的态度。嘿哈色崇软磨硬泡，晓之以理，动之以情，终于打开了父母的心结。

"战马不怕枪声哮，飞鹰不惧路途遥，放心去完成自己的事业吧，我是你坚强的后勤保障，家里交给我。"通情达理的妻子没有一句怨言，她

了解丈夫的倔强，一旦认定的事情九头牛也没法拉回来。

出发前，父亲忧心忡忡的交代到："既然你心意已决，我们也不好再阻拦，但你要像青石那么坚固，莫学柳枝那样飘摇，要做就把驻村工作做好。"

2016 年 12 月，嘿哈色崇接任四峨吉村驻村第一书记。"兄弟，一路走好，你未竟的事业，由我来完成。"

即已出港，就要扬帆起航，嘿哈色崇响应时代的召唤，带着对蒋富安的深切缅怀和组织的信任，毅然奔赴与舒适、安逸的生活背道而驰的贫困落后高山村。

四峨吉村全景图

从西昌市出发到四峨吉村没有交通直达车，需要先搭乘公共汽车，在通往美姑县城与九口乡的岔路口下车，改乘途经的面包车前往乡政府。

乡政府到村里的道路还未修通，只有爬坡上坎一路走上去。140 余公里的路程，要行驶四个多小时才能到达，其中 130 公里省道经常受地质灾害、暴雨洪涝影响拥堵断道，4 公里乡道蜿蜒曲折、坡陡弯急，还有 6 公里村道需要徒步前行。

理想高于天，越苦越向前，为支持丈夫的事业，妻子主动让出家里仅有的代步汽车，为嘿哈色崇免去了烦琐的辗转换乘。

这辆小车也成了村里的"公共汽车",村"两委"到县乡开会办事、村民到县医院看病治疗、学生辍学劝返都用的这辆车。嘿哈色崇不抽烟不喝酒,在村里吃的也很简单,但每月花去的车辆费用就占了工资的三分之一。

刚入村时,村委会不具备住宿条件,嘿哈色崇只有暂时住在乡政府,每天徒步十二公里徘徊于乡与村之间。这时,他终于明白蒋富安为什么会走破三双鞋了。

未修通前的村道坑坑洼洼、泥泞难行,一不小心就会滑倒,嘿哈色崇双脚留下的几道醒目疤印,记录了他这几年出行的艰辛与不易。

有一次,村里下了连夜雨,风停雨止后,晨曦划破团团阴云,天空格外的湛蓝,泥土的气息沁人心脾。嘿哈色崇精神焕发,一大早便从乡政府出发,今天要入户了解贫困户家里的情况。他步履矫健地走在乡道上,盘算着趁天气好可以多走几家贫困户。

刚走到村道口,嘿哈色崇便傻眼了。雨后的土路犹如远处蜿蜒的山脉,犬牙交错,带水拖泥。一踩下去稀泥便裹住了整个鞋面,费劲地提起双腿,深一脚浅一脚步履维艰地朝着村里走。

再怎么小心翼翼还是有失误的时候,嘿哈色崇脚下一滑,只感觉天旋地转,不受控制滚进路边的小沟里,整个人瞬间变成"泥娃娃"。

怕被路人看见自己狼狈滑稽的模样,还没来得及检查是否受伤,他便抓住两旁的石头站了起来。只感觉右脚膝盖突然钻心的痛,扯开裤脚一看,鲜血已顺流而下,伤口足足有两公分长。这是嘿哈色崇第一次在脚上留下"战绩"。

四年来,嘿哈色崇在凉山州审计局党组和美姑县委政府的大力支持下,共争取项目资金250余万元,持续开展基层组织建设、精准识别帮扶、基础设施建设、村级综合治理、产业发展等工作。

他全身心扑在四峨吉村脱贫攻坚事业上,用辛勤的汗水书写着新时代第一书记的责任担当,成为带领全村贫困群众走向脱贫奔康新征程的领

路人。

"我们共产党人好比种子，人民好比土地。我们到了一个地方，就要同那里的人民结合起来，在人民中间生根、开花。"毛主席的这句话一直激励着嘿哈色崇。

在困难重重的扶贫路上，他用顽强的信念和坚定的脚步维护着历史赋予的神圣使命，用自己的青春和热血慢慢改变着这个村庄的前程。2017年、2018年四峨吉村年人均纯收入连续增长25%以上，达到5300余元，比国家规定的脱贫线高出近2000多元。在他的带领下，四峨吉村于2017年11月如期完成整村脱贫摘帽。

揭开你的面纱

四峨吉村位于凉山州美姑县九口乡西北部，距乡政府6公里，距县城44公里，面积4.26平方公里，辖4个村民小组，平均海拔约3100米，是典型的大小凉山集中连片特困地区高山贫困村，全村175户721名彝族群众，其中建档立卡贫困户30户149人。

"一高三低三难"是四峨吉村的特点：一高是平均海拔高；三低是群众文化水平低，土地经济效益低，基础设施建设水平低；三难是基础设施建设难，群众持续增收难，移风易俗难。

追梦路上初心如磐，为收获春华秋实就要主动担当作为。作为一名审计人，嘿哈色崇深知摸清底数、精准识别是精准帮扶的基础。

凉山彝族几乎居住在高寒山区或者峡谷山顶上，自然环境比较艰苦。关于彝族人世代居住在高山的原因众说纷纭，因躲避战乱和自然灾害迫于迁徙是重要的原因之一。

初次踏进四峨吉村，嘿哈色崇就被眼前的贫困面貌给震住了，即便现在回想起来，依旧会情不自禁地摇起头来："村子里到处是低矮破败的瓦

板屋，有的贫困群众甚至还处在人畜混居的状态，环境脏乱不堪，泥泞的土路上满是牲畜粪便，老百姓生产生活方式落后，人均收入不足 2000 元。这里交通闭塞、水源不足、耕地较少、信息不畅，走家串户只有靠双脚，运输物资只有靠肩挑背驮。"

亲眼看着自己的同胞还处在这样的生活状态，嘿哈色崇感到无比痛心，也深感肩上的责任重大。

第一天夜宿驻点村，躺在简陋村活动室临时搭建的木板床上，嘿哈色崇彻夜未眠。四峨吉村的凛冬之夜只有零下四度，冷若冰霜的木板床没有一丝温度，但他已经将恶劣的环境置之度外，脑海里盘绕着白天所见的一切。

脱贫工作要怎么开展？该从哪里入手？他把自己要干的工作想了又想，捋了又捋，告诫自己要像一粒种子，千般坚韧万般勇敢，不管脚下的土地如何贫瘠，也要生根发芽开出花来，四峨吉村不脱贫不摘帽，自己誓不离开。

紧接着，嘿哈色崇打响了扶贫工作的"第一枪"，揭开四峨吉村的贫困伤口，做好精准识贫。

他把主要精力放在三十户贫困户身上，每天坚持入户调查，挨家挨户了解贫困户的生产生活条件，坐下来问问他们的困难诉求，结合每家的具体情况和各项福利政策，为贫困户出点子谋路子。

每天从早到晚马

嘿哈色崇（左二）入户调研

不停蹄地走下来，嘿哈色崇躺在床上时双腿都会隐隐发痛。贫困户惹格衣夫开玩笑地说道："嘿哈书记跑我家最勤了，家里的门槛都被他踩断了，他比我还了解家里的情况。"

在调查摸底过程中，嘿哈色崇发现石一尔体、石一达果两户贫困户家里已经有了小型面包车，便耐心向他们解释："国家脱贫攻坚政策有明确规定，名下有车辆登记者是不能纳入建档立卡贫困户的，村'两委'经过调查核实，认为你们两家已摆脱贫困，集中协商决定取消你们的建卡户资格。"

石一尔体听后怒气冲冲地回道："你们凭什么取消我的资格，我都当了几年的建卡户，那我以后应该享受的各项政策性补贴你们谁来赔给我。"

嘿哈色崇多次向他们讲政策、作对比，并将两家人的吃穿、教育、住房、饮水、医疗等情况悉数罗列出来，最后两人惭愧地说道："不比不知道，一比吓一跳，通过村里的精准帮扶和我们自己的努力，现在已经脱离贫困，我们不给国家添负担，不给村里找麻烦，自愿退出建档立卡贫困户。"

经过调整，村里两户十人退出建档立卡贫困户。

四峨吉村四组的贫困户马日古家里，三个孩子均患有精神疾病，因病致贫生活苦不堪言。孩子发病时，只能带到西昌市精神病院就医，长期治疗欠下不少外债，让原本就举步难艰的生活雪上加霜。

嘿哈色崇帮助马日古协调 1.7 万元医疗补助资金，为这个贫困的家庭争取农村低保救助，并给三位孩子办理残疾证。通过州审计局争取一万元畜牧发展资金，让马日古与村集体合作，购买黄牛饲养。

目前，三个孩子的病情明显好转。嘿哈色崇又将马日古推荐到佛山市务工，每月工资 4500 元，基本解决了这家人的经济困难。马日古时常感激的提起："嘿哈书记瓦吉瓦（彝语意为非常好）。"

经过一段时间调研，嘿哈色崇掌握了村里的基本情况，深思熟虑后他组织全村村民代表召开大会，并在会上向大家宣布："我要让四峨吉一年

内退出贫困村，让所有贫困户脱贫。"

很多困难群众包括村"两委"干部听到后都震惊了，大家保持着怀疑的态度，四峨吉一年内脱贫，这几乎是无法完成的任务。

然而，嘿哈色崇的眼神却无比坚定："首先，我们要搭建起一个好班子，组成一支好队伍，发挥好脱贫'领头雁'的作用；第二，我去协调资金，尽快把入村路修通；第三，发展岩鹰鸡特色产业……"

面对疑惑的群众，嘿哈色崇有条不紊地讲述着自己的脱贫思路，得力的措施和有效的路子慢慢改变了群众怀疑的眼神，不时还附和地点起了头。

贫困户石一衣前回想起那天的场景，印象最深刻的就是会上大家对嘿哈色崇的评价："这个书记不一般，是干实事儿来的。"

"不管多难，一年必须脱贫。"无比简单的一句话满含着坚韧和勇毅，这是一名党员扶贫干部的铿锵誓言，更是一名彝族子孙向贫苦同胞的庄严承诺。

七本笔记本上，密密麻麻写满了贫困群众的点点滴滴，嘿哈色崇的脚步遍及村里的每个角落，炽热的汗水滴进了四峨吉村每一寸土地里。

他从老百姓的笑脸上，看到了大家对蒋富安的信任和怀念；他从村组干部的口中，听到了蒋富安带领大家脱贫致富的决心和恒心；他从荞麦花海的芳香里，闻到了蒋富安付出的心血和汗水；他在崇山峻岭间，想到了蒋富安奔走着的、执着的身影。无数个寂静无声的漆黑夜晚，陪伴嘿哈色崇的是那未完待续的工作笔记。

嘿哈色崇几乎把全部时间都献给了四峨吉村，献给了他亲人一般的三十户贫困户。农忙时节，他经常卷起裤管下地帮助孤寡老人挖土豆掰玉米。老人生病时，他亲自开车带到县城的医院看病治疗；贫困户没钱买化肥，他把自己的工资取出来买肥料送到家里；贫困户的孩子辍学去打工，他自掏路费，在县城的工地逐个寻找，把孩子劝解回来送到学校继续上课。

"愿群山变成亲人，愿峻岭变成朋友。"四年来，嘿哈色崇认真倾听群众心声，共收集整理民生诉求四十八条，解决各类诉求四十八件，在面对面倾听群众诉求、心贴心了解百姓冷暖、实打实解除民忧的过程中，赢得了民心。

村民欧其作格动情地说道："家里出了任何事情，不用你喊，嘿哈书记永远跑得最快。"

嘿哈色崇（左一）帮农活

2018 年，嘿哈色崇年迈的父亲因脑梗塞瘫痪在病床。正值四峨吉村边缘户住房建设最关键时期，得到消息后他却无法抽身离开，父亲病倒多日才匆匆赶回家里。

一进家门，他便跪在父亲的病床前失声痛哭，哽咽着祈求家人的原谅与理解。姐姐既心疼又生气，流着泪水骂道："你还知道有个家呀，还知道有个父亲呀，万一错过了，让你后悔一辈子……"

同样在那一年，女儿上幼儿园了，小姑娘不止一次在电话里问道：

"爸爸你什么时候回来呀，其他小朋友放学后都有爸爸接，你什么时候也能来接我一回呢?"挂掉电话，嘿哈色崇泫然欲泣，女儿的话像刀子一样扎在他心上。

也是那一年，妻子怀上二胎，向来体贴贤惠、善解人意的她也会时不时轻声问道："什么时候能多在家待待呢，我一个人怀着身孕既要照顾老人又要接送孩子，确实挺难的……"看着委屈的妻子，他沉默了。

嘿哈色崇对家人满怀愧疚，作为儿子未能好好尽孝，作为父亲未能好好陪伴，作为丈夫未能好好照顾。他时常安慰自己："自古忠孝难两全，选择了驻村帮扶，扶贫任务就是重中之重，一切都要放下，舍小家是为了大家……以后的岁月再慢慢弥补家人吧。"

给你一支队伍

基础不牢，地动山摇。嘿哈色崇坚信，村党支部作为党的基层组织是党联系群众的桥梁和纽带，直接影响脱贫攻坚工作能否有效推进。来到四峨吉村后，嘿哈色崇通过加强基层组织建设，打响了扶贫工作的"第二枪"。

他充分考虑到村里的党员白天要务农，特意把自己组织召开的第一次党员大会安排在傍晚，结果前来参会的党员只有村支部书记、村委会主任、村文书三人。嘿哈色崇十分诧异，"其他党员怎么没来呢?"村支部书记说："所有党员都通知到位了，但不知道怎么没来。"

有一次，村里举办"新型农民素质提升培训"课程，临近开课还有九户贫困户未到。究其原因，村支部书记说他安排给村主任、村主任安排给村文书、村文书安排给组长，组长最后说这几户他忘了通知，这样的情况时常发生。

村委会原会计勒以长期外出经商，无暇顾及村里的工作，村民办事经常找不到人。嘿哈色崇曾多次找上门都未能见到本人，只有通过他父母转告，

让他以群众利益为重，牢记自己的工作职责，坚守工作岗位。但勒以始终没有转变工作作风，村委会向乡党委汇报后，最终免去他的村会计职务。

面对软弱涣散、执行力和凝聚力不强、群众满意度低的村党支部，嘿哈色崇坚持"围绕脱贫攻坚抓党建、抓好党建促脱贫"的工作思路，突出党建示范引领作用，推动党建与脱贫攻坚工作深度融合，深入开展"两学一做"学习教育活动，按期召开"三会一课"。以"筑底强基，凝聚民心"党建月会和"三职"干部大会为切入点，带领党员重温入党誓词，重新唤起党员的责任意识，积极参与到村脱贫攻坚各项工作中去。

他带领全村党员开展"亮身份、作表率"争做模范活动，组织成立青年党员先锋队、脱贫攻坚党员突击队、党员互助队和文化宣传队，先后高标准培养入党积极分子两名、村级后备干部三名。

石一曲哈便是入党积极分子中的一员，他于 2019 年 3 月提拔为村会计。后备干部欧其曲日也在 2020 年出任村主任。

通过开展一系列的工作，村组干部的责任心、积极性都有显著提升。村党支部成员秉公办事的工作作风，重新赢得了群众的信任。支部的凝聚力、战斗力、执行力和公信力得到了提高，实现党建与脱贫攻坚工作相互促进与稳步推进。

嘿哈色崇还发挥自己的审计职能优势，组织九口乡村组干部开展财务知识培训，有效提高了他们的财务知识和财经纪律意识。

针对群众文化素质和受教育程度低等问题，嘿哈色崇组织开办四峨吉村农民夜校。在农闲季节把群众集中到村活动室，以"夜校教室集中授课"形式，进行基本政策理论、种养殖技术和各类职业技术培训授课。

"三个锅庄各一思，上思待客与杀敌，左思道德与礼仪，右思放牧与农耕。"冬季晚饭后，嘿哈色崇带着村"两委"和驻村工作队的工作人员，走村入户与老百姓围坐在火塘旁，聊着圆圆的洋芋埋地下，屋前屋后的花椒挂枝上，党和国家的惠民政策在群众的心尖。"火塘夜话"拉近了与老百姓的距离，点亮了人们的心灯。

火塘边的交心谈心

农忙时节，老百姓白天劳作困顿夜晚需要休息，嘿哈色崇便利用村广播站宣讲各项惠民惠农政策，"耳朵上的讲堂"传递扶贫"好声音"，村民们喜欢听他夹杂着两地口音且彝汉语混讲的声音。

四年来，四峨吉村已累计举办内容多样、形式各异的农民夜校70余期，受教育群众达到3600余人次，群众们纷纷说道："开办农民夜校太好了，提高了我们对各项政策的了解，再也不会发生因不懂政策而无理取闹的事情，我们同时掌握了种养殖技术和各类职业技能，思想文化素质也提高了。"

改变你的模样

针对四峨吉村基础设施薄弱现象，嘿哈色崇打响了扶贫工作的"第三枪"。

他一手抓基建，一手抓产业，一步一个脚印，一年一个台阶，用心打

造着这片宁静的村庄，农牧产业托起了彝乡脱贫梦。

2016年底，四峨吉村没有通村硬化路、没有入户路，22户建档立卡贫困户还居住在D级危房中，无安全饮用水、无宽带网络。

为此，嘿哈色崇多方奔走，协调硬化通村公路3.7公里、入户路4公里，争取175万元资金用于2.5公里通组公路建设，解决了群众"出行难"的问题。

说起2016年以前村里唯一一条出行生命线，村民无不摇头叹息，道路经久失修，破损严重，雨雪天气更是泥泞不堪，基本无法出行。修复硬化村道成为嘿哈色崇任职后的第一要务。

项目和资金争取到位了，但轰隆隆的机械声并没有唤醒个别村民的责任心。修路需要占用部分农户的耕地，特别是九口村七组的七八户农民，他们每天留守在自己的耕地里，就是不让施工队进场。

嘿哈色崇找到乡政府和九口村"两委"多次调和，最终从四峨吉村工作经费中挤出7000余元作为土地补偿，这条通向外界的"半瘫"路终于修到了村口。

嘿哈色崇继续带着村"两委"干部每天亲临现场，监督施工质量，但施工过程并不是一帆风顺。

看着九口村的农户得到了耕地补偿，四峨吉村的九户农户不乐意了。村民以机甚至躺在挖掘机挖斗里，愤怒地说道："外村的有补偿，我们本村的就没有，再说村里上百户农户，修村道为什么偏要往我家地里过，民以食为天，农以耕为本，我家的土地一分不能少。"嘿哈色崇苦口婆心讲道理、做工作，长达两天的调解没得到村民的理解，他们甚至迁怒挖苦，讥讽谩骂。

"没有比锅庄大的金子，没有难上天的纠纷。"嘿哈色崇找来村里的"德古"（彝语意为德高望重的调解员）和"家支头人"（本姓有威望的尊者），分别调解、逐个击破，终于做通了村民的思想工作，随即打通了村里的经济发展"命脉"。

2017 年，嘿哈色崇为村里的二十二户贫困户争取项目，施工队伍带着设施材料进入现场，吹响了四峨吉村安全住房建设的决胜冲锋号。

村"两委"将工期锁定在 2017 年 8 月 15 日前，但建筑老板每天仅安排三四名小工在工地，施工进程严重滞后。嘿哈色崇心急如焚，他多次找到老板沟通，要求加快施工进度，如期完成建设任务。

但老板也有苦衷，他无可奈何地说道："村里的自然条件太差，这里交通不便，设备材料拉进来很困难，请进来的建筑工人待不了两天就跑了。再说全县都在开展安全住房建设项目，全县的建材供不应求，无法保障到位。人工、材料和运输成本远远超过预算，很难按期完工。"

眼看着工期迫在眉睫，嘿哈色崇只有找到凉山州审计局，单独争取 10 万元建设资金，在雷波县购买建材，并让二十二户贫困户每户再筹措 1000 元人工费，从县上请来几名建筑工人，缓解了施工队各方面的压力。

同时，嘿哈色崇也向施工队提出了"抢晴天、战雨天、向黑夜借时间"的冲刺口号，带领村"两委"班子每天蹲点督促，现场解决问题，如期完成全村安全住房建设，解决了群众"住房难"的问题。

在安全住房建设现场

彝族人往往逐水而徙，临水而居，但源源不断的水流也有干涸的一天。干旱断水、挖井不得水，四峨吉村生产生活用水问题长期困扰着村里的老百姓。嘿哈色崇在县水务局争取到安全饮水工程建设项目，可寻遍村里的每一个角落，都没有找到合适的水源。

在县里组织召开的一次脱贫攻坚协调会上，嘿哈色崇从一同参会的同事口中得知，与四峨吉村相隔20余公里外的沙马马拖村水资源十分丰富，一年四季不断流。听到这一消息嘿哈色崇眼睛亮了，何不到隔壁村引流水源。

会后，他马不解鞍来到沙马马拖村协调水源，"近水楼台先得月、肥水不流外人田"，没想到这一提议却引起该村村民的极力反对。嘿哈色崇随即跟着该村村主任阿合衣体来到美姑县城，自掏腰包请客吃饭，并提出愿意支付沙马马拖村5000元管护费用。阿合衣体满口答应，可到了动工那天近二十名村民围堵住施工队，不准工人靠近水源。

阿合衣体那天刚好不在村里，打电话一问，才知道他到县城办事去了。嘿哈色崇追随到县城，希望他能遵守约定，出面协调做好村民的思想工作。谁知刚到县城，阿合衣体临时变卦已前往洛俄依甘乡，嘿哈色崇尾随其后，但他再次失信，转道昭觉县。嘿哈色崇决定守株待兔，终于在下午等到阿合衣体。

阿合衣体反复失言的行为让嘿哈色崇很气恼，但当务之急是解决村民围堵施工队的问题，他耐心说道："水属于国家资源，不是私人财产，希望你能积极支持四峨吉村的脱贫攻坚工作，我们两个村的百姓大部分都是亲戚朋友，你也不愿意看到自己的亲友没水喝，希望我们通过协商解决水源共享的问题。"

阿合衣体或许被嘿哈色崇锲而不舍的坚持所感动，村委会收取了10000元的管护费用后，于第二天下午做通村民的思想工作，让引流工程得以正式启动。

两个月后，四峨吉村家家户户接通自来水，当第一股清泉从水龙头流

出，村民们欢欣雀跃，感激不已，告别常年肩挑背扛、天干断饮的苦日子，解决了群众"饮水难"的问题。

2017 年，嘿哈色崇在县文广局协调到三十台直播卫星"户户通"设备，发放给三十户贫困户，因县里的技术人员不足，迟迟未能上门安装。嘿哈色崇自学成才，根据说明书上的指示，亲自入户安装调试、搜索信号。

有一次，嘿哈色崇在贫困户马海马机家帮忙安装卫星设备。爬上老旧的木扶梯，一根横木突然断裂，他从半空中摔了下来。幸好马海马机的儿子在地面扶了他一把，两人重重倒在地上。嘿哈色崇双手肘先着地，导致肘关节骨折，近三个月才渐渐康复。

直播卫星"户户通"将高清电视节目送到了贫困户家里，村民在家中就可以享受丰富多彩的文化大餐，解决了群众"看电视难"的问题。

2017 年 9 月，嘿哈色崇协调建设有线网络站点一个、4G 基站两个，实现四峨吉村通信网络和 4G 网络全覆盖，移动光纤入村，解决了群众"通讯难"的问题。

他还协调建设"1+N"多功能活动室，建成村医务室、办公室、活动室、民俗文化坝子、篮球场，解决了群众公共服务"设施少"的问题。

2018 年，他在州审计局争取 7 万元资金硬化村委会边沟，解决了村委会门前"卫生差"的问题。

在所有基建项目建设中，嘿哈色崇积极发挥审计专长，对所有项目从立项、设计、建设、验收等环节进行全过程跟踪监督，既确保了项目建设安全规范，同时也确保了扶贫资金发挥效益。入村公路通达了、村活动室建好了、安全饮水入户了、村幼儿园开园了、4G 网络全覆盖了，嘿哈色崇的承诺一一变为现实。

"屋后有山就放羊，屋前有地就撒荞，屋侧有坝就栽秧。"传统的农耕、畜牧、游牧等生产生活方式，导致四峨吉村产业散小弱，有机生态产品处在深山无人问津，群众增收难度大。

嘿哈色崇深深地认识到，要彻底刨除穷根，必须因地制宜发展特色产业，为此他组织村"两委"干部多次考察学习，借鉴其他地区先进经验，积极探索出一条适合四峨吉村的产业发展路子。

他带领群众大力发展种养业，打造绿色有机农产品和原生态"山味"家禽畜牧品，通过提升农特产品附加值，村民的特色彝家土鸡、绿色阉鸡、生态高山黑猪、高山苦荞、高山土豆、高山圆根萝卜等产业较快发展。

嘿哈色崇以特色养殖业为抓手，争取资金6.4万元，购买四十四只"美姑黑山羊"，以"借羊还羊"的方式发放给二十二户贫困户养殖，户均增收1500元，为农户短期收入注入动力；协调资金一万元，开展"党员示范项目"，购买"美姑阉鸡"苗两百只，发放给两名党员养殖，户均增收1.8万元；争取资金1.42万元，购买六只美姑黑山羊和两头能繁母牛作为村集体经济，实现村集体经济从无到有，并积极推进"支部+专业合作社+贫困户"和"支部+公司+贫困户"发展模式，进一步壮大村集体经济。

嘿哈色崇（右三）现场指导花椒种植

"春到吹春风，地里绿油油；秋到吹秋风，地里金灿灿。"嘿哈色崇坚持以基础农业提质增效，争取资金4.5万元，用于购买"青薯9号"种子5.5万斤，采用"借薯还薯"形式，发放给112户村民，种植面积达180多亩，给全村带来108万元收入，户均增收6000元。

他还以经济作物种植为补充，为四峨吉村产业长远发展"护航"。结合村里的生态种植环境，在征求村民意见后，嘿哈色崇决定以贫困户为主，在村里发展中小规模大红袍花椒种植。2018年、2019年共协调落实3.12万元资金，购买大红袍花椒苗15600株发放给104户村民，聘请花椒种植专家进行现场指导，督促村干部加强后期跟踪管理，花椒树苗成活率达75%，三年后挂果，预计收入82.25万，户均增收6966元。

嘿哈色崇还积极协调局机关干部职工捐款2.69万元，用于开展"以购代捐"活动，购买贫困户农副产品，让贫困群众户均增收500元。"以购代捐"活动既培养了群众的商品意识、市场意识，又缓解了农产品滞销问题，激发了群众的内生动力。

针对那些没有外出务工条件的贫困群众，嘿哈色崇结合村里的实际情况，依托村集体经济，拓宽兜底就业渠道，设定保洁员、文化宣传员、护林防火员、水管员、电视广播员等二十六个公益性岗位，每个岗位年增收3600元，让贫困户在家门口就能挣到钱。

贫困户吉克曲布常年生病，不能从事重体力劳动；贫困户欧其木牛勤劳节俭，家庭卫生做得好，是全村村民学习的典范。嘿哈色崇将他们安排为村保洁员，不仅解决了贫困户家庭经济困难的窘境，还改善了村公共环境卫生。

放眼望去，欢快奔跑的岩鹰鸡、自在惬意的黑山羊、漫山灿烂的土豆花、色泽鲜艳的大红袍花椒，构成了四峨吉村扶贫产业发展的最美和弦，嘿哈色崇把一颗颗致富的金色种子深深埋在了四峨吉的土地里。

还你一片清风

扶贫工作第四枪,嘿哈色崇将目标锁定在四峨吉村教育扶贫、村级治理上。

"好书读得越多,心胸越开阔;大山爬得越高,视野越广阔。"嘿哈色崇坚信教育能巩固脱贫成果、阻断贫困代际传递。村里没有幼儿园,家家户户讲彝语,孩子从出生到适龄入学前都没有说过汉语。小学三年级以前孩子们基本在学习汉语,而老师从书本上教授的知识,能听懂并吸收的寥寥无几。

"学前学会普通话"成为孩子们逐步能听懂、敢表达,打牢今后学习沟通语言基础的工具。

嘿哈色崇扎实推进"一村一幼"提升工程,严格控辍保学"六长"责任,不断完善教育基础设施建设,四峨吉村小学现有在校生155名,村幼儿园学龄前儿童38名,确保适龄儿童入学率达100%,幼儿入学率达88%。

村民欧其勒日的女儿已年满十岁却一直没读过书,他始终认为女儿长大要出嫁,读不读书都一样,还不如趁出嫁前帮家里多做点农活。嘿哈色崇经常上门劝导,农忙的时候还会撸起袖子亲自下地帮忙,欧其勒日最终将女儿送进学校,如今十三岁的女儿读三年级了。

每当寒暑假,村小高年级年龄稍大点的学生就会外出务工,新学期开学后迟迟没有回来报名入学。嘿哈色崇一户户向学生的父母讲道理讲感情,向带着学生外出打工的"工头"讲政策讲法律。一个个给远在异乡的学生打电话谈教育,村"两委"为他们出路费、食宿费一一劝解回来读书。

村民勒者牛牛十五岁的孙子小学还没有毕业,和同班同学年龄的差距

让其厌学叛逆，在读期间多次外出打工。嘿哈色崇四处联系"工头"，并说明未成年人外出务工是违法行为，一次次将勒者牛牛的孙子劝回课堂。

嘿哈色崇还利用农民夜校、村广播站等开设"法律讲堂"，开展以《劳动法》《义务教育法》《禁止使用童工规定》等法律法规为重点内容的法制辅导，并在村委会、村小学校专栏进行普法宣传。

如今，村民们的思想观念转变了，也深刻认识到读书对孩子成长的重大意义。

他还要求孩子们养成良好的卫生、学习习惯，每天洗脸洗手，勤洗澡换干净衣服。学生们养成了见人就行礼的好习惯，见到嘿哈色崇总是亲昵地走上前："嘿哈书记，我们都放学了，你还不下班吗？"

村小学生向路人致敬

嘿哈色崇始终把禁毒防艾作为事关民族生死存亡的要事来抓。他结合彝区实际，强力推进治毒工作，坚持支部引导、家族联防、人人参与，动员吸毒人员定期参加社区戒毒。

他还带领村"两委"班子坚决打赢艾滋病防治攻坚战，加强艾滋病危害警示教育，普及艾滋病防治知识，实现婚前必检、孕前必检，阻断 HIV 母婴传播，动员 HIV 感染者进行抗病毒治疗。

每当晚饭后，嘿哈色崇就会带着驻村工作队成员到感染者家里走访，监督他们每天按时服药，督促他们每月到乡卫生院定期检查。养成按时服药的习惯后，他就通过手机微信视频，看着每位感染者服药。

拉里因吸毒感染上艾滋病，他家里还有妻子和两个小孩，家庭经济窘迫，生活难以为继。嘿哈色崇将拉里一家纳入农村低保救助范围，自己出钱为他们办理新型农村合作医疗保险，一视同仁为这家人进行精准帮扶。

拉里多次动容的说道："年轻的时候感觉吸毒很时髦，总是想去尝试，幼稚地忽略了毒品的危害性，非常感谢嘿哈书记，是他把我从死神那里拉了回来。"

嘿哈色崇刚到村里时，贫困户欧其沙沙曾对他说："我们家儿子娶媳妇花了 20 多万彩礼。"村民惹格夫格说："嘿哈书记我家老人去世时杀了十五头牛，办得挺风光。"贫困户马日古说："我家两个孩子生病在家做'驱鬼'花了将近 1 万多元。"

在这个贫困的村庄里，这样的事情层出不穷。嘿哈色崇结合村里的实际，重新修订了《村规民约》，以宣传教育、沟通交流为支点，撬动陈规陋习这座无形的大山。他坚持以点带面，全面提升村级治理水平，引导群众移风易俗，树立新时代生活观念，喜事新办、丧事简办，改变了群众婚丧嫁娶大操大办、相互攀比等不良风气。

嘿哈色崇激励全村村民杜绝懒惰思想，发扬"宁愿苦干，不愿苦熬"的精神，为了破解发展内生动力不足难题，他多次组织召开全村脱贫攻坚大会，引导群众不等不靠，积极投身脱贫攻坚，不吃大锅饭，不搞平均主义。

在落实扶贫物资和项目落地、社会捐赠物资发放时，杜绝"干好干坏一个样"，推动形成"多劳多得，不劳不得"的风气，实现从"要我干"

到"我要干"的转变,改变群众"靠着墙根晒太阳,等着别人送小康"的惰性思维。

贫困户欧其地伍是家中的独子,从小娇生惯养、好吃懒做,年轻丧偶独自抚养一儿一女,懒惰使得这个家庭破旧脏乱、穷困潦倒。嘿哈色崇从村委会拿出 2 万元资金为欧其地伍新建安全住房,在州审计局协调资金为其修建院坝、耳房。

当泥巴房变成红砖房,欧其地伍深受鼓舞。2020 年他主动向村"两委"申请三十只鸡苗发展庭院经济,思想上的转变让这个家庭在慢慢发生变化。

现如今,四峨吉村的贫困群众纷纷住上了好房子,过上好日子。村民自我脱贫意识、自我发展能力不断增强,好的生活习惯和社会风气正在形成。看到四峨吉村发生的变化,作为驻村第一书记的嘿哈色崇感到无比欣慰和自豪。

"苔花如米小,也学牡丹开。"嘿哈色崇就是一粒小小的种子,他用坚韧勇敢、无私奉献、脚踏实地,在四峨吉村脱贫攻坚的土地中开出了绚丽的花朵。

能人"村官"

沙马石古

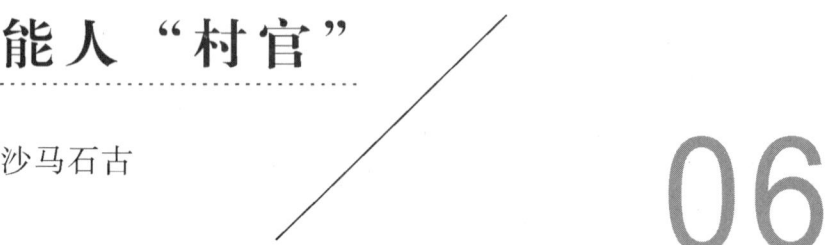

06

绿意盎然的金山村全景

金山村是远近闻名的旱片死角省级贫困村。近年来，村"两委"及驻村工作队团结带领广大村民开展自治、大力发展产业，建立了"沃柑—乌骨鸡循环种养殖基地"、中药材种植基地、鱼蛙共养基地等。打造"金竹鲜"村级电商品牌，注册"金山村大掌柜"抖音公众号、开通淘宝线上店

铺，积极宣传推广金山村农特产品，走出了一条"产业+治理，治理扶产业"的可持续发展道路。

还乡

"你找彭书记？村办公室里最胖的那个小伙就是……"一问起金山村总支书记彭俊松，当地村民就会滔滔不绝地介绍，"别看他年轻，本事可大咧……"

2016年10月，大英县深入实施优秀农民工定向回引培养工程，依托"待遇回引、政策回引、项目回引"等方式加大回引力度，向在外创业打拼的本县人发出"回乡创业发展，做致富带头人"的号召。

在国家脱贫攻坚政策的激励感召下，不少在外打拼的年轻人带着先进的理念，一腔的热血，一身的本领，回到自己的家乡带领全村人民共谋发展。

2017年1月，彭俊松饮水思源，不忘初心，在回马镇党委政府的感召下，毫不犹豫地放弃打拼多年的事业，来到金山村这个贫瘠偏远的小山村当起了党总支书记。

彭俊松能文能武，曾经当过兵，做过记者，后来下海经商，在外创业打拼多年。他依靠灵活的头脑和诚信的品行，在生意场上闯出了一片天地，被遂宁工商联授予"优秀青年企业家"称号。

年轻有为且事业有成，但他并没有沾沾自喜，看着自己的家乡在改革开放三十几年后，老乡们仍然过着勉强解决温饱的日子，反而让彭俊松忧心忡忡。

金山村本叫金竹村，辖15个村民小组，有农业人口493户、1683人，耕地面积1460亩，全村建档立卡贫困户共117户，259人。2017年底，金竹村通过验收退出贫困村。2019年11月金竹村和元山村合并为金山村，

全村现有人口 3268 人，983 户，建档立卡贫困户 163 户，378 人。

"金山湾里无水喝，出门就是烂泥坡，姑娘远嫁求生活，男儿单身卷被窝。"这首传颂已久的民谣曾经唱出了金山村老百姓的心声。

金山村位于大英县回马镇西部 5 公里处，涪江在回马镇绕了一个大弯，始终没有眷顾这个山岭交错、干旱贫瘠、交通闭塞的村庄。

由于村里渠道淤泥堵塞，蓄水池渗漏干涸，没有水源保障，人们种庄稼只有靠天。大旱望云，减产减收，只要能填饱肚子，老百姓宁愿不种不亏，村里的撂荒地逐年增多，贫困一直如影随形，村里的年轻人基本选择外出务工。村里仅有的一条村道年久失修，道路破损严重，每逢雨雪天气，路面泥泞不堪，严重影响村民正常出行。

三人行

俗话说得好，不怕有个烂摊子，就怕有个乱班子，要想班子强，关键看"领头羊"。《中共中央国务院关于打赢脱贫攻坚战三年行动的指导意见》明确提出，"派强用好第一书记和驻村工作队，从县以上党政机关选派过硬的优秀干部参加驻村帮扶。"

帮钱帮物不如帮建个好支部。2014 年以来，大英县着力将党建优势转化为脱贫攻坚源泉动力，在强化政治引领、选优配强帮扶力量、夯实基层战斗堡垒、壮大乡村人才队伍、提升基层基础保障上下功夫，实现基层党建与脱贫攻坚有机融合、深度契合，为打赢脱贫攻坚提供了坚强组织保障。

大英县坚持标准，严格筛选，选派出一批政治素质好、工作能力强、吃苦劲头足、创业热情高的机关干部到村担任第一书记，真正成为凝聚群众的贴心人和组织群众的排头兵。

驻村工作队和村书记共商村集体产业发展

　　一说起金山村驻村工作队，老百姓无不竖起大拇指，经常把他们挂在嘴边。遂宁市档案馆接收鉴定科科长文雪松，便是金山村首任第一书记。他于2015年7月被市档案馆派驻金山村担任第一书记（2019年6月改任驻村工作队员），从此，就与金山村结下了不解之缘。

　　五年多来，文雪松始终以饱满的热情，躬身力行带领全村干部群众脱贫致富，得到当地群众的一致认可和省、市扶贫巡视组的高度评价。

　　2019年，文雪松被四川省委省政府表彰为"2018年度脱贫攻坚先进个人"。这份荣誉的背后，凝聚着他无数的心血和汗水，也是对他辛勤付出的认可。

　　钱礼是金山村第二任第一书记，他是大英县农业农村局办公室副主任。2018年6月成为金山村驻村工作队员，2019年5月担任金山村第一书记、驻村工作队队长。

自从被县委组织部选派到金山村任职以来，钱礼恪尽职守，取长补短，以实干的精神和创新的思维，坚持兴产业，促发展，持续推进金山村脱贫攻坚工作再上新台阶。

乡村振兴，人才先行。遂宁市在全省率先启动选拔职业村党组织书记试点工作，职业村支书选拔意在培养一支懂农业、爱农村、爱农民的"三农"工作队伍。着力打造一批思想政治素质好、道德品行好、带富能力强、协调能力强、愿意为群众服务的优秀党员担任村党组织书记，用他们的知识和能力帮助村民致富谋发展。

2018年9月，彭俊松以全市第一名的优异成绩成为金山村的职业村支书。他誓要带领村民发展特色产业，带动全村群众在家门口务工增收，闯出一片新天地，成为金山村脱贫致富"领头羊"。

"打铁还须自身硬"，提高党支部的凝聚力、向心力，关键在抓好带头人，凝聚一方人。一位年轻的职业村支书、两任驻村第一书记，为村"两委"注入了新血液、新思想、新活力。

摸底

"耕当问奴，织当问婢"，习近平总书记指出："调查研究是谋事之基、成事之道。没有调查，就没有发言权，更没有决策权。"只有真正俯下身子来，"擦擦眼睛""洗洗耳朵""动动脑子"才能深入其中，把握第一手调研资料，认真观察、发现问题、深入分析、制定政策、推进工作。

三位年轻人的驻村步伐基本是一致的。2015年7月，刚被派驻到金山村任第一书记时，文雪松很少在办公室停留，多数时间都奔走在田间地头、忙碌在农家庭院。

他说道："扶贫是群众的大事，作为第一书记，脚踏实地地走村入户，了解基本情况是干好扶贫工作的基础。一般情况下，我每天都要下到各

社，挨家挨户去了解村民的基本情况，掌握第一手资料。"

初到金山村，人地生疏，面对陌生的工作环境，从来没有农村生活经历的文雪松，白天走访农户了解民生诉求，深入农业生产一线寻找产业资源。晚上与村"两委"、村民代表研讨项目规划，整理核查资料，经常加班到凌晨一两点。不到半年时间，他已走遍全村十五个社，形成入户走访记录，谁家有喜忧大事，某某身体状况如何？他都了如指掌。

2018年6月，钱礼入驻金山村。为尽快转换角色，他从村情实际出发，放下身子从实践中学、放下架子从群众中学、静下心来跟身边同志学。针对贫困户的致贫原因，他认真梳理、归纳和总结，最后形成了有针对性的走访报告。

钱礼（左一）走访贫困户

同时，钱礼还要求每位帮扶责任人，每月至少入户一次，了解贫困户生产生活情况，帮助他们解决实际困难。两年来，钱礼协调解决贫困户医疗、住房、饮用水和电视光纤等突出问题两百余件。

2017 年 1 月，彭俊松带着对组织信任的感激之情和带领家乡人民奔小康的豪情壮志，走马上任了。

行驶在曲折颠簸的村道上，彭俊松感慨万千，掌握着村庄经济命脉的道路交通，远远没跟上改革开放的发展步伐。路上如遇迎面而来的汽车，硬是要倒车几分钟，才能找到合适的地方顺利错车。

看着道路两旁历经沧桑、满脸皱纹的龟裂大地，彭俊松无法想象这样的土地能种出什么。

来到自己即将奋战多年的主战场指挥部——村委会，眼前的场景令彭俊松惊讶不已。三间简陋的办公室，一张陈旧的办公桌、几把破损的椅子和一个锈迹斑斑的铁皮柜，这些就是村集体的全部资产，和不远处贫困户破旧不堪的住房遥相呼应。

听说村里来了个下派的年轻村支书，村组干部和部分凑热闹的村民已经围坐在村委会。

当朝气蓬勃，稍带稚嫩的彭俊松出现在村民面前，迎来的却是大部分人的漠然与不屑，部分村民甚至冷嘲热讽，看着眼前这个"嘴边无毛"的年轻娃，老百姓都说："喝了一点'洋墨水'，在外面闯荡几年就飘了，看吧！要不了多久他就会坚持不住的……"

和大多数回引能人一样，刚到村里，彭俊松对怎么打开农村工作局面基本没有方向，摸不着头脑。经历几天的茫然失措和惴惴不安，彭俊松坦然面对了这些意料之外的困难。

他迅速投入工作，用最短的时间熟悉村情民意，聚焦"两不愁三保障"，努力学习精准扶贫各项政策，用最通俗易懂的话语向贫困户宣传。

根据掌握的情况，彭俊松认真谋划金山村的出路，他要让所有村民看一看，这个"毛头小子"是如何带领他们走出困境、走向富裕的。

通过驻村工作队及村"两委"成员的潜心走访和悉心收集，最终制定了金山村 2018 至 2020 年发展规划。提出了"建一片产业、创一个品牌、富一村百姓"的"三个一"目标，为金山村勾勒出了一副打基础、兴产

业、促发展的完美蓝图。

"蓝图绘就，重在添彩。"发展规划制定后，为确保如期实现，三位年轻人创新党建活动载体，凝聚发展合力，健全和完善各项管理制度，规范开好"三会一课"，制定村级班子议事规则和决策程序。

通过开展活动和规范制度，驻村工作队和村"两委"明确了目标，有了发展方向。

改善基础

"乡镇和建制村通硬化路，贫困村全部实现通动力电，全面解决贫困人口住房和饮水安全问题，贫困村达到人居环境干净整洁的基本要求。"基础设施的完善和人居环境的改善是贫困地区彻底脱贫的基础性条件，是关系到人的生存生活质量和发展质量的关键性要素，也是使贫困地区稳定脱贫、不再返贫的重要保障。

入村第一天，彭俊松就已经把心放在路上，把改扩建通村公路这件事放在心上。

由于地理位置偏远，再加上交通闭塞、信息不畅，大多数村民尤其是一些老年人思想固化、观念陈旧，有些村民甚至一辈子都从未离开过村子。

经过一段时间民意调查，大部分村民表达了想把入村公路修好的愿望。彭俊松和文雪松一商量，打算以村道改善提升为重点，以入组入户道路为突破点，加快推进金山村公路网畅通，打破制约全村发展的交通瓶颈，切实解决人、车、路三者不能协调发展的问题。

要致富先修路，把群众最急切、最关心的问题做好。两位书记雷厉风行，说干就干，找路子、跑资金、上项目，多次往返于县级相关部门和回马镇政府，积极协调争取农村道路基础设施建设项目。彭俊松还带头捐款，利用自己多年创业良好的人脉资源，向在外成功人士募捐。

2017 年 10 月，在帮扶部门与镇党委政府的共同努力下，总投资 160 万元的金山村通村公路升级改造加宽工程正式落户。项目资金到位了，没想到新的问题又摆在了眼前。村道建设要占用部分村民的少许耕地和院坝，想要说服他们放弃自己耕种的土地谈何容易。

彭俊松和文雪松带领村"两委"及驻村工作队一次次走入村民家里，挨家挨户做工作、谈思想、做比较、算收益，耐心向他们解释土地流转政策，却始终没有打开村民们的心结。最后，彭俊松灵机一动，请来了村里德高望重的老书记，带着他一家一户说人情讲道理，终于换来了大家的理解和支持。

施工设备材料很快运进村里，两位书记将村"两委"和驻村工作队拧成"一股绳"，每天带头在建设现场指挥调度、协调处理相关事宜，组织人员积极参与到施工现场清障碍、勘地界、算明细，和施工队伍一道平整道路，拓宽路基，铺设沥青。

经过四个多月的紧张施工，一条长 2.8 公里，宽 5.2 米的沥青路，东西两头贯穿了整个村子，顺利接入金山村附近的国省道和高速公路。

改造升级后的入村公路

看着眼前这条毫无错车压力、畅通平整的康庄大道，全体村民欣喜若狂。原村支书李时尧激动地说到，"文书记可是为我们做了件大好事啊，现在出村的路宽广了，外出办事方便多了。"

曾经坚决反对的村民陈长学惭愧地说到，"修这条路，小彭书记受了很多委屈。"

"金山村之前的通村公路是2008年修建的，已历时近十年，当初设计的宽度只有3.5米，同时年久失修、磨损严重，到处坑坑洼洼。近年来购车的人越来越多，村民出行十分不便。有一次我还把车开下了路基，只能请来几个村民帮忙抬上来，当时我就想，一定要尽快把村民的出行问题解决好。路修好了，村里的整体面貌就会慢慢变好。你看，现在这条通村公路不仅方便了村民出行，更是带动了金山村产业发展，成了一条名副其实的'便民路''致富路'。"文雪松自豪地说道。

自从钱礼加入金山村驻村工作队后，整个班子如虎添翼。在市档案馆、县政协、县农业农村局等帮扶部门的鼎力支持下，金山村共争取到革命老区建设、千亿斤粮食生产能力建设、国土整治等十一个项目资金480万元，拓宽入村公路2.8公里，修建临村道路1.5公里、社道路6公里、田间道路7公里、产业路1.9公里，直接把道路铺到村民家门口，铺到了农业生产现场。

扫除了群众出行难这只"拦路虎"，摆在大家面前的是老百姓吃水用水难这块"硬骨头"。常年缺水是金山村村民心里的长久之痛，因浅层地表水质普遍较差，金山村七社、八社、十社部分村民一遇枯水期，小水源就干涸了。

为了方便用水，村民们只有就近修建小水池存蓄雨水，或者靠肩挑手提，到其他社里取水，有时取一次水来回需要近一个小时。但这并非长久之计，村民们曾多次向村"两委"反映，要求改善供水不足和水质差的问题，但村"两委"苦于没有资金，只能一拖再拖。

老百姓的吃水用水困难，成了三位年轻人亟待解决的主要问题。在上

门征求群众意见、召开村民议事会的基础上，经村"两委"会审议，最终达成了"重新选址打机井，保障村民生活用水"的共识。

目标确定后，就有了前进的方向。村"两委"主动向镇、县两级政府汇报，积极争取政策和项目支持，邀请县水利部门现场勘测论证，筹措 12 万元工程资金修建机井二十七口，在八社修建明井一处。

钻井工程施工当天，随着机械轰鸣声的响起，现场村民都沸腾了，让大家翘首以盼的安全饮水梦终于实现。当水柱从井中喷涌而出，村民们欢呼雀跃，二十七口饮水井解决了常年困扰三十余户村民的老大难问题，幸福像花儿一样绽放在人们的脸上。

"真的要感谢三位书记啊，帮我们解决了吃水、用水问题，我老婆子再也不用愁水不够吃了，真好，真好啊……"金山村八社村民八十三岁高龄的宋合云婆婆颤巍巍地指着不远处的机井。

吃水问题已基本解决，还得解决农耕用水问题。三位年轻人及时向市人大副主任咎中国和县政协主席张钰反映情况，两位领导非常重视，当即来到金山村开展调研，确定实施方案，与县级相关部门协商沟通。2019 年 7 月，在县水利局的大力支持下，对村里的渠道淤泥堵塞进行了清理，十社还修建了拦河堰。

都江堰大英灌区续建配套与节水改造星光支渠工程是遂宁市级重点项目，该项目于 2018 年 2 月 5 日正式开工建设，2019 年 7 月建成。2020 年 5 月 26 日，当远道而来的岷江水流进了金山村，一条渠托起了干旱地区的用水梦，彻底解决了金山村生产生活用水矛盾。

"老百姓吃水、用水是大事，这下，压在我心中的那块大石头总算落地了。"文雪松如释重负地说道。

2016 年，为了让贫困群众早日住进交通和生产生活都便利的新居，文雪松和彭俊松跑上跑下宣传搬迁政策，落实搬迁土地，谋规划抓建设。截至 2019 年 9 月，顺利完成易地搬迁 25 户 67 人。

为确保搬迁户"搬得出、稳得住、能致富"，三位年轻人积极协调争

取，将易地扶贫搬迁与产业发展相结合，采取"双管齐下"的方式，保障每户都有稳定可靠收入。

一方面利用村劳务中介平台，为搬迁户提供外出务工就业信息和工作岗位。另一方面利用村集体产业，让部分搬迁户就近务工，并通过农民夜校等培训措施，向搬迁户传授种养殖技术，邀请本村"田专家、土秀才"进行技术指导。

岳云林属于跨社搬迁贫困群众，村"两委"和驻村工作队通过村劳务中介，在遂宁市为他介绍了一份工作，并安排其妻子彭桂英在村集体产业基地打零工。通过"务工+种养殖"相结合的方式助农增收，增强了易地扶贫搬迁户的幸福感。

金山村民"挪穷窝"

金杯银杯不如老百姓的口碑，金奖银奖不如老百姓的夸奖。修公路、打机井、改建提灌站、修建拦河堰、危房改造……一件件惠民利民的实事，村民们都看在眼里，记在心里。

在金山村你总能听到老百姓发自肺腑的声音："三位书记一来，真是

为村里做了大贡献了，全村人都夸好呢！""村里来了这样的好干部真是为我们解决了很多实事，办了很多好事……"

从无到有的产业链

2015 年刚到金山村的文雪松甚是茫然，让金山村脱贫致富奔向小康的路在何方？影响金山村前进的症结是什么？文雪松和彭俊松经过深入的调查研究发现，金山村一直以传统种养殖业为主，低质低产，发展进程缓慢，且经济效益不高，难以形成规模。村里的青壮年基本外出务工，部分贫困户思想保守、因循守旧，产业发展推进滞后。

如何消除这些症结？2017 年底，在遂宁市档案馆、大英县政协和县农业农村局等帮扶部门的帮助下，村"两委"和驻村工作队组织人员到成都、南充、重庆等地考察学习，结合金山村地形地貌，气候条件等，把目光聚焦在了中药材和沃柑种植项目上。

金山村七社村民陈志勇是村里的脱贫致富"领头人"。"当时家里一贫如洗，每月靠低保勉强度日，儿子读书所需的少许费用都压得我喘不过气来，想改变家里的困境，一时又找不到出路，于是我就在村里到处走走看看，寻找机会。经过观察我发生村里的野生瓜蒌长势良好，市场前景也不错，种植瓜蒌或许能增加一些收入，让儿子上得了学。我先在自家的两亩土地里种了瓜蒌，当年实现收入 2000 元左右。"这是陈志勇种植瓜蒌的初次尝试，让他萌生了规模化发展的念头。

2017 年，面临缺乏启动资金、种植技术不到位等困难，陈志勇主动找到彭俊松、文雪松两人，说出规模化发展瓜蒌种植的想法和困难，这和两位年轻人因地制宜发展产业的规划不谋而合。

恰逢大英县提出建立产联式合作社，推动农村规模经营助力脱贫攻坚的发展思路。这种多方联动模式正是解决陈志勇个人创业和金山村产业发

展的一个好办法。

彭俊松和文雪松耐心向陈志勇介绍了产联式合作社发展模式，希望他作为引路人带领全村群众共同脱贫致富，双方一拍即合。

在一次村民大会上，彭俊松提出了建立产联式合作社，带领全村群众流转土地、发展产业的思路，绝大多数村民当即提出质疑。大家已经熟悉了一家一户的分散经营，认为自己的土地自己掌握，想种啥就种啥，种啥就吃啥，短时间内无法接受产联式合作社，这一提议也没有得到村民支持。

彭俊松说道："我们采取了'企业+集体+农户'的利益链接机制，村民当时不理解我们，光是相关会议都开了80次以上，所有人畅所欲言、各抒己见，最后才达成一致共识。"

接着，村"两委"制定了以党建引领谋金点子、产业发展闯金路子、党员示范创金牌子、工商企业播金种子、集体经济现金价值、农民群众赚金票子的金山村"六金"发展思路。

陈志勇配合村"两委"与驻村工作组一道，引进四川柄泰集团公司，投入400余万元在三四社打造以瓜蒌、黄精为主的中药材生态种植基地。

与此同时，金山村中药材种植产联式合作社正式成立，陈志勇成了产联式合作社的理事长，专门负责联系企业、发动群众，协助土地使用、劳动力分配责任田。

金山村按照产联式合作社的发展模式进行种植，由集团公司出资金、技术、种子，农民出让土地，村集体负责附属设施建设。对入股农户实行每亩400元分红保底制，既解决了贫困户有劳力没资金、没资金没劳力的发展困境，又使全村贫困户实现了可持续发展。三年来项目累计分红近16万元，为村集体收益4万元，带动十八户贫困户实现增收。

彭俊松和文雪松还主动联系重庆市柑橘研究所，采用"村集体+农户"模式，在十一至十四社昔日撂荒地上，打造100亩无核沃柑种植基地，配套间种冬瓜、生姜等农作物。

因种植经验丰富，起初对产联式合作社产生怀疑的村民陈延武，被聘为沃柑基地管理员，不仅享受每亩400元的保底分红，还能单独领取一份工资。沃柑基地建成了，第一年种苗，第二年嫁接，第三年挂果，村"两委"和驻村工作队开始考虑林下资源循环利用。

充满生机的沃柑基地

钱礼说道："农村要致富，产业支撑是关键，如何培育出支柱产业，我和彭俊松、文雪松三人一直思考着这个问题。按照'建一片产业'的思路，我们深挖已经建成的沃柑基地潜力，决定大力发展林下种养殖循环经济。"

"光是贫困户脱贫还不够，村集体自身更要脱贫，才能在脱贫奔小康的道路上起到引领示范作用。"带领群众脱贫奔小康，文雪松始终信心满满，"乌骨鸡生态养殖项目就是我们村集体经济增收的主要途径。"

村"两委"很快向县政协张钰主席汇报了生态循环产业链的发展思路，张钰主席非常赞同村"两委"和驻村工作队，要求在做好环保工作的

基础上，尽快向县农业农村局协调沟通，请求养殖项目资金与技术支持。

2018年底，在县农业农村局的指导下，金山村投入28万元，从宜宾购买楠竹，修建了700余平方米的双层架空竹排鸡舍。底层是鸡粪池，二层是鸡舍，即能遮风避雨，又起到了冬暖夏凉的效果。两层之间用竹排隔开，二层鸡粪直接掉入底层，随时保持鸡舍的清洁通风干燥，从而减少疾病的发生。冬天，底层通过发酵产生热量，为二层的乌骨鸡供暖，发酵后的鸡粪成为有机肥，直接用在沃柑、玉米种植基地。基地疯狂生长的杂草成为乌骨鸡的"餐前点心"。

2019年9月，第一批3600只乌骨鸡入住吊脚楼。项目引进容易养殖难，当时没有经验，仅仅一周后鸡就死了不少。三位年轻人看着心痛不已，钱礼想到了自己的同事畜牧专家唐利君，第一时间反映了乌骨鸡的症状。

唐利君让村里将病死鸡带到县上检验，彭俊松二话不说拿着死鸡就往县畜牧站跑，虚心向唐利君请教，自己还动手跟着解剖，了解病因，学习用药。"鸡治好了，我也成了半个专家！"彭俊松的脸上写满自豪。

"我们金山村的乌骨鸡是真正的'虫草鸡'，住的吊脚楼、喝的山泉水、吃的有机菜和玉米，白天在沃柑基地散步，还有青草和虫子这些'零食'，夏天热了在鸡舍底层乘凉，冬天冷了在二层取暖。"彭俊松如是介绍。

沃柑—乌骨鸡种养殖基地，既环保又增收，实现了沃柑林的青草、庄稼地的玉米、乌骨鸡的粪便生态循环利用。同时采用"村集体+农户"模式，免费为每户贫困户提供两棵至五棵沃柑和二十只乌骨鸡，再通过专业合作社统一回收销售，不仅带动贫困户增收，更为村集体经济产业的迅速发展壮大奠定了基础。目前，乌骨鸡孵化、育苗、屠宰、加工车间等配套设施正在建设中。

沃柑—乌骨鸡循环种养殖基地、中药材种植基地、鱼蛙共养基地相继建立，光伏发电产业建成并投产，金山村改变过去单纯补助资金的扶贫方式，实现了由"输血式"扶贫到"造血式"扶贫的转变。

通过整村推进、以点带面模式，金山村还成立了大英县回马镇金山村股份经济合作社联合村、大英县军鑫养殖专业合作社等村集体专业合作社。产业经济发展上去了，群众荷包鼓起来了，贫困户脸上的笑容也多起来了。

住在"别墅"的乌骨鸡

为拓宽产品销售渠道，彭俊松、文雪松、钱礼等人发挥自身优势，整合资源，创品牌、建电商、做直播、跑市场，将"金竹鲜"村级电商品牌送到了千家万户的饭桌上。

老书记家的苞谷沙沙、唐娘娘家的黄豆、轮大爷家的绿豆、李二婆屋头的红薯淀粉、前面的土鸡下的蛋……这些吸睛的农产品都属于"金竹鲜"品牌，村里还注册了"粮品金山"乌骨鸡。

命名为"金山村大掌柜"的抖音宣传号、淘宝线上店铺相继开通，通过拍摄抖音视频、微信朋友圈，联系市、县电视台等广泛宣传推广，把全村老百姓的农产品、村集体的乌骨鸡放在平台上销售。

2020 年疫情期间，在大家的努力下，养殖基地一周累计销售三百余只成品乌骨鸡，村集体经济收入达到 4 万余元。同时，与顺丰快递达成长期合作伙伴关系，将村里的货物安全快捷送到遂宁、成都、重庆等客户家中。

2017 至 2020 年，金山村集体经济收入分别达 3 万元、5 万元、8 万元、20 万元，人均可支配收入达 6460 元，全村干部群众进一步坚定了脱贫致富的信心和决心。

激活内生动力

农村稳则天下安，农业兴则基础牢，农民富则国家盛。为激发村民参与乡村治理的积极性和创造性，解决农民主体缺位、民主管理水平不高、村级组织号召力趋弱等问题，回马镇聚焦"村集体经济增收与构建基层治理格局"，把金山村作为试点，积极推行农户积分制管理。

产业发展起来了，如何保持可持续性？金山村找到了"治理"这个绝招，在全村推行村民积分信用体系建设，涵盖"爱国爱家、诚实守信、重德守法、创业致富、敬老爱幼、助人为乐、清洁卫生、勤俭节约、移风易俗、明礼重教"等十个方面。

结合金山村乌骨鸡养殖、村集体运营项目承包权、村集体项目施工、村集体经济雇员、信用贷款等，有机整合金山村治理资源，创新治理方式，满足人民群众对美好生活的向往，让群众的聪明才智成为乡村治理创新的不竭源泉。

村"两委"每年集中开展一次评分，以村民家庭为单位，对照积分信用体系开展自评，填写自评表，提交村"两委"及村民代表组成的金山村"道德评议会"开展评审，并由村务监督委员会全程监督评议过程。

每个家庭以六十分为基础分，经过评分每超出基础分十分，可在村集体跑山鸡圈舍免费领取鸡苗十只。并与村委会签订寄养及销售协议，达到出栏标准后，村民可对领取数量的 10% 进行自行处理，剩余的由村集体统一回购并贴标销售。

反之，对违反积分信用体系内容的村民进行严格扣分，低于六十分的家庭将不同程度影响其在本村承包村集体项目、开办企业、入党考察、政策补助，甚至信用贷款等方面。

村"两委"成立"乌骨鸡养殖巡回指导小组"，为农户提供养殖技术

指导上门服务，定期邀请专家到农民夜校开展养殖技术培训课程。将积分制与大英县"短平快"补助金政策有效结合，全村贫困户最高能获得1500元的补助，有劳动能力的贫困户参与率达100%。

此外，村"两委"以积分活动为载体，开展"最美儿媳""最美家庭""最美社组"等评选活动，创新工作机制，建立村委会领导下的多元主体"共建共治共享"的乡村治理格局。鼓励群众全程参与工作机制，把自己当成脱贫致富奔小康的主角，激活群众主体意识，让广大群众有更多的获得感、幸福感和安全感。

彭俊松坚信，金山村一定会建设成为一个人人向往的地方，村民不仅过上好日子，住上好房子，养成好习惯，形成好风气，出门开车子，行走大路子，兜里有票子，感谢党恩一辈子。

"欲问秋果何所累，自有春风雨潇潇"。在金山村脱贫攻坚战的每个日夜里，彭俊松、文雪松、钱礼与金山村的群众建立了深厚的感情，积累了宝贵的工作经验，他们始终坚持用真心、真情、实干的工作激情，抒写着一个共产党员的人生诗篇。

追梦"一把手"

沙马石古

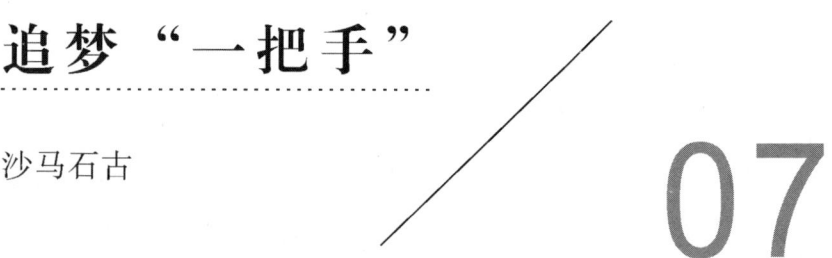

"我的手，我的手，把我的右手还给我！"陈志勇的右手被卷进强大黑暗的破碎腔内，接着是头部、身躯、双脚，整个人逐渐被这个冷血的破碎机吞噬，卸成小块从机械下部一块一块滚落一地。陈志勇奋力睁开惊恐的双眼，全身已汗水淋漓，六百余个消极的午后，他从无数场噩梦中惊醒，空空的右手仿佛在颤抖，手臂伤疤处还隐隐作痛。

断臂梦塌

1974 年 9 月，陈志勇出生在大英县回马镇金竹村七社。儿时的故乡，树木苍翠，他是父亲伟岸的背影，庇护着陈志勇无忧无虑的茁壮成长；儿时的故乡，繁花似锦，她是母亲慈祥的笑脸，照耀着陈志勇波澜壮阔的人生征途。

随着年龄的增长，陈志勇走出村里外出求学，慢慢发现美丽的家乡，和外面的世界还存在很大的差距。

金竹村位处旱片死角，常年缺水，交通闭塞，人畜饮水问题困扰着村里的父老乡亲，一条三米宽的狭窄村道还没走到村的尽头就已经断道。

每遇干旱年份，龟裂的大地吸食掉所有农作物的水分，也无法抚平它那垂垂暮老的脸庞，青黄不接时乡亲们的温饱都成问题。陈志勇在心里慢慢滋生出通过自己的力量改变乡亲们的困境，改变金竹村现状的想法。

如今的金竹村一隅

"我有一个梦想，就是凭着自己所学到的知识和不懈的努力，改变一家人以及乡亲们的命运。我要赚钱，让爸妈过上好日子，住上好房子，兜里有票子；我要让家乡人人有收入，生病有钱医，出行有车坐，最终摘除贫困村的帽子。"陈志勇常和别人说起自己的梦想，并以此勉力自己。

1994 年，高中毕业后，因家里缺乏劳动力且经济条件不允许，陈志勇结束学习生涯，提前踏上追梦之路，跟随时代潮流加入打工大军。他先后在陕西、福建、新疆等地打工，学习焊工、砌砖技术，梦想着慢慢积累资本，盼望着有朝一日时机成熟回家乡创业。

十几年的务工经历，陈志勇习得了一身本领，改善了家里的生活条件，但离他的梦想还很遥远。

陈志勇长得眉清目秀，还有一身好手艺，但是家里的经济条件一般，

金竹村又是远近闻名的贫困落后村，村里的姑娘都嫁出去了，村外的姑娘又不愿意嫁进来，个人问题一直没得到解决。

直到 32 岁，在他人的介绍下，他认识了回马镇身患小儿麻痹症的何玉叶，两人情投意合，当即举办了婚礼。结婚后，为了照顾家庭，陈志勇回到回马镇沙石厂务工。

人生不过白驹过隙，匆匆十几年一晃而过。自己的圆梦之路在何方？天旱地贫的金竹村何时才能摆脱困境？陈志勇心里十分着急，他等待着一次机会，一个施展梦想的舞台。

正当陈志勇铆足了干劲，蓄势待发奋力追梦时，飞来横祸却抢先一步找上门来。

2012 年 8 月 9 日中午，沙石厂老板为了节约成本错峰用电，在大家午休时，安排陈志勇和另外一名工友试机。当他俩来到车间沙石生产流线，由工友在操作间开机，陈志勇则来到破碎机旁测试。

当天天气十分炎热，陈志勇晚上没睡好，劳累了一上午又不让休息，感觉特别疲惫，精神不在状态。恍惚之间，他困顿的双脚不听使唤，一个趔趄整个身体向前冲去。破碎机一口咬住陈志勇的半只手掌，死拽着往破碎腔里拖。一阵短暂而剧烈的疼痛，陈志勇发出惨烈悲恸的哀号声，却淹没在机械轰隆隆的咆哮声中。

眼看着自己的右手迅速被破碎机分解，血肉喷得陈志勇满脸都是。这股无穷的力量和极度的恐惧暂时掩盖了身体的痛楚，他绝望地望向操作间，希望工友能看见自己的生死经历，立即关掉这恶魔般的机器，但工友却浑然不觉。

"我不能死，老婆没办法照顾这个家，儿子不能没有父亲，我要活下去，我的梦想还没实现。"陈志勇用双脚和左手撑住机器，活下去的欲望迅速让他做出了壮士断臂的决心。

他咬紧牙关，忍痛使出全身力气，想摆脱这支残缺的手臂。第一次失败了，恶魔将仅剩的小半截右臂吞下去，汗水、泪水、血水已浸透了摇摇

欲坠的身体。

生死瞬息间，陈志勇浑身颤抖着，用仅存的希望奋力挣脱了骨肉相连的右臂，势均力敌的阻力迫使破碎机发出尖锐怪异的怒吼声。

陈志勇拖着血肉模糊的身体，跌跌撞撞来到操作室，身后留下一道触目惊心的血迹。工友见状，顿时大惊失色，立即组织人员把他送往医院，但因伤势过重，县、市医院都不敢接收，建议送往四川大学华西医院。

撑到下午五点，陈志勇感觉自己快不行了，在途中简单交代完后事便昏迷过去。经过华西医院专家们的全力抢救，把他从鬼门关拉了回来。

"我志未酬人亦苦，东南到处有啼痕"，突如其来的厄运彻底击垮了这位靠双手吃饭的追梦人。带着破碎的梦想，陈志勇和先天残疾的妻子，还有刚上小学的儿子一起回到了金竹村。

他无法接受这个残酷的事实，失去右臂养家糊口都难，梦想抱负成了奢侈。精神遭受的重创让他自我封闭，拒绝一切社交活动，不愿与人交往，七尺男儿几乎天天以泪洗面，他为整个家庭和亲人哭泣，垮掉的顶梁柱成了负担。他为父老乡亲哭泣，远大的理想成了笑柄，他是别人口中的"一把手"。

涅槃重生

失去右手后，善良的陈志勇没有得到工厂的正常赔偿，养伤不仅花光了所有积蓄，还欠下许多外债。沉寂的两年里，陈志勇基本每天都会从噩梦中惊醒，受伤后做不了重活，妻子行动也不便，儿子读小学正是用钱时，接踵而至的经济压力让他透不过气。

2013年底，金竹村被评定为省级贫困村，陈志勇也因残被纳入贫困户范围，靠低保救助勉强度日。

国家不断带来的利好政策，让这个靠天吃饭的村庄悄然发生着蜕变，陈志勇躲在家里暗自伤神，独自舐伤，门外的世界却热火朝天。

县农业局送来了小型农田水利项目，田间地头，施工人员正在马不停蹄的加快进度，改土改田，开挖塘堰沟渠，平整机耕道，一条条农作物生命之渠在农田里蜿蜒盘旋，破解了长久困扰金竹村的农耕用水瓶颈；县水利局送来了都江堰大英灌区星光支渠项目，为115户贫困户开凿67个水井，老百姓饮水问题得以解决。

村民饮水难、用水难的问题都解决了，这件事深深触动着陈志勇。人定胜天，事在人为，一味地自怨自艾只会拖垮整个家庭，不能总是"等靠要"，依靠政府和亲友的救济生活下去。

改变命运还得靠自己，他不想这辈子就这么废了，也不想妻儿跟着自己受苦。重拾沉睡心底的梦想，他已不是当初那个少年，那些不问世事的沉默岁月，都是为了涅槃重生。

陈志勇重新出现在人们的视野，并也欣然接受了"一把手"的绰号。

经过调查，陈志勇发现村里瓜蒌长势良好、产量高，药膳兼用，不需要投入太多的劳力，适合自己栽种且市场前景一片大好，他决定先在自家的两亩地里试种。

在陈志勇的悉心照料下，瓜蒌以不错的产量和喜人的价格给予了回馈。第一年种植收入2000余元，基本解决了全家的生活和儿子的教育问题，单手撑起了一个家，找回自信，他充满了干劲和动力。

2017年，陈志勇通过金融扶贫小额贷款取得了4.3万元的产业启动资金，他在三社承包下十亩土地，扩大瓜蒌种植规模并配套种植黄精，当年实现收益6万余元。

2018年，陈志勇继续扩大规模，承包五十余亩土地种植瓜蒌、黄精、蔬菜等，当年实现收益9万余元。

2019年5月，正是瓜蒌的生长期，陈志勇每天习惯性被鸡叫醒，来到承包地松土除草。这几日，他发现瓜蒌叶子成片发黄、掉叶，挖出几株一看，根部产生大小不等的瘤状根结且已变黑腐烂，陈志勇心头一紧，莫不是遭病虫害了？

追梦"一把手" | 115

一筹莫展之际，他找到职业村支书彭俊松和第一书记钱礼寻求帮助，两人立即向县农业局的专家请教。经专家检测，这一症状被确定为瓜蒌根结线虫病害。

在专家的指导下，陈志勇及时进行了晒土、移栽，但因田块连作时间长，病虫害已蔓延开，大部分瓜蒌还是没能保住。陈志勇心痛不已，为及时止损，他没有半点犹豫，迅速补种了线虫无法寄生的玉米、蔬菜等作物，有效降低了虫害发生概率。

塞翁失马，焉知非福。到了2019年底，因市场需求饱和，瓜蒌单价由每斤1.5元降到0.3元，本该血本无归的陈志勇却因一场虫病害，躲过一场市场价格暴跌的洗礼。黄精、玉米、冬瓜等带来的收益弥补了土地承包、种苗、人工等的成本费用。当年，陈志勇家庭年人均收入达到1.5万元以上，光荣地摘去了贫困户的帽子。这时，他主动向村"两委"递交申请，请求退出农村低保。

陈志勇在为冬瓜掐苗

2020 年，陈志勇根据市场变化果断转产，将五十亩承包地全部用来种植水果玉米、冬瓜等作物。到了 6 月，五十亩农作物经受住了疫情期间请不到人工、前期天旱收成不尽如人意等带来的严峻考验，仅半年时间已为陈志勇带来 4 万余元的收益。

圆梦

2017 年，金竹村在大英县交通运输局争取到了村道拓宽项目，村道路面由三米加宽到五米，即便是大货车也能正常行驶会车。村里的断头路打通了，可以东西两边进出，还接通了附近的乡道、国道路网。

交通命脉疏通了，陈志勇认为抱团发展好过单打独斗，况且在自己最困难的时候，村"两委"为其争取了医疗救助、低保保障，农忙时左邻右舍也不计回报的在帮他。

滴水之恩，当涌泉相报，他要用自己的实际行动回报感恩。

2017 年 3 月 8 日，大英县召开在全县推广产联式合作社的工作会议，镇党委政府及时安排部署，金竹村"两委"积极探索推进建设。产联式合作社是一个新事物，老百姓不理解，甚至连部分村组干部也搞不清楚。

发展还需引路人，为打开突破口，镇、村干部找到有种植经验的陈志勇，希望他带头加入产联式合作社，带领全村群众一起干。

刚向村委会提交了入党申请，带头就带头吧，陈志勇义无反顾率先加入了合作社。

妻子非常不能理解陈志勇的选择，加入合作社钱少挣了，生产规模大风险也跟着变大了，受苦受累不说，还要遭受大家的白眼。可陈志勇却牢牢抓住了这次机会，一人富不算富，大家富才是真的富，产联式合作社就是要让大家共同致富，让全村人民共享脱贫成果，这不正是实现自己梦想的最佳途径吗？

陈志勇（右一）在种植基地与大家共劳作

　　做好家人的思想工作后，为消除乡亲们的疑虑，陈志勇将自己的十亩产业加入合作社，并配合村"两委"积极引进企业成立四川柄泰农业有限公司，共同投入400余万元产业资金，打造中药材生态种植基地。

　　为保障合作社健康发展，确保农户利益不受损，合作社提前向入社农户保证以保护价回收瓜蒌、黄精，并明确各方的责任。由村集体负责联系企业、发动群众，协助土地使用等；由企业负责出资金、出技术，负责农产品收购与销售；由入社农户负责出土地、出劳力，享受劳动力分红，若农户无劳力耕种则享受土地分红。

　　在陈志勇的带动下金竹村75户农户加入合作社，种植瓜蒌、黄精278亩，入社农户每人每年增收2500余元。获利的乡亲们称赞，陈志勇这个"一把手"现在真的成了农业产业发展致富的一把好手。

　　加入合作社后，陈志勇被柄泰公司聘任为理事长和现场技术管理员，每月工资1200元，这让他倍感压力，付出了比别人更多的时间和精力。他

经常单手驾驶着那辆农用三轮车，往返于基地、村委会等地，充分发挥技术优势，在种植基地观察劳作。不善言辞的他还时常在村委会，与村组干部协商合作社各项事宜。

为了进一步提高自己的种植技能，陈志勇积极参加县、镇组织的各类种植技术培训，经常请驻村农技员实地指导，与驻村工作队跑市场找销路。以前的菜农都是竞争对手，但现在信息发达了，陈志勇与其他村合作社的技术人员建立了一个菜农销售群，四川、重庆、陕西各地蔬菜批发市场哪里有需求，菜农们便共享信息，把农作物销往哪里。

2018 年，陈志勇被县委组织部和县农业局推荐到四川广播电视大学就读为期三年的农业农技专业，学好后准备反哺金竹村，更好地带领全村人民共同发展。

如今，金竹条条公路通村达户，人们喝上了安全干净的饮用水，农田水利建设灌溉出成片生机盎然的农作物和经济林果。115 户贫困户 249 名贫困人口全部实现脱贫，成功摘去了贫困村的帽子。陈志勇家里，已换上了电视、电脑、冰箱、空调等家电，提前过上了小康生活。"好日子，好房子，有票子"这些以前看来遥不可及的梦想终于实现了。

著名作家推荐语

两位女作家通过深入、细致的现场采访，用女性细密的目光、细腻的文笔、细柔的情怀，写出了一场轰轰烈烈的四川省脱贫攻坚战，以小见大，以点带面。一篇篇作品精致灵秀，芳香宜人。通过这次艰辛的创作历练，她们本身也实现了脱贫攻坚，成为文学的致富户！

——李春雷（河北省作家协会副主席、中国报告文学学会副会长）

足迹遍及全省数十个贫困乡（镇）、村，书写精准扶贫带来的山乡巨变，两位作者的脱贫攻坚主题报告文学集《先行者》，用带着泥土芳香的深入叙写，展现脱贫攻坚路上的动人故事。鲜活的一手扶贫素材，记录偏远山乡撼人心魄的脱贫故事、脱贫攻坚第一线可歌可泣的典型人物，以及翻天覆地的发展变化，深刻展示了多位基层党员干部的使命感和责任感，以及勇于奉献的精神特质和悲悯情怀。

浩荡从容的叙述，辗转跌宕的内容，两位作者的文笔或宛转深邃，洒脱雅健；或不枝不蔓，娓娓道来，闪耀着时代的精神光芒。将脚力、眼力、脑力、笔力这四力展现得淋漓尽致。是爱、是火、是永在的希望；是情、是真、是奋斗的足迹。《通往云端之路》上的《匠心扶贫》，必将闪耀《朗曜星辰》……而《追梦一把手》因为《情满彝乡》，终会迎来《沃土繁花》……

——伍立杨（四川省作家协会副主席）

《先行者》的作者本就是两个先行者，她们是一双因文学而走到一起的姐妹，近年来一直行走在巴山蜀水间，甚至走在通往云端的路上。她们走近那些乡间的先行者，把那些第一书记、基层干部以及各类英模人物的事迹记录下来，汇成了这样一册沉甸甸的书，不仅让人感受到了沃土的沉醉，也感受到了繁花的馥郁……

——马平（四川省作家协会创研室主任）

半年前，应邀参加《先行者》的改稿会，我就深感这是四川脱贫攻坚文学中又一精品力作。如今作品问世，可喜可贺！其一，选材全覆盖。19篇作品，涉及川东"插花式"扶贫点和乌蒙山、秦巴山、甘、阿、凉连片扶贫开发的深度贫困地区，这就印证了"报告文学是行走的文学"这句行话。其二，占领精神制高点。力图把帮扶贫困与激活内生动力的精神力量表现到极致，是这部作品的一大特色。每一个性格鲜明、呼之欲出的人物，都是时代精神的一道亮光。精神的高度决定了作品的思想高度，读来荡气回肠。其三，充分调动文学表达。作品呈现出诗意和镜像，描绘温润如玉，故事引人入胜，思辨色彩浓郁。这些，无不体现作者扎实的文学功底。

——刘裕国（四川省作家协会报告文学委员会主任）

对于脱贫攻坚的文学书写，四川省一直走在全国前列。两位四川女作家联袂完成的《先行者》，以女性的细腻与敏感，以非虚构写作的严谨态度，深刻而丰满地呈现了四川近19个不同地域、不同民族的脱贫攻坚案例，她们的笔，不但记录了第一书记、驻村干部、村民的所思所想，更书写了他们推进攻坚战"最后一公里"的感人现实与乡村振兴的可持续发展的前景，从而展现了一个大省波澜壮阔的"扶贫志"。

——蒋蓝（四川省作家协会散文委员会主任、成都市作家协会常务副主席）

美好的东西总能令人心生愉悦。图书亦如斯。

脱贫攻坚报告文学集《先行者》，就是这样一本书。

毫无疑问，中国脱贫攻坚战取得的伟大胜利，是一件值得大书特书的事。因为幸福的生活不是幻想中天上掉下来的膏腴或睡梦里缥缈的花香，而是与阳光同行的实实在在的大地膏泽，山川开颜。

近几年，已有无数文章书写中华大地在脱贫攻坚战中涌现出来的典型人物，但《先行者》所写人物却如秋兰茝蕙，撼动情心，他们呕心沥血，用福田般的美德，用修行般的虔诚，用阳光般的圣洁，用春风般的和煦，润物无声地传递着国家的伟大、政府的关怀、时代的幸福。

不仅如此，该书还有诗歌的隽永，散文的意韵，小说的故事，以及"己欲立而立人，己欲达而达人"的境界与力量。

——陈新（成都市作家协会副主席）